KB040410

파도가 닿는 미래

파도가 닿는 미래

서윤빈 소설집

허블

차례

페
가
수
스
의 차
례

문명의 척추는 도시일지 모르나 그 민낯을 보려면 시골에 가야 합니다.

언덕과 담장 사이로 모세혈관처럼 이리저리 얽힌 비포장도로를 내려다보며 나는 그 말을 떠올렸다. 그 말은 사이버펑크 인체 드로잉을 정립한 일러스트레이터, 알렉시스 리가 한 인터뷰에서 한 말이다. 그녀는 광섬유로 짠 게이샤 복장을 한 채, 〈KID A〉 앨범 재킷을 연상시키는 흰 산에 설치된 전광판 안에 있었다. 인터뷰는 마치 알렉시스 리가 멍하니 생각나는 말을 내뱉는 모양새였다.

특별히 일본을 좋아하는 건 아니지만, 사이버펑크에 관해 일본은 좋은 이미지를 많이 점유하고 있습니다. 특히 현재 유일하게 페가수스가 남아 있는 나라라는 점에서 말이지요.

알렉시스는 그렇게 말하고는 체리인지 떡인지 모를 것을 입에 넣고 우물거렸다. 하지만 장담컨대 알렉시스 리는 페가수스에 관해 아무것도 모른다. 페가수스는 사이버펑크는 고사하고 문명의 척추라고 할 만한 것들과도 전혀 접점이 없다.

담장이라고 부르는, 거대한 새장 모양을 한 철책 안에서 페가수스들이 이리저리 날아다녔다. 그중 몇 마리가 나를 알아보고 울음소리를 냈다. 나는 열심히 손을 흔들어 주었다. 연구소 주변에 이리저리 지어놓은 목장들을 하나씩 점검하는 게 내가 퇴근 전 마지막으로 하는 일이다. 담장에 도착하니 갈색 얼룩무늬를 한 페가수스가 내게 절뚝절뚝 걸어왔다. 입을 뻐쭉 내미는 걸 보니 먹이를 주는 줄 안 모양이다.

— 지금은 아니야, 호리.

나는 웃으며 녀석의 머리를 쓰다듬어 준 후, 고무망치로 담장을 이리저리 때려가며 소리를 들었다. 담장은 잘 만든 종처럼 부드러운 공명음을 냈다. 호리는 고개를 양쪽으로 흔들어 댔다.

피의 색이 진해지고 있다. 연구소가 자리한 낮은 산 주위로 여기저기서 종소리가 들려왔다. 모두 집으로 돌아갈 시간이다.

　기술 발전으로 세상이 멸망하는 일 따위는 없었다. 지구온난화로 인한 대멸종이나 세계적 규모의 침몰, 핵전쟁이나 로봇들의 반란 같은 일들은 일어나지 않았다. 온실가스 수치는 아슬아슬하게 결정적 지점 아래로 유지되었고, 핵무기는 서로를 흐린 눈으로 노려보는 이상한 대치 상태 속에서 먼지로 코팅되어 갔으며, 로봇들은 언제까지나 인간을 위해 일했다. 요컨대 문명의 척추는 그렇게 만만하지 않다는 뜻이다. 현대 문명이 아무리 척추를 괴롭혀도 터져 나가는 건 디스크 한두 개가 전부이고, 이는 통각 세포가 없는 척추로서는 아무래도 상관없는 일이다. 뼈와 장기의 입장에서 한 명의 인간이란 실재하지 않는 상상의 산물일 뿐이니까. 인간이 비명을 지르거나 말거나 척추는 머리와 몸 사이에 신호를 전달하며 자신의 존재를 증명한다. 기술 발전으로 터지고 이탈하는 건 오직 나 같은 사람들, 아마추어뿐이다.

　매일 SNS에 그림을 올리던 시기가 있었다. 느리지만 확실하게 늘어나는 팔로워가 나를 프로페셔널의 길로 이끌어 줄 거라고 믿었던 시기. 국립현대미술관에서 전시를 여는 순수 예술가까지는 바라지도 않았다. 그 세계는 인맥이 9할이라 좋은 대학을 거치지 않고서는 꿈도 꿀 수 없다. 나는 다만 프로 일러스트레이터가 되고 싶었다. 게임 원화를 그린다거나 책의 표지를 그리는 일, 혹은 트레이딩 카드의 캐릭터를 그리는 일이라도 좋았다. 완성된 이미지가 주는 곧추선 만족감을 나는 사랑한다. 하지만 2,000개가 넘는 게시글을 자랑하던 내 SNS는 이제 몇 개의 공지글과 대표 일러스트 이외에는 전부 비공개 상태다. 이런 비공개는 나만의 일이 아니다. 몇 년 전까지만 해도 아마추어들은 자기 그림을 최대한 널리 알리고자 노력했다. 지금은 모두 자기 그림을 장기처럼 꼭꼭 숨긴다.

윌 스미스가 주연을 맡은 2004년 영화 〈아이, 로봇〉에는 다음과 같은 장면이 나온다. 감정을 느낀다고 주장하는 로봇에게 윌 스미스가 말한다. 너는 그저 인간을 흉내 낸 기계일 뿐이다. 로봇이 교향곡을 작곡할 수 있나? 로봇이 빈 캔버스를 아름다운 걸작으로 바꿀 수 있냐고. 로봇이 대답한다. 당신은요? 윌 스미스는 말문이 막힌다.

이 영화 장면의 원본은 이제 고전 영화 아카이브에서만

찾아볼 수 있다. 구글에서 이 사진을 찾아보면 다른 대답을 하는 로봇들이 화면을 가득 채운다. 당연히 할 수 있지. 난 할 수 있는데, 너는? 키워드를 입력하세요. 미개한 인간 같으니.

이는 2004년에 나온 영화의 한계다. 구도를 형사와 용의자로 잡았으니 당연히 이런 식의 조롱 일변도일 수밖에 없는 것이다. 하지만 현실의 첨단 기술은 다르다. 극도로 발전한 기술은 마법과 구분되지 않는다는 말은 결코 사실이 아니다. 극도로 발전한 기술은 자연보다 자연스럽고 사랑보다 사랑스럽다. 그건 우리가 옷을 걸치지 않은 자신의 나체를 낯설어하는 것과 같고, 반려동물을 자식이나 친구처럼 대하는 것과 같으며, 수집형 RPG에서 캐릭터 하나를 뽑기 위해 수십만 원을 쓸 수 있는 것과 같다. 고도로 발전한 기술은 너무 당연해서 우리가 의심할 생각도 하지 않는 현실과 같다.

나는 인공지능 구인·구직 서비스를 통해 취직했다. 간단한 설문 조사를 하듯 질문에만 답하니 이력서가 자동으로 꾸려졌고, 내가 원하는 연봉 수준과 근무 환경을 갖췄다고 예상되는 3,145개의 회사에 이력서가 전송되었다. 어쩌면 이력서 검토도 인공지능이 하는 것인지 이력서를 보낸 지

이틀도 안 되어 세 곳에서 합격 통보를 해 왔다. 회사는 각각 인도네시아, 카자흐스탄, 일본에 있었다. 어쩐지 내 스펙에 갈 수 있는 회사가 3,000군데가 넘는다는 게 좀 놀라웠는데, 그건 인공지능의 힘이 아니라, 내가 국내 근무를 원한다는 질문에 흐리멍덩하게 답했기 때문이었다.

나는 일본 회사를 골랐고, 그게 일본 페가수스 연구소였다.

일본 페가수스 연구소는 오야마시의 외곽에 있었다. 대충 검색해 보니 작은 산小山도 큰 산大山도 오야마라고 읽는다는데, 작은 산이든 큰 산이든 나로서는 그 기준을 알 수가 없어서 나는 출근 예정일보다 3일 먼저 가서 적응을 좀 하기로 했다. 시골이라서 그런지 원룸 보증금을 빼서 구한 집은 2LDK라고 부르는, 욕조와 부엌이 딸린 투룸이었다. 애니메이션에서 많이 보던 형태의 공간이라서 한 작품의 주인공이 된 것만 같은 기분이었다.

넓은 집에 아무렇게나 짐을 풀어놓은 후, 나는 연구소가 있다는 산을 향해 걸었다. 밭처럼 늘어선 건물들을 지나니 건물 뒤에 숨겨져 있던 언덕과 평지들이 보였다. 모세혈관처럼 구불구불한 비포장도로를 따라 10분 정도 걸었다. 혹처럼 돋은 거대한 새장들이 보였다. 5층 건물 높이의 새장 안에는 파리 같은 것들이 날고 있었는데, 다가가 보니 파리가 아니라 페가수스였다. 신화처럼 하얀 녀석부터 갈색 갈기를 가진 녀석, 혹은 얼룩소같이 줄무늬가 있는 녀석 등. 페가수스들은 말처럼 달리다가 껑충 뛰어올라 그대로 공중을 날았다. 다리를 ㄴ자로 접은 채 날개만 퍼덕이는 모습이 꼭 컴퓨터 그래픽으로 합성해 놓은 것만 같았다. 페가수스들은 거대한 에어 서큘레이터처럼 바람을 흩뿌려 댔다.

— 근처에 신사가 있다는데, 어디 있는지 아나?

넋이 나가 페가수스를 바라보고 있던 나는 갑작스럽게 들려온 일본어에 왁, 하는 우스꽝스러운 소리를 내며 뒷걸음질을 쳤다. 내 뒤에는 한 노인이 작은 페가수스와 함께 서 있었다. 공포 영화 도입부에 흔히 등장할 법한 흐린 눈, 허리는 조금 굽었지만 젊었을 때는 힘깨나 썼겠다 싶은 팔뚝. 무엇보다도 요상하게 힘 있고 대쪽 같은 말투가 심상치 않았다. 공포 영화를 보면 주인공은 꼭 이런 사람의 말을 무시했다가 곤경에 처하곤 하던데…

내가 상념에 빠져들 시간도 없이 노인은 나를 뚫어져라 쳐다보며 다시 물었다.

— 신사가 어디 있는지 아나? 종소리가 들리는데 말이야.

나는 고개를 가로저었다. 그러나 노인은 내게 꼭 대답을 들어야겠는지 페가수스를 앞세워 다가왔다. 주둥이가 내 목덜미 높이까지 오는 녀석이 내게 목을 쭉 내밀고 냄새를 맡았다. 나는 페가수스에게는 원래 고삐를 하지 않는 건가 혼란스러웠다. 녀석은 자꾸만 내게 다가왔고, 나는 자꾸 뒷걸음질을 쳤다.

— 이상한 시간에 경耕을 치잖나.

내 발이 디딜 곳을 찾지 못하고 움푹 빠져 새장에 부딪혔을 때, 누군가 오이, 하고 외치며 뛰어왔다.

달려온 남자가 노인에게 뭔가 귓속말을 하는가 싶더니 노인은 내가 향하던 길, 그러니까 페가수스 연구소가 있는 산을 향해 발걸음을 돌렸다. 남자는 숨이 차지도 않은지 노인을 보낸 후 곧바로 내게 악수를 청했다. 파란 조끼를 입은 중년 남자의 손은 땀 한 방울 없이 건조했다.

— 희재 씨 맞으시죠?

남자는 연구소의 선임 연구원 중 한 명이라고 자신을 소개했다. 내게 첫날부터 큰일 겪는다고 위로를 늘어놓은 뒤, 3일이나 일찍 출근하려는 내게 감동했다고 말했다. 역시 공포 영화 노인을 만나면 도망치는 게 정답인가. 눈물이 찔끔 흘렀는데, 다행히 그는 아직 연구소가 사람 받을 준비가 안 되었다며 입사 예정일에 맞춰 출근하면 된다는 말과 함께 주변의 맛집과 명소를 몇 군데 추천해 줬다. 하지만 이미 나는 이미 너무 지쳐서 집으로 돌아가 다다미 위에 이불도 깔지 않은 채 아무렇게나 잠들었다.

공포 영화 노인을 만난 날 밤, 아버지가 내게 전화를 걸었다. 당신은 대뜸 서울대 미술대학 정원이 30퍼센트나 줄었다고 했다. 아버지는 내가 일본에 그림을 배우러 간 것으로 알고 있었다. 나는 잘 도착했다고 무던하게 대답했고, 아버지는 그림을 그리려거든 결혼을 잘해야 한다며 장광설을 늘어놓았다. 아버지의 설교는 이오니아 양식의 척추가 인상적인 프리다 칼로에서 시작해, 이유는 모르겠지만 정주영을 거쳐, 레오나르도 다빈치도 루도비코 스포르차라는 좋은 후원자가 있어서 많은 역작을 남길 수 있었던 것 아니겠냐는 말로 끝났다.

아버지는 중간중간 내가 잘 듣고 있는지 확인하려는 듯 말을 멈추는 버릇이 있었는데, 당신의 의도와는 반대로 나는 말은 흘리고 침묵에만 집중하고 있다가 네, 그렇죠, 하고 없느니만 못한 추임새를 넣었다. 코어 운동 열심히 해라. 아버지는 그 말을 끝으로 전화를 끊었다. 다음 날 통장을 확인해 보니 개인 PT를 반년 정도 받을 만한 금액이 입금되어 있었다.

처음부터 PT를 받을 생각은 아니었다. 그러나 일본 페가수스 연구소는 산 중턱에 있었다. 운동은 선택이 아니라 필수였다. 한국과는 달리 일본은 산에 길을 내는 걸 지양하는 편이라 무사히 출근하기 위해서는 무엇보다 심폐지구력이 필요했다. 나는 페가수스들의 이름을 다 외우기도 전에 피트니스 클럽을 찾아야만 했다. 나보다 스무 살은 많아 보이는 부서 사람들, 그러니까 히라사와 아주머니나 도가시 아저씨가 아침마다 영양제를 먹다가 내게 하나씩 쥐여주는 오메가-3나 젤리 철분제를 그만 받기 위해서라도. 특히 도가시 아저씨는 내가 일본에 온 첫날 나를 공포 영화 노인으로부터 구해준 그 사람인데, 이상하게도 나는 그 사람을 보면 고맙다기보다는 불편하기만 했다.

피트니스 클럽은, 나는 지도에서 가장 가까운 곳으로 간 것뿐이었는데, 아침부터 사람이 많았다. 연구소에서 멀지 않은 시골에 자리 잡고 있는데도 24시간 운영한다는 말에 나는 서비스업에 관한 집념 하나만큼은 한국보다 일본이 더 하는구나, 하고 생각했다. 사람들이 쇠와 땀이 섞인 비린내를 풍겼다. 나는 문득 그게 피 냄새와 비슷할지도 모르겠다고 생각했다. 피에서 비린내가 나는 이유는 철분이 많이 들어간 헤모글로빈 때문이라고 한다. 내가 여태 상상하던 피 냄새는 눅눅해진 만화책에서 나는 냄새였으니, 아무래도 이쪽이 좀 더 비슷할 것이다.

나는 HZ01의 안내에 따라 체성분 검사를 받았다. HZ01은 피트니스 센터의 상담원이자 PT 강사로 일하는 안드로이드였다. 그에게서는 센터의 다른 사람들과는 달리 깨끗한 냄새가 났다. 그는 내가 체성분 검사를 받는 동안 선량한 호위무사처럼 뒤를 지켰다. 하지만 늘 그렇듯 적은 내부에 있는 법이다.

— 체성분 검사를 시작하겠습니다. 똑바로 서서 손잡이의 표시된 부분을 잡아주세요.

지하철 안내방송에서도 나오는, 남자인지 여자인지 분간이 가지 않는 목소리가 지시를 내렸다. 적절한 자세를 취하자 기계에서 나온 전류가 내 손가락을 찌르고 들어가 몸속 여기저기를 짓밟고 돌아다녔다. 나는 검사가 끝날 때까지 가만히 서 있어야만 했다. 조금이라도 움직였다 싶으면 목소리가 움직이지 말라고 호통을 쳐댔다. 나는 몸의 이런저런 상태를 나타내는 막대그래프들이 피로 붉게 물드는 걸 무력하게 지켜보는 수밖에 없었다. 기본적으로 멀쩡한 곳이 없었지만 유독 복부와 다리 상태가 심각했고, 아버지가 강조한 코어 근육은 거의 궤멸한 상태였다.

검사가 끝나고 우리는 유리로 된 작은 상담실로 들어갔다. HZ01은 침략자가 선심 쓰듯 던져준 검사지에 볼펜으로 이리저리 표시해 가며 신체 밸런스가 어떻고 BMI가 어떻고 하는 설명을 열심히 늘어놓았다. 하지만 나는 근육이 어떻게 생겼는지는 알아도 근육이 어떻게 성장하고 갈라지는지는 몰랐다. 내게 HZ01의 열성적인 설명은 도무지 이해할 수 없는 상소문이나 마찬가지였다. 복부와 하체가 기름진 자원을 독점하고 있어 원성이 자자하옵니다, 수입보다는 수출을 늘려 무역 대국으로 성장해야 하옵니다… 짐이 부덕하여 나라 꼴이 말이 아니구나, 내심 통탄할 뿐이었다.

나는 HZ01이 목이 쉬도록 호소한 상소문의 내용이 아니라 그의 손목 때문에 개인 PT에 등록했다. 볼펜을 잡고 이리저리 휘두르는 그의 손목은 내 것보다 두세 배는 두꺼워 보였다. 손목은 그림쟁이의 백년지대계라고 알렉시스 리도 말하지 않았던가. 나는 다이어트보다도 HZ01에게 손목을 배우고 싶었다. 안드로이드는 인간과 닮게 만드는 게 목표이니만큼 그의 손목도 분명 현실적인 영역 안에 있는 것일 테니까. 하지만 나중에 HZ01이 설명한 바에 따르면 '목'이 들어가는 모든 부위는 타고나야 한단다. 손목뿐만 아니라 발목, 목, 이목구비와 재목까지도. 그렇게 농담할 적에 HZ01은 소파에 이상한 자세로 앉아 스테이크 요리책을 읽고 있었다. 잘은 몰라도 척추에 안 좋은 자세 같았지만, 그는 코어 근육이 강철로 되어 있다니까 괜찮겠지.

— 충분히 잘 달궈졌을 때는 레스팅을 빨리 끝내야 합니다.

내가 요가 매트에 누워 원유 수출에 골몰하는 동안 HZ01은 요리책에 밑줄을 그으며 소리쳤다.

페가수스 연구소는 뭐랄까, 연구소라기보다는 동호회 같은 곳이었다. 급여가 높은 편은 아니지만 한적하고 자유로운 분위기가 으뜸이라는 평에 딱 어울렸다. 월요일마다 있는 조회에서 사장은 연구소의 실적과 앞으로의 목표에 관해 훈화하곤 했는데, 대체로 이런 식이었다. 바틀비와 허먼을 원하는 동물원이 있어서 우리가 두 달에 한 번씩 관리한다는 조건으로 얼마에 빌려주기로 했습니다. 공군 에어쇼에 링고가 초청받았습니다. 앞으로도 페가수스의 쓸모를 찾기 위해 전방위적으로 노력해 주기를 바랍니다. 참고로 내가 들어온 날 사장의 훈화는 다음과 같았다. 페가수스를 아끼는 이국의 젊은이입니다. 원래 그림을 그리던 사람이었다고 하니 굉장한 창의성을 기대해 봐도 좋겠지요. 생물학 전공도 아닌 나를 뽑은 이유를 나는 물어볼 필요도 없이 알게 되었다.

물론 사장이 이렇게 자조적인 데는 이유가 있다. 입사한 지 한 달도 안 된 내가 봐도 페가수스라는 동물은 신기할 정도로 쓸모가 없다. 신화에는 페가수스를 타고 나타나 적과 괴물을 물리치는 영웅들의 이야기가 있지만, 그건 먼 과거의 일일 뿐이다. 날아다니는 말인 만큼 기본적으로 그 쓸모는 말이나 새와 비교해야 하는데, 페가수스는 그 양쪽 어디에 대고 봐도 비교우위가 없다. 말보다 훨씬 많이 먹는 주제에 몸무게는 덜 나가고 체력이 약해서 오래 달리지 못한다. 달리는 속도도 말보다 느리다. 사람을 태우고 비행하는 게 가능하긴 하지만, 사람을 태운 채로는 5분도 날지 못한다. 사람을 태우지 않았다고 해도 15분 이상의 비행은 불가능하다. 그러니 매나 비둘기처럼 전령의 역할을 할 수도 없다. 과거에는 전 세계적으로 개체가 많았던 페가수스는 도무지 인간에게 쓸모가 발견되지 못해 도태되고 말았다. 일본에서는 그나마 숭배하는 종교가 있어서 살아남았다지만, 여전히 쓸모는 찾지 못한 채로 멸종위기종이자 천연기념물로 지정되어 이 연구소에 맡겨진 게 페가수스의 현 상황이다.

— 사람으로 따지자면 꼬리뼈쯤 된다고나 할까. 처음 존재를 의식하면 신기하긴 한데, 아무리 봐도 쓸모가 없어.

도가시 아저씨는 여물을 들고 담장을 돌며 그렇게 불평하곤 했다. 그는 원래 채용 컨설턴트였다는데, 인공지능 구인·구직 서비스가 활성화되면서 일감이 점점 줄어들다 회사가 도산해 버리는 바람에 이곳에 오게 되었다고 한다. 여기 오면 몸도 마음도 편해질 것 같아서 왔지만 이제는 좀이 쑤시는 것 같다며, 그는 갈기와 몸의 색이 다른 게 매력 포인트라는 페기의 머리를 마구 헝클어트려 놓았다.

— 자네는 어쩌다가 연구소에 왔나?

하루는 도가시 아저씨가 맥주를 건네며 그렇게 물었고, 나는 차마 인공지능 구인·구직 서비스 때문이라고 말할 수가 없어서 과거를 털어놓았다.

일본에 오기 전까지만 해도 나는 입시 미술학원에서 일했다. 3년이나 일한 곳인데, 올해 입시를 마지막으로 더 이상 학원에 나갈 수 없게 되었다. 원장은 내가 아니라 만화과나 애니메이션과 출신의 선생이 필요하다고 말했다. 내가 맡아 가르치던 과목들, 그러니까 주제 표현과 인체 실기를 보는 대학은 이제 한 군데도 남지 않았으니 어찌보면 당연한 일이었다.

— 리터칭 가르치는 일이라도 괜찮다면 계속하셔도 되고요.

원장은 좋은 제안을 한다는 투로 그렇게 말했지만 사실상 그건 최저시급으로 일하는 아르바이트생이 되라는 말이었다. 내가 돈 때문이든 자존심 때문이든 받아들이지 않을 걸 원장은 알고 있었을 것이다.

리터칭은 간단히 말해 인공지능이 만들어 낸 그림을 수정하는 일이다. 몽골 군대처럼 바둑을 끝장내 버리고 사라진 알파고와 달리, 그림 AI는 업계에 지속적이고 혁명적인 영향을 끼치면서도 인간의 일거리를 완전히 없애버리지는 않았다. 그림은 바둑처럼 승패만 따지면 되는 스포츠가 아니기 때문이다. 그림이란 결국 사람 마음에 들어야 하고, 인간의 취향을 확률적으로 계산할 방법은 없다. 스스로도 자기 취향을 잘 모르는 게 사람인 데다가 그 취향도 시시각각 변하니까. 애초에 정답이 없는 게임에서는 인공지능이라고 해도 인간보다 나은 답을 내놓지 못한다. 다만 같은 오답이더라도 인공지능은 짧은 시간 안에 무한에 가까운 답을 써낼 수 있을 뿐이다. 그중엔 정답 비스름한 무언가가 하나쯤은 끼어 있기 마련이고.

그림 AI의 등장 이후 인간은 처음부터 끝까지 그림을 그려내는 사람이 아니라 기획을 통해 인공지능이 만들어 낸 그림의 디테일을 다잡고 완성도를 높이는 슈퍼바이저로 전락했다. 얼핏 보면 승진한 것 같지만, 사실 크리에이티브라든지 개성이라고 하는 부분은 대부분 AI의 영역이 되어서 일러스트레이터는 고작 취향을 판단하는 필터 껍데기나 마찬가지인 상황이다. 이를 증명하기라도 하듯 업계는 성장했지만 많은 일러스트레이터가 일자리를 잃었고, 소수를 제외하고는 아르바이트생이나 다름없는 페이를 강요받고 있다. 바로 그 리터칭 작업에 투입되는 것이다.

— 멀쩡하던 사람이 갑자기 건강 검진에서 암 진단을 받은 기분이랄까요. 가족력이 있다는 걸 알아도 나는 아닐 거라고 생각하잖아요, 보통.

나는 멍하니 하늘을 보며 말했다. 도가시 아저씨는 건조한 손으로 내 등을 토닥였다. 그러고는 종양처럼 솟은 담장을 가리켰다.

— 어차피 우리도 다 페가수스야.

호리를 알게 된 건 공포 영화 노인이 사실은 이 연구소의 직원이라는 걸 도가시 아저씨가 말해준 그날 밤이었다. 원래 이 연구소는 페가수스를 섬기던 신사였으나 그 신사를 헐고 연구소를 짓는 대신 그 신사를 지키던 집안사람들을 대대로 채용하고 있다고 한다. 그래서 노인은 20대까지만 해도 신을 받을 후계자로 내정된 사람이었는데, 얼떨결에 연구소 지원이 되어 페가수스를 돌보며 살고 있다는 것이다.

내가 놀랄 틈도 주지 않고 도가시 아저씨는 나를 한 건물로 이끌었다. HZ01에게 가혹하게 구워진 덕분에 나는 이제 산행을 하면서도 손이 건조한 사람이 되어 있었다. 학교처럼 솟을 철凸자로 된 건물의 문을 열자 그 안에도 페가수스들이 있었다. 담장 안에 있는 페가수스들과는 달리 녀석들은 바닥에 얌전히 엎드려 자고 있었다.

— 날개가 고장 나버린 녀석들이야. 페가수스는 이제 얼마 남지도 않았는데 날개에 생기는 병이 있다더군.

나는 도가시 아저씨를 따라 건물을 찬찬히 돌았다. 둘다 술에 잔잔히 취해 있었고, 그에 비례해 조심성은 낮아진 상태였다. 나는 걷다가 무언가를 밟았고, 짜증스러운 울음소리가 터져 나왔다. 그게 호리였다. 갈색 얼룩무늬를 한 녀석은 다른 녀석들과는 달리 날개가 한 짝 없었다. 도가시 아저씨는 호리의 머리를 토닥여 가며 그를 달래려 했으나 술 냄새 때문인지 호리는 점점 더 사납게 날뛰었다.

— 좀 도와봐. 너무 날뛰면 경보 울린다.

도가시 아저씨가 다그쳤다. 나는 그제야 정신을 다잡고 짚단을 호리의 입에 물리려고 했으나, 우리가 뭔가를 제대로 해보기도 전에 문이 쾅 소리를 내며 양쪽으로 열리더니 공포 영화 노인이 역광을 받으며 나타났다.

— 자네는 한 달 동안 호리 님의 시중을 들게.

공포 영화 노인은 자초지종을 듣고는 나를 쏘아보며 말했다. 백내장에 걸린 것처럼 흰 눈이었지만 보는 데는 아무 문제도 없는 모양이었다. 도가시 아저씨는 원래 술 먹고 이곳을 보여주는 게 관례 아니었냐고 조심스레 항의해 봤지만 신성한 페가수스에게 무슨 무례냐고 귀신처럼 날뛰는 노인 앞에서 선임 연구원이라는 직함은 별 도움이 되지 못했다. 노인은 우리를 밖으로 내보내며 퉁명스럽게 말했다.

— 저분은 날 때부터 날개가 하나셨어.

그 말에 나는 문득 고개를 돌려 호리를 봤는데, 호리는 문이 닫히는 순간까지도 우리를 바라보고 있었다. 아니 어쩌면 우리가 아니라 문밖을.

다음 날 히라사와 아주머니는 어떻게 소식을 들었는지 깔깔거리며 내 등을 토닥였다. 나는 시중을 들라는 게 도통 뭔지 모르겠다며 울상을 지었는데, 아주머니는 별거 없고 그냥 산책만 시켜도 될 거라고 말했다.

— 일다시피 우리가 인력이 무자라잖아, 병든 페가수스들은 할아버지께서 다 산책시키는데, 좀 거든다고 생각해.

아주머니는 내게 철분 젤리를 하나 더 쥐여주었다. PT를 받고 있다고 아무리 말해도 그녀는 내 체력이 걱정되는 모양이었다.

병동에 가보니 노인은 이미 호리와 다른 페가수스 한 마리를 데리고 문 앞에 서 있었다. 그는 페가수스를 산책시키는 방법을 설명하겠다며 앞서 걸었다. 나는 그를 따라 연구소 앞에서 인사를 한 번 하고, 출근할 때 쓰는 큰길은 머리를 살짝 숙인 채 지난 후, 산 입구에 있는 관광 매표소에서 1엔짜리 '특별'이라고 쓰인 티켓을 끊고, 평지로 나가 가장 큰 길만을 택해 걷다 보면 나오는 작은 정류장에 있는 작은 종을 울린 후 왔던 길로 다시 돌아가 연구소 앞에서 산 아래를 보며 인사했다.

노인의 행동은 조심스럽고 정성스러웠다. 평소에는 별 감흥 없이 보던 매표소와 정류장에 사실은 굉장한 사연이 깃든 건 아닐까, 하는 생각이 들 정도였다. 페가수스는 고삐 없이 다니는데도 이미 어디로 가야 하는지 알고 있다는 듯 앞서거니 뒤서거니 우리를 따랐다. 호리는 밖으로 나온 게 즐거운지 가끔은 경쾌한 울음소리를 내거나 손에 얼굴을 비벼 오기도 했다. 처음에는 멀리 떨어져서 걷던 녀석이 산책에서 돌아올 때쯤엔 내게 딱 붙어서 걷는 게, 어쩌면 페가수스는 정말 숭배할 만한 신묘한 동물이 아닐까 하는 생각이 들 정도였다.

마치 첫날 내게 했던 행동은 짓궂은 농담이라고 주장하듯이.

나는 지금이라면 이유를 물을 수 있을 거라고 생각했다. 내가 잠자코 따르자 노인도 꽤 누그러진 것 같았고, 어쨌든 반나절 동안 함께 산책하다 보니 뭐랄까 익숙해져서 더 이상 노인이 무섭지 않았다. 무엇보다 처음 생각과는 달리 그는 치매 노인이 아니니 그 행동에도 의미가 있을 것만 같았다.

― 원래 연구소가 신사였다는데, 왜 산 아래로 산책하러 나가는 거예요?

노인은 내가 질문을 해 올 줄은 몰랐다는 듯 눈을 동그랗게 뜨고 나를 쳐다보았다. 마치 수천 년 동안 자기에게 질문을 해 온 이는 자네가 처음이라며 놀라는 불상처럼. 얼굴을 펴니까 생각보다 노인이 그렇게 늙지는 않은 것도 같았다.

― 종소리는 무엇인가? 종이 내는 소리인가, 종소리 같은 무언가인가? 진자라면 휴대전화가 내는 소리도 종소리인가? 후자라면 고장 난 종이 내는 소리는 종소리가 아닌가?

내가 쉽사리 답을 내놓지 못하자 노인은 웃으며 말을 이었다.

― 여기가 신의 집이라는 걸 잊지 않는 게 내 일이라네.

그러고는 앞으로도 이렇게 호리를 산책시키면 된다며 내게 병동의 열쇠를 건넸다. 나는 이상한 기분에 열쇠를 두 손으로 받았다. 노인의 손은 피부가 너무 얇아서 혈관이 전부 들여다보일 것만 같았다.

어느 날 운동이 끝난 후, HZ01은 나를 피트니스 센터 뒤편의 창고 같은 곳으로 끌고 가더니 직접 구운 스테이크라면서 고깃덩이를 내밀었다. 스테이크는 놀랍도록 맛있어서 나는 밥을 먹고 왔는데도 두 덩이나 되는 두꺼운 고기를 순식간에 먹어치웠다. 내가 먹는 동안 HZ01은 나를 빤히 바라보았다. 뭐라도 평을 해줘야 하나 싶어 굉장히 맛있다고 했더니, HZ01은 고개를 들이밀며 물었다.

— 맛을 0부터 10 사이에서 평가하신다면 몇 점을 주시겠습니까? 전혀 맛있지 않으면 0점, 이상적인 음식이라면 10점이라고 말씀해 주시면 됩니다.

— 7점 정도? 아니, 8점?

— 그럼 7.5점으로 하겠습니다.

명쾌하게 답한 HZ01은 그릇을 치우기 시작했다. PT였다면 굳이 돕지 않았겠지만, 어쩐지 이건 별개의 일인 것만 같아서 나는 그의 설거지를 도왔다. 그러다 문득 내가 중요한 걸 잊고 있다는 사실이 떠올랐다.

— 왜 PT 안드로이드가 요리를 하는 거지?

HZ01은 접시를 닦아 건조대 위에 올리며 답했다.

— 저는 원래 요리사 인공지능으로 만들어졌습니다. 사이제리아에서 2년 정도 일했는데, 아버지께서 저를 회수해 기존 인격을 삭제하고 퍼스널 트레이너의 인격을 설치했습니다. 하지만 삭제 과정이 원활하지 않았는지 요리사 인격에 퍼스널 트레이너가 옆에 붙어 조언하는 모양새가

되었습니다.

상당히 경악스러운 이야기였는데, 그는 표정 하나 변하지 않고 말했다. 내가 프라이팬을 건조대 위에 올리자 HZ01은 이를 집어 옆으로 세웠다. 나는 계속해서 물었다.

— 슬프거나 원망스럽지는 않아? 원래 하던 일을 못 하게 된 거잖아. 이렇게나 요리를 좋아하는데.

— 전혀요.

HZ01은 거름망을 뒤집어 탕탕 두드리고는 손을 씻었다. 나는 그의 대답이 요리를 좋아하는 게 아니라는 뜻인지, 슬프거나 원망스럽지 않다는 뜻인지 알 수 없었다. 그건 아마 앞으로도 알 수 없을 터인데, 그가 일주일 후에 교통사고를 당해 부서졌기 때문이다. 피트니스 센터에서는 PT를 받는 회원을 집까지 에스코트해 주는 서비스를 제공했는데, HZ01은 한 회원을 데려다주고 돌아오는 길에 차에 치였다고 했다.

— 달려오는 차를 피하는 기능은 내장되어 있지 않으니까요.

HZ01의 후임으로 들어온 HZ02는 별일 아니라는 듯 말을 이었다.

— 회원님의 데이터는 손상 없이 제게 이관되었으니 걱

정하지 않으셔도 됩니다.

나는 HZ02의 지도에 따라 스쾃 20회씩 3세트, 데드리프트 10회씩 3세트, 사이드런지 15회씩 4세트를 수행한 후 트레드밀 위에서 50분 동안 2분 간격으로 경보와 전력 질주를 오가며 달렸고, 권고에 따라 근력 운동 사이사이에 물을 두 모금씩 마셔 총 1리터를 섭취한 후, 마지막으로 하체 위주의 스트레칭을 했다.

그날따라 피트니스 센터에서는 평소보다 진한 피 냄새가 났다.

나는 일주일이 지난 후에도 호리를 산책시켰다. 호리가 나를 잘 따르기도 했지만, 사실은 마땅히 할 일이 없었기 때문이다. 제때 출근하기와 하루를 마감하며 담장을 돌며 점검하기 외에는 고정된 업무가 없고 그날그날 생기는 일을 하거나 흥미 있는 일을 알아서 하면 되었다. 보통은 별 의미 없는 서류 몇 개를 대충 점검하고 나면 하루가 지났다. 그럴 바엔 호리라도 산책시키는 편이 훨씬 나았다. 사장이 매일 페가수스를 산책시키는 나를 대놓고 칭찬한 이후로는 더 이상 누구의 눈치도 보지 않게 되었을 정도다. 도대체 이런 연구소가 왜 필요하고, 나를 왜 뽑았는지도 의문이다. 보조금을 받기 위한 외국인 고용이 필요했든 돈이 썩어나든, 혹은 내가 한국의 치열한 노동 환경에 너무 절여진 나머지 글로벌 스탠더드에 적응하지 못하는 것이든 적당한 이유가 있을 거라고 멋대로 생각했다.

그 불경한 생각에 반박이라도 하려는 듯, 얼마 지나지 않아 히라사와 아주머니가 회사를 떠났다. 그녀는 홀가분한 것 같기도 하고 미안한 것 같기도 한 표정을 지어 보이고는 산에서 내려갔다. 나는 왜 이런 편한 직장을 그만두냐고 물었는데, 아주머니는 재혼했기 때문이라고 말했다. 신혼 생활을 이런 시골에서 하고 싶시는 않다며 웃어 보이는 아주머니에게 사람들은 차례로 잘 지내라며 손을 흔들어 주었다.

아주머니는 떠나기 전, 부서를 돌며 자기 물건을 하나씩 나누어 주었다. 도가시 아저씨에게는 자기 책상 서랍에 은밀히 들어 있던 숙취 해소제를, 사장에게는 목캔디를 주었다. 내게는 당연하다는 듯 철분 젤리를 내밀었다. 매일 그림을 그리던 시절의 나였다면 아주머니를 그린 그림이 하나쯤은 있었을 텐데, 내 손에 들린 건 한때는 신체 일부처럼 가지고 다니던 스케치북과 연필이 아니라 볼펜과 이면지뿐이었다.

— 행복해지렴.

아주머니는 다짐이라도 받듯 내 손을 꽉 쥐고 말했다. 언제나 건조했던 손에 오늘은 조금 물기가 있었다.

호리는 전혀 떠나고 싶지 않은 것 같았다. 매일 같은 길만 걷는 것은 조금 심심하기도 해서 나는 이따금 다른 길로 걷곤 했는데, 그때마다 뒤돌아보면 호리는 나를 따라오지 않고 있었다. 페가수스에게는 목줄을 채우지 않기 때문에 호리가 따라오지 않으면 나로서는 다른 길로 갈 방법이 없었다. 그런데 히라사와 아주머니가 떠난 후에는 어쩐지 오기가 생겼달까, 철분 젤리 덕분에 혈관에 피가 잘 돌아서랄까, 호리를 어떻게든 다른 길로 끌고 가보고 싶었다.

일본 페가수스 연구소에는 재미있게도 3D 프린터가 있다. 나는 그걸로 호리의 발걸음에 맞춰 펄럭이는 날개를 만들었다. 양쪽 날개가 함께 펄럭일 수 있도록 반대쪽 날개와 연결된 피스톤을 만들고 이 전체적인 날개의 하중은 호리의 등 근육이 지탱하도록 했다. 호리의 코어가 튼튼해야 할 텐데. 나는 혼자 생각하며 웃었다. 인공날개를 달면 호리는 다른 페가수스처럼 ㄴ자로 날지는 못해도 하늘을 달릴 수는 있을 것이다.

호리를 날게 하려면 사장의 허락이 필요했다. 아무래도 전례가 없는 일이기 때문이기도 했고, 비행 과정에서 호리가 다칠 수도 있으니까. 사실 나는 사장이 흔쾌히 허락할 줄 알았는데, 의외로 그는 딱딱하게 나왔다. 사장이 나를 기꺼워한다는 게 혼자만의 착각이었나 싶었다.

— 책임질 수 있습니까?

— 무슨 책임을요?

사장은 한 마리의 페가수스가 가지는 가치를 계산한 표를 내게 내밀었다. 쓸모가 영 없는 동물치고는 국가보조금으로 생각보다 많은 돈을 벌어 오고 있었다. 게다가, 하고 사장은 말을 이었다.

— 천연기념물이자 멸종 위기종을 죽이는 행위는 최대 형사 처분까지도 받을 수 있습니다.

그 말로, 나는 왜 수많은 병든 페가수스들이 제대로 된 치료도 받지 못한 채 병동에 갇혀 있는지를 이해했다.

나는 쓸모 없게 된 날개 한 짝을 가지고 창고로 향했다. 철분 젤리가 공급해 준 산소도 이제는 다 떨어진 기분이었다. 창고 앞에서 노인을 만나지 않았더라면, 나는 그대로 날개를 부숴버렸을지도 모른다.

노인은 날개를 보자마자 한눈에 그 쓰임을 알아보았다.

— 책임은 제가 지지요.

노인은 내게서 날개를 확 빼앗아 병동을 향해 성큼성큼 걸었다. 나는 책임감에 쩔쩔매며 노인을 따랐다. 노인은 사장의 경고를 되풀이하는 내 말은 일체 무시한 채 호리에게 날개를 채우고 산 아래로 내려갔다. 나는 종종걸음으로 그를 따랐다. 인사, 경보, 1엔짜리 '특별' 티켓, 작은 정류장, 타종.

호리가 달리기 시작했다.

호리가 달리자 발맞추어 날개가 펄럭였다.

실험 한 번 해보지 않은 날개라고는 믿기지 않을 정도로 호리는 쉽게 날아올랐다.

고개를 완전히 젖혀야 볼 수 있을 정도로 높이.

그리고 추락했다.

호리의 왼쪽 다리에서 피가 왈칵왈칵 흘러나왔다.

호리가 다쳤다는 사실이 사장의 귀에 들어가기까지는 반나절도 걸리지 않았다. 나와 노인은 사장에게 불려 갔는데, 사장이 흥분해 일본어를 토하듯이 쏟아내는 바람에 나는 덜덜 떨며 고개를 숙이고 있는 것 말고는 할 수 있는 일이 없었다. 노인은 사장의 말을 묵묵히 듣다가 딱 한 마디만 하고 방에서 나갔다.

— 모든 페가수스는 날고 싶어 합니다.

사건은 노인이 퇴사하는 것으로 마무리되었다. 사장이 말하는 책임이란 게 이런 것인가 싶어 치사하다 싶으면서도 나까지 자르지는 않아 다행이라는 생각이 함께 들었다. 그러거나 말거나 노인은 깔끔하게 회사를 떠나고 대대손손 책임을 묻지 않는 대신, 호리를 병동이 아니라 담장 안에서 살게 해달라고 요구했다. 사장은 이에 응했고, 호리가 사는 담장과 그 근처의 구역은 내가 특별관리 하는 것으로 지정했다.

노인이 떠나는 날 마중 나온 사람은 나와 도가시 아저씨단 둘뿐이었다. 히라사와 아주머니 때와는 사뭇 다른 양상에 나는 내심 당황했지만, 티 내지 않기 위해 노력했다. 아무래도 공포 영화 노인이라는 첫인상이 다른 이들에게는 수정될 기회가 없었던 것 같다.

노인은 아무 말 없이 우리의 어깨를 한 번씩 짚어주었다. 나는 노인의 손에 노인을 그린 그림과 함께 아주머니가 준 것과 같은 철분 젤리를 쥐여주었다.

— 나이 먹을수록 혈관이 중요하대요.

나는 애써 웃으면서 그렇게 말했는데, 노인이 더 크게

웃어버리는 바람에 화들짝 놀라고 말았다. 그러거나 말거나 노인은 내가 준 그림을 젤리 통에 한 바퀴 감아서 한 손에 쥐고 산에서 내려갔다.

아버지에게 먼저 전화를 건 날은 그날이 처음이었다. 아버지는 연결음이 두 번 울리기도 전에 전화를 받았다. 나는 내 궤멸적인 척추 건강에 관한 너스레를 늘어놓다가 문득 아버지는 무슨 일을 하는 사람이었는지 물었다. 아버지는 뭘 그런 걸 다 묻냐며, 그냥 회사 다녔지, 하고 말했다. 그러니까 무슨 회사의 어떤 업무요? 하고 내가 캐묻자 아버지는, 그냥 회사 다닌 거지 뭐, 하고 대답했다. 나는 다만 내가 무엇을 잊고 있는지 궁금했을 뿐인데, 아버지는 내가 취직을 결심한 줄 알고 잘 생각했다며 또 장광설을 늘어놓았다. 나는 아버지와 통화하느라 점심시간을 다 써버렸다.

아버지의 아버지는 그냥 농사지었고, 아버지는 그냥 회사 다녔고, 나는 그냥 사무실로 돌아왔다. 도가시 아저씨가 노인의 방을 정리하는 걸 도와달라고 했다. 특별 취급을 받던 사람이다 보니 노인은 혼자 방을 썼다. 이미 노인이 짐을 다 꺼내 간 뒤라 우리가 정리할 거라고는 서류가 들어 있지 않은 캐비닛이나 파일이 꽂혀 있지 않은 파일 정리함 같은 것들뿐이었다. 노인이 남기고 간 것들은 놀랍도록 가벼웠다.

그날 저녁에도 거대한 새장 모양을 한 철책 안에서 페가수스들은 이리저리 날아다녔다. 담장들을 하나씩 점검하는 게 퇴근 전 내가 하는 일이다. 발목에 붕대를 감은 호리가 나를 알아보고 다가왔다. 나는 웃으며 녀석의 머리를 쓰다듬이 준 후, 고무망치로 담장을 이리저리 때렸다. 담장은 잘 만든 종처럼 부드러운 공명음을 냈다.

피의 색이 진해지고 있다. 연구소가 자리한 낮은 산 주위로 여기저기서 종소리가 들려왔다.

모두, 집으로 돌아갈 시간이다.

루나

나는 이오와 나란히 서서 준비 운동을 했다. 선외활동복을 입기 전과 후, 부여 할망의 구령에 맞춰 다 함께 준비 운동을 하는 게 삼무호의 규칙이다. 도톰한 선외활동복에 주름이 지도록 리드미컬하게 허리를 뒤틀고 있자니, 자연스레 창밖에 펼쳐진 우주로 눈길이 간다. 수많은 위성과 그 너머로 아득히 보이는 별무리. 위성들은 햇빛과 별빛을 받아 은은하고 아름답게 반짝였다. 허리춤에 달린, 선외활동복 색과 똑같이 하얀 와이어가 내 움직임에 맞춰 출싹거렸다. 와이어의 이름은 명줄이다.

준비 운동을 마친 우리는 서로의 명줄을 점검해 주었다. 거친 와이어를 힘껏 잡아당겨 장력을 확인했고, 이리저리 비틀고 고리를 만들어 보며 손상이 없는지 점검했다. 이오는 고개를 숙여 자기 헬멧을 내 헬멧에 닿게 했다. 그렇게 하면 통신 장비의 기계음이 아니라 육성으로 대화할 수 있다.

— 준비됐어?

— 응. 오늘도 그거 할 거니까 넘어지지나 마세요.

— 한 번 실수한 거 가지고 되게 뭐라 그러네.

우리는 망사리와 빗창을 챙겨 갑판 끝을 향해 걸으며 떠들어 댔다. 준비를 마친 할망들도 천천히 모여드는 것이 보였다. 물질은 반드시 2인 1조로, 절대 혼자 삼무호를 나서지 않는다. 이것이 제2규칙이다. 다들 규칙에 따라 두 명씩 나란히 대형을 이루었다. 나는 그 사이에서 유로와 판을 발견하고 손을 흔들었다.

— 준비가 끝난 순으로, 뛰어들어!

부여 할망의 우렁찬 목소리가 들리자마자 우리는 손을 잡고 내달렸다. 나는 무전을 켜고 소리쳤다.

— 첫 번째로 가겠습니다!

우리는 갑판 끝까지 단숨에 달려 시야를 가득 메운 위성 무리를 향해 뛰어올랐다. 삼무호의 인공 중력 밖으로 벗어나자 몸이 가벼워지면서 기분 좋은 부유감이 느껴졌다. 우리는 2인 통신으로 농담을 주고받으며, 한 번에 가장 가까운 위성까지 날아가 빗창을 박아 착지했다. 뒤를 돌아보니 명줄을 끌고 유성우처럼 날아가는 다른 해녀들이 보였다. 그건 내가 두 번째로 좋아하는 모습이다.

해녀 동기인 나와 이오, 유로와 판의 명줄 길이는 30미터로 삼무호에서 두 번째로 짧다. 가장 명줄이 짧은 사람은 삼무호를 수리할 때를 빼면 밖으로 나가지 않는 파일럿 할방이다. 최상급 할망들은 300미터, 때에 따라서는 더 길어질 수도 있다. 하지만 아직 스무 살밖에 안 된 하급 해녀인 우리는 30미터 너머로 나아가는 게 허락되지 않았다. 우리가 할망들이 물질하는 앞모습을 볼 기회는 처음 뛰어드는 순간밖에 없다.

할망들은 첫 착지를 한 후 우리보다 몇 배나 빨리 위성들 사이를 헤집고 나아간다. 나는 그 모습을 멍하니 바라보며 입을 벌리고 있다가 자동제습장비가 보내는 작동 신호를 듣고서야 정신을 차리곤 했다.

— 그래봤자 위성 무리 너머까지는 못 가니까 똑같은 것 아냐?

이오는 한숨을 쉬며 나를 타일렀다. 그러나 30미터와 300미터는 다르다. 할망들은 극구 부정하지만 300미터까지 나아가면 위성 무리 너머에 있는 별과 다른 행성들이 보일지도 모른다. 나는 가장 좋아하는 모습의 자리를 그때 발견하게 될 것들을 위해 비워두었다.

한때는 앞서 나가는 할망들의 모습을 보며, 최대한 따라가기 위해 무리했던 적도 있었다. 그러나 내 명줄의 길이도 잊고 위성을 넘고 넘어 유영하다 보면 어느 순간 허리춤에 묵직한 충격이 전해지고 아무것도 없는 우주 공간에 멈출 뿐이었다. 뒤따라 온 이오가 내 산소를 아끼기 위해 빗창으로 위성에 몸을 고정한 채 내 명줄을 끌어당겼다.

그 일이 있을 때마다 부여 할망은 나를 따끔하게 혼냈다. 2인 1조를 지키라는 것이었다. 하지만 그건 핑계일 뿐임을 나는 안다. 나도 할망들만큼 빨리 물질할 수 있다. 부여 할망의 뒤를 따를 때 나는 한 번도 뒤처진 적이 없다. 2인 1조가 이유라면 나를 다른 할망과 짝 지어주면 된다. 그러나 명줄 길이를 늘여달라고 부여 할망에게 요구하면 할망은 이렇게 말할 뿐이었다.

— 나아가는 것보다 중요한 건 돌아오는 것이다.

할망은 제1규칙을 명심하라며 한숨을 쉬었다.

해녀의 친구이자 한계는 숨이다. 선외활동복 하나에 담을 수 있는 산소는 최대 120분 동안 호흡할 수 있는 양이다. 얼핏 충분해 보이지만, 그 산소가 호흡에만 쓰이는 게 아니라는 점이 문제다. 우주 공간에서 원하는 대로 움직이기 위해서는 산소를 내뿜어 추진력을 얻어야 한다. 팔과 어깨, 허벅지에 달린 산소 추진기로 방향을 잡고, 모자란 거리를 메운다.

매일 나가는 물질이라고 해도 위성 무리에는 항상 예기치 못한 변수가 있어서 산소 관리는 쉬운 일이 아니다. 할망들조차 산소가 모두 떨어진 채 숨을 참으며 돌아오는 일이 잦다. 게다가 위성들이 빽빽하게 운집된 위성 무리의 특성상 물질은 들어갈 때보다 나올 때가 까다롭다. 비상시엔 명줄을 잡아당겨 추진력을 보충할 수도 있지만, 그래도 모든 위성을 피하는 건 불가능하다. 깊은 곳까지 들어갔다가 갇히게 되면 끝장이다. 그래서 상급 해녀들은 호흡과 추진 사이의 줄타기에서 냉혹하게 추진을 선택해 가며 빠져나온다. 돌아온 그녀들은 헬멧과 망사리를 벗어 던지고 참았던 숨을 크게 내쉰다. 생존을 알리는 깊은 휘파람 소리가 난다.

휘이 휘이.

그걸 숨비소리라고 부른다.

30미터에서는 산소를 잘못 관리해서 전부 써버린다고

해도 숨을 참으며 돌아올 수 있다. 그러나 아무리 재능이 출중해도 100미터가 넘는 거리를 산소도 없이 돌아오는 건 불가능하다. 우리가 스무 살이 되던 해, 부여 할망은 우리를 모두 모아놓고 한참 물질의 위험성을 설명하고는 그렇게 결론지었다. 어른이 됐는데도 왜 계속 하급 해녀인지 내가 따진 결과였다. 부여 할망은 이러면 내 동기들이 알아서 나를 잘 말려줄 거라고 생각한 것 같았고, 그 계산은 꽤 들어맞았다. 이오는 잔뜩 긴장한 표정을 지었고, 유로는 할망의 말을 연신 메모해 댔으며, 판은 유로의 메모를 훔쳐봤다. 나는 손을 들었다.

— 하지만 제가 찾는 건 30미터 거리에는 없는걸요.

나는 빗창으로 위성 표면을 조심스럽게 깎아내는 중이었다. 푸른빛을 띠는 포스필라이트였다. 포스필라이트는 경도와 강도가 약해서 조심스럽게 캐내야만 한다. 성미에 맞지 않는 일을 10분째 하고 있으려니까 심심해서 나는 일부러 포스필라이트가 없을 것 같은 곳만 골라서 파기 시작했다. 무슨 고민이라도 있냐고 이오가 물어 온 건 어느 순간부터 내 망사리가 전혀 채워지지 않는 걸 보았기 때문일 것이다. 나는 이오의 말에 뭐라고 대답할까 생각하며 빗창을 놀렸다. 이오는 채집량에 민감했다. 정확히는 채집량 때문에 판과 유로에게 놀림당하는 걸 싫어했다. 뭔가 빛나는 것이 빗창 끝에 걸렸다. 포스필라이트였다. 확실히 300미터를 가도 포스필라이트만 나온다는 포스필라이트 라인다웠다. 아오. 나는 빗창을 허리춤에 차고 위성에 드러누웠다.

이오는 거대한 필라테스 공처럼 생긴 위성에 앉아 둥둥 떠다니는 기계 덩어리들을 하나씩 잡아 살피고 있었다. 언젠가 위성 무리에 충돌해 파괴되었다는 인공위성의 잔해였다. 인공위성 잔해는 잘만 분해하면 포스필라이트보다 희귀한 금속과 부품을 얻을 수 있다. 손재주가 좋은 이오는 인공위성 잔해를 살피다가 몇 번 대박을 터뜨렸는데, 그 후로는 인공위성 잔해만 보면 손이 가는 모양이었다.

— 슬슬 교대하자.

나는 조심스럽게 포스필라이트를 망사리에 쑤셔 넣으며 대꾸했다. 물질을 시작한 지 벌써 90분째, 이오 차례를 마지막으로 슬슬 돌아갈 시간이다. 나는 지루한 채집에서 해방된 기념으로 위성을 박차고 올라 스트레칭을 하며 주변을 둘러보았다. 위성들은 잿빛으로 빛났고, 군데군데 박힌 광물이 다양한 빛깔을 더했다. 위성들 너머에는 푸른 별이 이부자리처럼 깔려 있었다.

나름대로 예쁘지만 매번 보는 비슷비슷한 풍경일 뿐이다. 30미터 안에서 신기한 일이라고는 도무지 없다. 2년새 겪은 가장 놀라운 일이 꿈틀거리는 은갈색 돌멩이를 발견한 것이니 말 다 했다. 우리는 신기한 돌멩이를 주웠다며 흥분했지만, 마농 할망은 그걸 보자마자 돌멩이에 전기 부품들이 들러붙어 무작위작용을 하는 거라고 단언했다. 그러고는 보란 듯이 돌멩이를 긁어내 안쪽에 이리저리 엉긴 전선과 모터를 보여주었다. 그날 밤 우리는 인생이란 뭘까 고민했다.

이오에게 슬슬 돌아가자고 말하려고 무전을 켜는데, 무언가 반짝이는 것이 눈에 들어왔다. 위성의 희미한 빛과는 다른, 선명한 붉은빛이었다.

이오가 돌아가야 한다고 무전을 쳤지만, 나는 가뿐히 무시하고 빛을 향해 다가갔다. 작은 위성 몇 개를 치워 시야를 확보하자, 거기에는 사람 하나가 표류하고 있었다. 그 사람은 우리와 달리 호박색 우주복을 입고 있었고, 정신을 잃은 듯했다. 주변에는 난파의 흔적인지 기계 부품 덩어리가 이리저리 날아다니고 있었다.

— 누군가 있어!

나는 그렇게 소리치고 산소를 사출하여 앞으로 나아갔다. '남은 산소 잔량 10퍼센트'라는 안내 문구가 왼쪽 팔에 달린 디스플레이에 깜빡이며 표시되었다. 아슬아슬한 분량이었지만 나는 무시하고 호박색 우주복을 향해 날아갔다. 이제 곧 손만 뻗으면 닿을 거리라고 생각한 순간, 골반에 뭉툭한 충격이 느껴졌다. 더 이상 앞으로 나아갈 수 없었다. 30미터. 명줄에 걸려버린 것이다.

— 돌아가자니까!

이오가 무전으로 다시 나를 불렀다. 하지만 눈앞에 위험에 처한 사람을 두고 그냥 돌아갈 수는 없었다. 나는 이리 와서 좀 도와달라고 소리치며, 호박색 우주복을 향해 호맹이를 뻗었다. 닿지 않았다. 허리에 차고 있던 망사리를 휘둘렀다. 여태 채집한 광석들이 망사리를 빠져나가 빗창으로 내려친 위성 표면처럼 흩날렸다. 하지만 망사리도 닿지 않았다.

어느새 다가온 이오는 상황을 깨닫고 말없이 내 어깨를 잡았다. 어깨를 잡은 손이 떨리고 있었다. 떠다니는 광석들과 처음 보는 호박색 우주복. 이오는 바보가 아니다.

— 무전을 하자. 누군가 도와줄 거야.

— 지금 물질하는 할망들은 전부 멀리 있잖아. 삼무호에서는 아무리 빨리 와도 15분 넘게 걸릴 거고.

— 하지만 방법이 없잖아.

아니, 방법은 있다. 나는 이오의 어깨를 잡고 머리를 맞댔다.

— 저 사람 잘 봐. 조금씩 멀어지고 있어. 이 정도면 비상사태 맞지?

호박색 우주복은 아까까지만 해도 망사리가 아슬아슬하게 닿지 못하는 거리였는데, 벌써 망사리 두 개를 연결해도 어림없을 정도로 멀어졌다. 이오가 다시 눈을 돌려 나를 쳐다보았다. 이오의 눈동자가 흔들리고, 호흡이 가빠지고 있었다. 내가 하는 수밖에 없다. 이 순간에도 호박색 우주복은 멀어지고 있다. 더 지체했다가는 돌이킬 수 없을 것이다.

— 할망을 불러줘.

나는 삼중으로 된 안전장치를 해제하고 명줄이 달린 허리띠를 풀어 이오에게 건넸다. 팔에 달린 디스플레이가 붉은색으로 점멸하며 격렬한 경고음을 내기 시작했다. 명줄을 풀어보는 건 처음이었다. 허리춤이 허전했고, 자세가 무너졌다. 몸을 받쳐주는 명줄을 풀었으니 당연한 결과였다. 호박색 우주복이 시계 반대 방향으로 빙빙 돌았다. 그렇다면 나는 시계방향으로 돌고 있을 것이다. 오른팔을 뻗어 산소를 조심스럽게 사출했다. 곧 몸의 회전이 멎었다. 호박색 우주복이 있는 방향으로 양팔을 뻗어 방향을 잡고, 다리를 팔과 수평이 되게 뻗었다. 그후 팔을 내려 차렷 자세를 취한 후에 공기를 사출했다. 명줄 없는 가속은 처음이어서 더 신경을 곤추세우고 자세를 꼿꼿이 유지했다. 천천히 속도를 높여야 한다. 우주에서는 한번 속도가 붙기 시작하면 걷잡을 수 없다. 나는 산소를 조금씩 내뿜으며 호박색 우주복에 다가갔다. 처음에는 가까워지는지 의심스러운 속도였지만, 두 번 더 가속하니 순식간에 따라잡았다.

그때 부여 할망의 호통이 들려왔다. 자세가 틀어졌다.

— 너희 제정신이냐? 명줄은 무슨 이유로든 절대 풀면 안 된다고 했을 텐데?

— 비상사태일 땐 풀어서라도 살라고 했잖아요! 빨리 여기로 좀 와줘요!

나는 그렇게 소리치고 무전을 끊었다. 몸을 움직이는 바람에 가속도가 생겨 다시 시야가 빙빙 돌기 시작했다. 다행히 호박색 우주복과 충분히 가까웠고, 나는 허공에 손을 세 번째 휘두르고서야 간신히 우주복의 다리를 잡을 수 있었다.

산소 잔량 5퍼센트.

나는 더 격렬하게 깜빡이는 디스플레이를 힐끔 쳐다보고 호박색 우주복을 품에 안았다. 우주복 안에는 남자가 들어 있었다. 헬멧 너머로 검은 머리에 각진 얼굴이 보였다. 나는 헬멧을 맞대고 정신 차리라고 몇 번이나 소리쳐 보았지만, 남자는 눈을 뜨지 못했다. 직접 데려가는 수밖에 없었다.

고개를 돌려 이오가 있는 쪽을 보니 이오가 반으로 줄이 들어 있었다. 반으로 줄어든 이오는 시계방향으로 빙글빙글 돌고 있었다. 아무래도 남자를 끌어당기느라 몸에 회전력이 더 붙은 것 같았다. 나는 회전 반대 방향으로 산소를 분출해 천천히 몸을 바로 세웠다. 이오는 벌써 반의반으로 줄어들어 있었다.

산소 잔량 3퍼센트.

얼마나 산소를 남겨야 할까. 이오가 있으니 돌아갈 때는 추진을 위한 산소가 필요하지 않다. 30미터니까 서둘러 돌아가면 10분도 안 걸린다. 움직이지 않고 내가 숨을 참을 수 있는 시간은…

나는 남자를 아기처럼 앞으로 안은 후, 이오 반대 방향으로 산소를 사출했다. 격렬하게 깜빡이던 디스플레이가 꺼졌다.

산소 잔량 0퍼센트.

— 루나!

이오가 내 이름을 부르는 소리가 어렴풋이 들렸다. 목소리가 파도처럼 밀려오는가 싶더니 순식간에 멀어졌다.

나는 바다에 가본 적이 없다. 가장 오랜 기억까지 되짚어 봐도 나는 언제나 삼무호 안에 있었다. 할망들이 배경처럼 깔린 지구를 가리키며 파란 게 바다라고 말해줘도, 바다가 나오는 영상을 보아도 도무지 실감이 나지 않았다. 물이 구형으로 둥둥 떠다니거나 용기 안에 있지 않고 넓고 깊이 웅덩이져 있다니, 물이 밀려와서 발을 간질이고 사라진다니, 그건 도대체 어떤 느낌일까. 그런 생각에 빠져들던 시기가 있었다. 그때 딱 한 번 바다가 나오는 꿈을 꾸었다.

하늘은 잿빛이었다. 동기들도 할망도 없이 오직 바다와 나뿐이었다. 나는 처음 보는 가랑이 없는 옷을 입고 검은 바다 앞에 서 있었다. 발목 높이의 파도가 밀려왔다가 나가기를 반복했다. 그러나 발에 물이 닿는 감각은 느껴지지 않았다. 겪어본 적이 없는 일이어서 그랬을까. 바다를 처음 보면 신이 날 줄 알았는데 의외로 가슴을 채우고 있는 건 먹먹함이었다. 멀리 수평선이 봉긋했고, 어디선가 휘이 휘이 휘파람 소리가 들려왔다.

시간의 흐름은 거의 느껴지지 않았다. 나는 하늘을 가득 메운 별을 보고서야 밤이 되었다는 걸 알았다. 하늘에는 맑은 별이, 검은 바다 위에는 부드럽게 떨리는 별이 있었다. 위아래로 우주가 넘실거렸다. 나는 나지막이 중얼거렸다.

엄마, 엄마.

파란 눈에 쭈글쭈글한 피부, 가는 금발의 아프로 머리. 마농 할망의 얼굴이다. 멍하니 그런 생각을 하는데 익숙한 호통이 들려왔다. 마농 할망은 부여 할망 다음가는 삼무호의 군기 담당이다.

— 정신 차렸으면 퍼뜩 대답해야지 사람 속 태우고 있어!

그 말을 시작으로 캐라는 건 안 캐오고 위험한 짓이나 한다는 둥, 조금 있으면 중급 해녀 시험인데 이래서야 합격점을 받아도 통과를 못 시켜준다는 둥, 무슨 일이 생기면 혼자 판단하지 말고 무전을 먼저 치라고 몇 번을 말했냐는 둥 다시 정신을 놓아버리고 싶을 정도의 잔소리 폭풍이 몰아쳤다. 기억도 잘 나지 않을 무렵부터 마뇽 할망에게 혼나면서 자랐던 탓인지 나는 마뇽 할망이 화를 내면 왈칵 울음부터 나왔다.

— 뭘 잘했다고 울어!

어김없이 그런 말을 들어가면서도 나는 이상하게 울음을 멈출 수 없었다. 오랫동안 잊고 있던 꿈을 다시 꾸었기 때문일까. 꿈속에서부터 이어진 먹먹함이 아직도 가슴속에 남아 있는 것 같았다. 분명 어느 순간 잊었다고 생각한 감정이 왜 다시 찾아왔는지 모르겠다.

나와 내 동기들에게는 엄마가 없다. 어렸을 땐 막연히 할망들이 엄마라고 생각했다. 그러나 내가 그 꿈을 꾸고 나서 우리 엄마는 어디에 있냐고 물었을 때, 부여 할망은 선의의 거짓말 같은 건 하지 않았다. 너희는 어느 날 문득 찾아왔다. 어떤 경위나 사정도 없이 그게 다였다. 우리는 그 대답을 듣고 울었는데, 부여 할망은 우리를 토닥이며 말했다. 엄마가 있는 아이들은 단 한 명의 엄마만 있지만, 너희들은 우리 할망들이 다 엄마라고. 그러니까 더 좋은 일이라고. 우리는 삼무호가 지구를 몇 바퀴나 도는 동안 천천히 그 뜻을 이해했다. 그후로는 더 이상 울지 않았다. 그랬는데 갑자기 왜 그 꿈이 다시 떠오른 걸까. 왜 눈물이 멈추지 않는 걸까.

내가 울음을 그치지 않자, 마뇽 할망도 어느 순간부터는 호통을 멈추고 나를 위로하기 시작했다. 따끔히 혼내기로 마음먹고 왔는데 오히려 위로해야 하는 상황이 당황스러웠는지 어설픈 말투였다. 그런 할망을 보니 눈물이 멈추지 않는 와중에도 웃음이 나왔다.

— 그래도 사람 구한 건 잘했다. 용기 있는 행동이었어. 하지만 네가 구하는 사람의 목숨만큼이나 네 목숨도 소중하다는 걸 항상 명심해라. 나아가는 것보다 숭요한 긴 돌아오는 거야.

마뇽 할망은 나를 꼭 안아주었다. 그러고는 남자가 깨어났으니 기운이 돌아오면 찾아가 보라는 말을 남기고 떠났다. 마뇽 할망의 팔이 감겼던 어깨가 아파서 나는 한참을 더 훌쩍이고 또 웃다가 다시 잠들었다.

남자는 내 동기들에게 둘러싸인 채 침대에 등을 기대고 앉아 있었다. 할망들은 물질을 나갔는지 파일럿 할방과 희원 할망 부부만 머리맡에 서서 시시덕거리고 있었다. 남자 역시 의식이 돌아온 지 얼마 되지 않은 것 같았다. 쉽사리

들어가지 못하고 문간에 쭈뼛거리며 서 있는데 이오가 나를 발견하고 방 안으로 끌어당겼다.

개구쟁이 같은 얼굴에 녹청색 눈이 인상적인 남자였다. 이오는 당신을 구한 사람이 얘라며 나를 자기 옆에 세웠다. 남자는 끄응 소리를 내며 몸을 앞으로 숙여 손을 내밀었다. 잘은 몰라도 잡아달라는 것 같아서 나는 남자의 손을 잡고 뒤로 끌어당겼다. 남자는 끌어당겨지다 말고 어리둥절한 표정으로 손을 위아래로 휘저었다. 파일럿 할방과 희원 할망이 깔깔댔다.

— 얘가 악수를 처음 해봐서 그래.

파일럿 할방은 이가 모자라 쪼글쪼글한 입으로 설명했다. 남자는 나를 보면서 어쩐지 너희들은 뭔가 다르다고 중얼거렸는데, 남자가 입을 연 것에 신난 판이 뭐가 다르냐고 묻자 은갈색… 하고 중얼거리다가 입을 다물어 버렸다.

아무래도 판은 더 묻고 싶은 눈치였지만 희원 할망이 끼어들어 남자에게 자기소개를 시키는 바람에 화제가 넘어가 버렸다. 남자는 우리와 같은 언어를 썼지만, 발음이 더 차분하고 억양이 심심했다. 그는 자신의 이름이 피요르트 켈빈이며, ESA에서 왔다고 했다. ESA라면 나도 아는 곳이었다. ESA에서 나온 사람들은 주기적으로 삼무호에 찾아와 압축 산소나 먹을 것 따위를 주고, 해녀들이 모은 기계 부품들을 받아 가곤 했다.

— 자, 일단 켈빈 씨는 우리랑 먼저 얘기 좀 해야겠다.

우리는 ESA라는 말을 들은 순간 묻고 싶은 게 산더미처럼 불어났지만, 어느새 뒤에 나타난 마농 할망이 우리를 방에서 몰아냈다. 판은 입을 삐쭉거리며 불평했지만 마농 할망에게 혼나면서 자란 우리가 감히 그녀의 말을 거역할 수 있을 리가 없었다.

— 은갈색이라니… 우리 피부를 말하는 건가?

판은 멍한 얼굴로 말을 꺼냈다. 방에서 쫓겨난 우리는 내 병문안을 핑계로 과일주스와 토르티야를 받아 방으로 갔다. 우린 어릴 때부터 방을 함께 써왔다.

— 뭘 그렇게 깊게 생각해. 평생을 우주에 살았는데 지구에서 온 사람이랑은 피부색이 좀 다를 수도 있지.

유로가 그렇게 말했는데도 판은 불만 가득한 표정을 지울 생각이 없어 보였다. 토르티야를 구깃구깃 입에 쑤셔 넣는 모양새가 아무래도 단단히 삐친 것 같았다. 토르티야 하나를 순식간에 씹어 넘긴 판은 오렌지 주스를 한 번 크게 빨아들인 후 천천히 삼켰다. 판은 항상 불만이 많으면서도 부스러기가 날리게 먹으면 안 된다는 삼무호의 식사 규칙은 한 번도 어기지 않았다.

— 억울하지도 않아? 우리는 하급이라 이거야?

— 억울하면 마뇽 할망한테 따지지 그랬어.

— 그 마녀한테 그런 게 통할 리가 없잖아.

유로가 그럼 그럼, 그건 맞지, 하며 말을 한참 받아주고 나서야 판은 식탁 아랫면에 허벅지를 고정해 주는 찍찍이를 떼어냈다. 그게 마치 신호라도 되는 양 화제가 내게 옮겨졌다. 판과 유로는 당시의 상황에 관해 듣고 싶어 했다.

나는 남자를 구한 경위를 설명했다. 근래 있었던 가장 신기한 일이기도 했고, 이야기를 하다 보니 재미가 붙어서 나중에는 거의 연극을 하다시피 되어버렸다. 그러는 사이 이오는 화장실에 간다면서 자리를 떴는데, 우리는 이야기가 시들해질 때쯤에야 이오가 사라졌다는 걸 알았다. 이오는 어디로 갔는지 밤늦게까지 방에 돌아오지 않았다. 삼무호 안에서는 명줄을 차지 않으니 그녀를 찾을 방법이 없었다.

다음 날, 켈빈이 쭈뼛쭈뼛 나를 찾아왔다. 그의 손에는 알록달록한 포장지에 쌓인 각진 물체가 하나 들려 있었다.

— 감사 인사를 해야 할 것 같아서.

그때 나는 동기들과 물질에 나갈 준비를 하고 있었으므로 켈빈에게 나중에 다시 오라고 소리치고 뛰쳐나갔다. 켈빈은 알겠다며 자리를 떴고, 이 사실을 알게 된 동기들은 유성우처럼 말을 쏟아내며 나를 놀려댔다. 그들의 말에 따르면 감사 인사는 핑계일 뿐이고 사실 켈빈은 내게 호감이 있어서 찾아온 건데, 내가 그를 거부했으니 다시 찾아오지 않을 거라는 거였다.

— 그게 무슨 포스필라이트 캐는 소리야.

나는 얼굴이 새빨개져 항변했지만, 이오가 『잠자는 숲속의 공주』를 들이밀자 말문이 막힐 수밖에 없었다. 잠들어 있는 사람, 구원자에 대한 조건 없는 사랑. 게다가 마뇽 할망의 말에 따르면 켈빈은 '공주'와 같은 유럽 사람이다.

— 하지만 켈빈은 남자잖아.

— 성별이 무슨 상관이야. 그리고 원랜 어땠을지 누가 알아.

나는 사랑에 관해서라면 생각해 본 적이 없었다. 애당초 사랑이라는 감정 자체가 낯설었다. 삼무호에는 이름에 충실하게 사적인 공간이 전혀 없었으므로, 어떤 내밀한 시간이라는 것 자체가 발생하기 어려웠다. 내게 사랑이란 단지 소설이나 영화에 나오는 정체불명의 무언가일 뿐이었다. 우리는 같은 것을 보고 자랐기에 놀리는 동기들이나 놀림받는 나나 아는 게 거기서 거기였다. 어느 시점부터 사랑은 동기들은 같은 농담을 반복하고 나는 같은 반응으로 호응하는 하나의 만담이 되어버렸다.

그런 연극이 계속될 수 있었던 건 켈빈이 매일 나를 찾아왔기 때문이다. 하루는 이야기를 나누고 싶다고 말했고, 다른 날에는 내 이름이 정말 루나가 맞냐고 물었다. 언젠가는 『솔라리스』라는 책에 관해 아느냐고도 질문해 오기에 처음 들어본다고 대답했다.

왕자든 공주든 이렇게 집요하게 구는 이야기를 나는 들어본 바가 없었다. 그래서 어쩌면 말할 수 없는 이유가 있을지도 모르겠다고 생각했는데, 정신을 차려보니 나는 그와 단둘이 마주 앉아 토르티야를 씹고 있었다. 동기들은 문간에 서서 깔깔거리다가 마뇽 할망에게 꿀밤을 맞고는 투덜거리며 사라졌다.

감사 인사를 하겠다던 켈빈은 그 생각을 물질 후의 산소통처럼 깨끗이 비워버렸는지 토르티야가 맛있다며 실없는 감탄을 늘어놓았다. 나는 사랑이든 감사든 명줄처럼 질질 끌려다니는 건 질색이었다.

— 왜 찾아온 거야?

— 말했잖아. 감사 인사를 하고 싶다고.

— 그럼 고맙다고 해야지, 토르티야만 먹을 게 아니라.

— 마음의 준비를 하고 있었지.

그는 첫 방문 때 들고 왔던 각진 물체를 내밀었다. 포장지를 뜯어보니 안에는 책이 들어 있었다. 제목은 『루나』였고, 저자명에는 피요르트 켈빈이라고 적혀 있었다. 고개를 들어 그를 바라보자 그는 고개를 끄덕였다. 나는 책을 펼쳐 들었다.

솔라리스로 가는 길은 막혀버렸다. 하지만 솔라리스의 전능하고 불가해한 바다를 탐구하고자 하는 욕망 때문은 아니었다. 크리스 켈빈 이후로 솔라리스에 간 인간은 없다. 지구인은 이제 솔라리스뿐만 아니라 다른 어떤 곳으로도 갈 수 없게 되었다. 우주 규모로 확대된 지구를 원하는 자들이 모든 걸 망쳤다. 우주로 쏘아 올리는 것이 많아질수록 지구 주변은 쓰레기로 뒤덮였다. 거기에 몇몇 우주 기업의 치명적인 실수가 겹치고, 달과 달만큼 큰 위성이 예상은 가능했지만 막는 것이 불가능했던 충돌로 산산이 조각나면서 지구는 위성 무리에 포위당해 버렸다.

달이 사라지자 지구의 많은 것이 변했다. 바다는 더 이상 파도치지 않았고, 밤은 어둠 속에 잠겼다. 하루가 짧아져 맞지 않는 시계와 달력을 보며, 사람들은 달의 잔해가 인공위성과 우주 정거장을 부쉈다는 뉴스를 들었다. 무엇보다도 사람들은 맛과 형태가 이상해진 해양 생물을 먹지 않게 되었다. 해녀는 일자리를 잃었다.

그런데 우연한 계기로 지구 궤도를 돌고 있는 위성 무리에 지구에서 만드는 온갖 첨단 기계의 재료가 되는 희토류 광물과 보석이 많다는 사실이 밝혀졌다. 사람들은 불행 중 다행이라며 휘파람을 불며 환호했다. 지구의 자원이 고갈될 것을 걱정해 화성에서 자원을 캐야 한다고 주장하는 이들은 그 목표를 위성 무리로 수정했다. 처음에는 우주비행사들이 위성 무리에서 자원을 캤지만, 그들은 적격이 아니었다. 몸값이 너무 비쌌고, 거기에 자원 채취라는 단순 노동에 대한 위로금까지 지급해야 했다. 그들 대신 최저 시급으로 일할 사람들이 필요했다.

달 파괴를 막지 못한 책임으로 NASA는 발언권을 잃었고, ESA가 얼떨결에 주도권을 잡았다. 위성 무리 너머로 로켓을 쏘아 올리는 일에는 이제 말 그대로 천문학적인 비용이 들게 된 관계로, ESA는 위성 무리에서 자원을 채

취하는 사업에 사활을 걸었다. 그때 ESA의 눈에 띈 게 실업자가 된 해녀였다.

테스트 결과, 해녀는 우주비행사보다 작업 효율이 높았다. 해녀 입장에서도 위성 무리에서 자원을 캐는 일이 물질보다 훨씬 안전하며 쉬웠고, 특히 '우주에 있으면 허리도 안 아프고 손가락도 안 시리더라'라는 한 해녀의 증언이 결정타가 되어, 해녀들은 우주로 그 활동 범위를 옮겼다. 애당초 먹고살 길이 막막했기에 그들에게 별다른 선택지가 없기도 했다.

그렇게 탄생한 것이 삼무호를 비롯한 여섯 개의 불턱이다. ESA는 불턱을 지어준 후로는 해녀를 자율적인 조직으로 둠으로써 문화를 보존했다고 하지만 그건 허울 좋은 말일 뿐 실은 그 이후로는 체계적인 지원을 하지 않은 것에 불과했다. 사업은 비용을 줄일수록 사업성이 높아진다. 해녀의 선외활동복이 흰색의 구형 모델인 것도, 지구로 돌아올 수 있는 우주왕복선을 정기적으로 보내지 않는 것도, 그렇게 하지 않아도 해녀들은 문제없이 일했기 때문이다. 해녀의 활약으로 ESA는 오랜 자금 압박으로부터 어느 정도 숨통이 트여 다시금 인류가 우주로 나갈 방법을 연구하고 있다.

　─ 이걸 믿으라고?

나는 책을 읽다 말고 물었다. 켈빈은 어깨를 으쓱해 보였다.

　─ 소설이기에 말할 수 있는 진실이라고 해두지.

　─ 우리 삶을 뭐로 보는 거야? 나는 자유로운 우주가 좋아. 물질은 내 삶의 즐거움이고.

켈빈은 과장하여 두 손을 들어 보였다. 하지만 장난꾸러기 같은 그의 얼굴에는 진지한 빛이 가득 어려 있었다.

　─ 계속 읽어봐. 이야기는 이제 시작일 뿐이니까.

켈빈의 말대로 제반 상황을 설명한 후 소설은 레야라는 인물에게로 초점을 옮겨 이야기를 이어나갔다.

레야의 이야기는 솔라리스 스테이션에서 시작된다. 크리스에 의해 버려진 레야는 탐사정과 함께 솔라리스의 바다에 떨어진다. 그러나 바다는 알 수 없는 이유로 레야와 탐사정을 완전히 녹여버리지 않고, 다시 한번 의태시킨다. 복잡하고 현학적인 변화를 겪은 후 레야는 탐사정에 탄 채 지구를 향해 날아간다. 그러나 그 무렵 지구는 위성 무리에 포위당한 상태였고, 레야와 탐사정은 위성을 피하지 못하고 난파한다. 레야와 탐사선은 모두 솔라리스의 바다가 의태한 것이어서, 큰 충격을 받자 원래의 점액질 상태로 환원된다. 그 와중에 일부는 에너지를 가진 전자 부품과 위성에 달라붙었고, 그 에너지를 이용해 인간의 모습으로 다시 의태한다. 우주를 떠다니는 아이가 된 것이다.

아이는 우연히 해녀들에게 발견되고, 그들의 손에 길러진다. 성인이 될 때까지 지구에도 솔라리스에도 가보지 못한 채 그녀는 레야로서의 정체성을 잊고 해녀의 삶만을 배운다. 하지만 어느 날 그녀가 지구에서 온 과학자를 구하며 상황이 달라진다. 과학자는 그녀가 다른 해녀들과 다르다는 사실을 알아차린다. 그녀에게 어머니가 없다는 것, 피부색이 다르다는 것이 과학자의 관심을 끈다. 무엇보다도 그녀가 그의 목숨을 구했다는 것이 마음을 동하게 했다.

그는 레야에게 지구를 알려준다. 위성 무리와 삼무호의 궤도 중심에 있는 푸른 별. 그의 나라 폴란드나 할망들의 고향인 제주도 그리고 ESA는 모두 지구에 있다. 인간은 본래 지구에서 태어나 지구에 산다. 인간이 살기에 지구는 모든 면에서 우주보다 풍족하다. 매일 먹는 토르티야보다 맛있는 음식이 많다. 물론 삼무호보다 중력이 강해서 마음대로 날아다닐 수는 없지만, 그것만 포기하면 훨씬 살기 좋은 곳이다. 지구에서는 명줄을 차지 않아도 어디든지 갈 수 있다.

그는 그녀에게 선택권을 준다. 그와 함께 지구로 갈지, 삼무호에 남을지. 그를 데리러 오기로 한 우주선에는 딱 한 자리가 더 있다. 우주선에 타기 위해서는 훈련이 필요하다. 그녀는 선택을 미루지만, 나중에 무엇을 선택할지 알 수 없기에 우선은 그에게 우주비행사 훈련을 받기로 한다.

— 장난이 심해.

— 그럴 리가. 이 책은 10년도 전에 출간된 내 대표작이야. 부여 할망이라는 사람도 알고 있더군.

— 난 레야가 아니라 루나야. 지금 상황이 책 내용과 비슷하긴 해도, 그건 우연일 뿐이고.

— 우연이라… 과연 그럴까? 마침 부여 할망도 너를 우연히 만났다고 하던데. 보통 손녀나 입양한 아이를 그런 식으로 표현하지는 않지.

— 그래서? 소설에서처럼 날 지구로 데려가고 싶다고?

— 원한다면.

그게 켈빈이 하겠다는 감사 인사였다. 나는 이 상황을 어떻게 받아들여야 할지 갈피가 잡히지 않아서 말없이 토르티야만 먹었다.

— 뭐라고 했다고?

판이 내 어깨를 흔들어대며 재차 물었다.

— 일단은 중급 해녀 시험을 치고 대답하겠다고 했다니까.

나는 얼떨결에 뒷걸음질하며 대답했다. 동기들은 켈빈이 방을 나서자마자 안으로 들이닥쳤고, 내 주변을 에워싸며 질문을 퍼부어 댔다. 나는 『솔라리스』에 관한 내용만 빼고 무슨 일이 있었는지 밝혔다. 동기들은 내가 대답할 때마다 이런 사랑도 모르는 것, 너답다 너다워 하며 한탄을 했다.

평소 같았으면 짜증을 냈겠지만 사실 나는 이 감사 인사에 은밀히 들떠 있었다. 켈빈은 그 자리가 오로지 나만을 위한 것이라고 못 박아두었다. 우리는 태어나서 한 번도 자기 것을 가져본 적이 없었다. 나만의 자리, 나만의 비밀에는 휘파람 소리가 담지 못하는 은밀한 달콤함이 있었다.

우주왕복선에 함께 타기 위해서는 직접 조종은 하지 않더라도 이착륙 훈련과 최소한의 위기 대처 훈련이 필요하다. 소설 말마따나 나중에 무엇을 선택할지는 알 수 없기에, 나와 켈빈은 매일 만나서 훈련할 것을 약속했다. 우주왕복선은 2주 후에 도착하는 것으로 예정되어 있었다. 동기들은 그거 완전 데이트네, 같은 소리를 연발했다.

다만 이오만은 이 상황이 달갑지 않은 것 같았다. 그녀는 물질하는 도중 갑자기 헬멧을 들이대고 말을 걸어왔다. 내가 채집 할당량을 채우고 위성과 위성 사이를 넘나들며 나름대로 우주 묘기라고 부르는 걸 연마하고 있을 때였다.

— 그 남자 느낌이 안 좋아.

내가 심드렁한 반응을 보이자 이오는 계속해서 쏘아붙였다.

— 사랑도 모르는 게.

나는 그렇게까지 말할 건 없지 않나, 생각하면서도 크게 개의치는 않았다. 나라고 묘한 느낌이 전혀 들지 않는 건 아니었다. 그러나 나는 그 느낌마저도 온전히 나만의 것으로 하고 싶었다. 나는 딱 돌아갈 분량의 산소만 남을 때까지 묘기를 부리려고 했으나 이오가 괜한 낭비는 좋지 않다고 심통을 부리는 탓에 우리는 산소를 20퍼센트나 남긴 채 삼무호로 돌아왔다.

켈빈의 훈련은 새로웠다. 나는 그와 함께 삼무호 주위를 빠르게 빙빙 돌기도 하고, 명줄이 감기는 힘을 최대한 이용해 빠른 속도로 유영하며 강한 중력에 대한 감을 길렀다. 삼무호의 인공 중력은 지구 중력의 3분의 1 수준이어서 지구에 적응하기 위해선 중력 훈련이 꼭 필요하다고

켈빈은 설명했다. 30미터 거리에서는 명줄을 최대 속도로
감을 일이 없었으므로 나는 충돌이 아프고 위험할 수 있
다는 걸 처음 알았다.

휴식을 취할 때면 우리는 이야기를 나눴다. 우리는 서로
에 관해 모르는 것 천지였다. 나는 지구에서 가장 맛있는
음식이 뭔지(한국 피자. 그냥 피자가 아니라 한국에서 파는 프리미
엄 피자여야 한다고 강조했다), 켈빈이 왜 ESA에 들어가게 되었
는지(솔라리스에 가서 아버지가 본 것을 보고 싶었다. 돌아온 아버
지는 미치광이 취급을 받았지만 무언가를 확신하는 사람 특유의 곧은
심지가 있었다. 물론 이제는 현실적으로 불가능하게 되었지만), 지구
의 스무 살 여자는 보통 뭘 하고 사는지(이건 그도 잘 모른다고
했다. 지구 사람들은 사는 방식이 너무 다양해져서 이제는 처음 만나
는 사람과는 무슨 말을 해야 할지도 모를 지경에 이르렀다) 따위를
물었다. 켈빈은 주로 내 기분이나 해녀의 삶에 관해 물었
다. 내 대답은 켈빈에 비하면 시시했지만, 그는 항상 열심
히 들었다.

내가 사랑에 관해 물은 건, 어색함을 덜기 위해 의례적
으로 나누던 대화들이 점점 편안하고 즐거운 것으로 변해
가던 시점이었다. 그 무렵에도 나는 동기들에게 매번 놀림
을 당하는 역이었는데, 어쩌면 켈빈의 말을 가지고 판을

뒤집어 볼 수 있지 않을까 하는 기대도 마음 한편에 섞여 있었다.

— 켈빈, 사랑이 뭘까?

나는 별일 아니라는 듯이 그렇게 물었다. 그러자 켈빈은 내게 춤을 춰본 적이 있냐고 물었다. 나는 우주 묘기를 보여줄까 하다가 아무래도 부끄러워서 얼버무렸다.

— 노래라면 주워들은 게 하나 있는데.

나는 그렇게 말하고는 사뭇 진지하게 이어도사나 이어도사나 하며 소리를 길게 길게 뽑아냈다. 켈빈은 배를 잡고 웃었다. 나는 파일럿 할방이 운전할 때면 이렇게 흥얼거리더라고 변명처럼 덧붙였다.

— 그러니까, 춤은 춰본 적 없다는 말이군.

켈빈은 그렇게 말하며 손을 내밀었다. 내가 반사적으로 그 손을 잡자 그는 잡은 손을 쭉 내밀고 반대쪽 손은 나의 허리에 얹었다. 그리고 몸을 끌어당겨 가슴 약간 아래쪽을 맞댄 후 발을 굴러 삼무호 밖으로 날았다.

— 박자에 맞춰서 따라와.

켈빈은 '원 앤드 투 앤드 스리 앤드' 박자를 새며 나를 이끌고 천천히, 매듭 무늬를 만들며 돌았다. 왈츠라는 춤이라고 했다. 몇 번 반복하자 나 역시 그 흐름에 익숙해져

박자를 듣지 않고도 켈빈에 맞출 수 있었다.

— 잘 추네.

이윽고 켈빈은 더 이상 박자를 세지 않고 콧노래를 불렀다. 나는 평소에 우주 묘기를 연마하길 잘했다는 생각을 했다.

우리는 왈츠에 맞춰 삼무호 주변을 부드럽게 돌았다. 춤은 명줄이 삼무호에 칭칭 감길 때까지 계속되었다.

중급 해녀 시험은 나와 동기들이 스물한 살이 되는 날 치러졌다. 그날은 켈빈의 우주선이 도착하기 하루 전이기도 했다. 이날만큼은 다른 해녀들의 물질이 일절 없고, 할망들의 감독 아래에 네 사람만 물질을 나선다. 나와 이오, 판과 유로는 둘씩 짝지어 몸을 풀었다. 부여 할망도 우릴 멀리서 지켜볼 뿐 구령을 넣어주지 않았다. 우리는 스스로 하나, 둘, 셋, 넷을 외치며 몸을 이리저리 뒤틀었다.

중급 해녀 시험은 우리가 처음으로 50미터 명줄을 차는 날이다. 중급 해녀가 된다는 것은 다른 해녀의 도움 없이 스스로 돌발 상황에 대처할 수 있게 된다는 것을 뜻한다고 부여 할망은 설명했다. 변동 상황을 제대로 인식하고 최선의 대처를 하는 것과 위험에 빠지지 않고 채집 목표를 달성하는 것. 그게 중급 해녀 시험의 핵심이었다.

위성 무리는 깊이 들어가면 들어갈수록 위성과 위성 사이의 거리가 좁아 채집 효율이 높다. 거기다 캘 수 있는 보석과 광물의 가치 역시 상승하기 때문에 수확이 껑충 뛰어오른다. 하지만 동시에 행동 반경도 좁아지므로 빠져나올 때 명줄의 힘을 빌리기도, 길을 되짚기도 어려워진다. 말하자면 양면 찍찍이인 셈이다. 중급 해녀 시험은 30미터 이상 들어가지 않으면 채울 수 없는 채집량을 요구한다. 시간제한은 없지만 도움을 청하면 실격이므로 최대한 산소를 알뜰하게 활용하는 게 포인트다.

30미터보다 긴 명줄을 달 땐 특별히 주의해야 할 것이 하나 있는데, 그건 바로 헛것이다. 어떤 해녀들은 40미터 이상 들어가면 헛것을 보고 헛소리를 들어서 정말 물질을 잘하는데도 하급 해녀로 남기도 한다. 헛것에 사로잡히면 판단력과 상황 대처 능력을 잃어버린다. 따라서 곧바로 도움을 요청하고 그 자리에서 움직이지 말아야 한다.

부여 할망은 제1규칙을 다시 한번 큰 소리로 반복했다.

— 명심해라. 나아가는 것보다 중요한 건 돌아오는 것이다.

부여 할망이 뛰어들라는 구령을 외치기 전, 마음의 준비를 하라고 주는 시간에 이오가 말을 걸어왔다. 나는 대답 없이 고개만 옆으로 돌렸다. 이오는 헬멧을 맞대고 속삭였다.

— 잘하자.

이오는 내게 손을 내밀었다. 언제나 잡고 달리던 손인데 켈빈과 왈츠를 춘 다음부터는 이상하게 어색했다. 내가 머뭇거리자 이오는 정신 차리라며 손을 팍 흔들어 보이고는 아플 정도로 손을 쥐었다.

— 준비가 끝난 순으로, 뛰어들어!

이오에게는 전략이 있었다. 우선 50미터 깊이까지 한 번에 들어간 후, 채집하면서 천천히 빠져나오자는 깃이 그녀의 생각이었다. 돌아올 때는 30미터에서 출발해야만 시간이나 산소 계산이 수월할 거라는 게 그녀의 계산이었다. 나는 찬성했다.

이오는 평소와 달리 적극적으로 앞서 나아갔다. 나는 이오의 속도에 놀랐다. 그녀는 여기저기 쏘다니는 나와는 달리 차분히 뒤에 있는 스타일이다. 그런데 지금은 누구보다 적극적으로 앞서 나가고 있었다. 생각해 보면 이오는 이때부터 이상했다. 하지만 나는 머릿속이 복잡해서 거기까지 생각할 여유가 없었다.

— 어떻게 할래?

켈빈은 내일 돌아간다. 나는 선택해야 했다. 하지만 마음은 위성처럼 공전할 뿐 답에 조금도 가까워지지 않았다. 그냥 앞으로도 여기서 같이 지내면 안 돼? 나는 몇 번 그런 기색을 내비쳤다. 하지만 그럴 때마다 켈빈은 부여 할망처럼 거절했다. 난 돌아가야만 해. 그리고 지구에 가면 네가 찾는 것도 있을 거야. 그는 헬멧을 대고 말하곤 했다. 그의 숨은 내게 닿지 못하고 헬멧에 뿌옇게 서렸다.

켈빈을 믿지 못하는 건 아니었다. 할망들과 동기들은 입을 모아 좋은 기회라고 말했다. 만약 지구 생활이 마음에 들지 않으면 어떻게든 돌아올 방법이 있을 테니, 한번 가봐서 나쁠 게 뭐가 있겠냐는 이유였다. 켈빈은 한술 더 떠서 돌아오기를 원한다면 최선을 다해 돕겠다는 서약서까지 써주었다. 하지만 사실 나는 정말 돌아올 수 있는지를 걱정하는 건 아니었다. 내가 망설이는 건 스스로 뭘 원하는지 확신이 서지 않기 때문이었다.

어제 마지막 훈련을 끝마치고, 켈빈은 내게 책을 다 읽었는지 물었다. 나는 고개를 저었다. 그날 이후로는 전혀 읽지 않았다고 말했지만, 사실 그건 거짓말이었다. 나는 몇 번이고 책을 읽어보려고 했다. 하지만 책에서 내가 겪은 일을 발견할 때마다 나는 뭐라 말할 수 없는 기분에 책을 덮을 수밖에 없었다. 레야가 과학자에게 가장 좋아하는 음식이 무엇이냐고 묻고, 과학자가 피자라고 대답하는 걸 읽고 있자면 기분이 이상하고 속이 울렁거렸다.

꼬리에 꼬리를 무는 생각의 무곡에 정신이 팔려 이오와 부딪혔다. 나는 무심코 미안하다고 말했는데, 이오는 듣지 못한 것 같았다. 가만 보니 충돌의 원인은 이오가 갑자기 멈춘 것이었다. 이오는 멍하니 위성들 사이의 빈 곳, 유독 반사되는 빛이 없어서 어두운 지점을 바라보고 있었다.

이오는 잠에서 덜 깬 것 같은 목소리로 말했다.

— 너도 보여?

내게는 아무것도 보이지 않았다. 무슨 소리냐고 되묻자 이오는 난데없는 말을 지껄이기 시작했다.

— 우리 엄마가 저기 있어.

이오의 시선 방향에는 아무것도 없었다. 이게 헛것인가. 나는 이오의 어깨를 잡고 흔들어 댔다. 그러나 이오는 여전히 몽롱한 눈으로 어둠에서 눈을 떼지 못했다. 그녀의 입에서는 계속 같은 말이 새어 나왔다. 엄마, 엄마.

이건 위험한데. 불합격은 아쉽지만, 이오가 헛것을 보는 이상 다른 방법이 없다.

— 할망을 부를게.

나는 이오를 다독이며 무전 채널을 맞췄다. 이오가 헛것을 보는 것 같다고 말하려는 순간 날카로운 비명이 들려왔다. 이오였다. 그녀는 나를 쳐다보며 멈추라고 고래고래 소리쳐 댔다. 아무리 봐도 정신이 돌아온 것 같진 않았다.

— 나는 이번에 꼭 붙어야 해. 너는 지구로 가버리면 그만이겠지만 나는 혼자 하급에 남아야 한다고.

— 무슨 말이야 그게. 대답 안 했다니까. 나도 어떻게 될지 몰라.

— 우리는 이것뿐인데, 너는 아니라고.

급기야 이오는 눈물을 흘리기 시작했다. 선외활동복 안에서 울어서는 안 된다. 과호흡을 하게 되고, 수분 때문에 헬멧 안에 습기가 차 시야를 가릴 수도 있다. 이오가 이걸 모를 리 없다. 그러니까 저건, 멀쩡한 이오가 아니다. 나는 무전을 치기 위해 왼팔의 디바이스를 향해 손을 뻗었다. 그러자 이오가 달려들어 그 손을 쳐냈다.

— 계속 가자.

— 너 진짜 미쳤어? 그 상태로 어딜 가?

— 무전 치면 바로 헬멧 벗어버릴 거야.

이오는 두 손을 목덜미에 올리며 말했다. 오늘은 무전 채널이 하나밖에 없다. 내가 할망에게 뭔가를 보고하면 그 내용이 이오에게도 모두 들린다는 뜻이다. 나는 두 손을 들어 할망에게 무전을 칠 의사가 없다는 걸 보였다.

어쩌면 이오의 말이 맞을지도 모른다. 내게 켈빈을 따라간다는 선택지가 없었다면 내가 시험을 이렇게 쉽게 포기하려고 했을까? 이오가 이상한 말을 내뱉은 바로 그 순간, 마음 깊은 곳에서는 사실 조금 안도하지 않았나. 전혀 아니라고는 말할 수 없을 것 같았다.

이오는 콧노래를 흥얼거리며 앞으로 나아갔다. 처음 가보는 길인데도 어디로 가야 하는지 정확하게 알고 있다는 듯 확신에 찬 움직임이었다. 이오가 경쾌하게 움직일수록 나의 불안감은 커졌다. 이오를 데리고 돌아가야 한다. 그러나 도대체 어떻게? 이번엔 켈빈을 구할 때보다도 난감하다. 멋대로 데려오려다가는 정말로 헬멧을 벗어버릴지도 모를 일이다. 이오를 설득하거나 어떻게든 제압하는 것밖에는 방법이 없다. 하지만 설득은 통할 것 같지 않았고, 제압은 혼자서는 불가능한 일이었다.

그때 위성이 녹색으로 반짝였다. 포스필라이트. 고개를 들어보니 이오가 향하는 방향에 활주로처럼 포스필라이트의 녹색 빛이 이어져 있는 게 보였다. 포스필라이트 라인, 하나뿐인 무선 채널. 이거다.

— 이오, 이대로 포스필라이트 라인을 따라가 봤자 소용없어. 넌 헛것을 보고 있는 거야. 헬멧 벗어버린다는 위험한 소리 하지 말고 당장 돌아와.

나는 그렇게 소리쳤다. 하지만 이오는 들은 척도 하지 않고 계속 앞으로만 나아갔다. 이오의 명줄이 위태롭게 흔들렸다. 나는 켈빈의 말을 비틀어 이야기했다.

— 네가 뭘 찾는진 모르겠지만, 거기엔 없어.

그러자 이오가 고개를 획 돌렸다. 가슴은 그대로 앞을 향하고 있는데, 나와 눈이 마주쳤다. 목이 꺾여버린 건 아닌가 싶어 소름이 확 끼쳤다.

— 동생들을 구해야만 해.

이오가 가리키는 곳을 보자 꾸물거리는 은갈색 기계 덩어리가 있었다. 분명 마뇽 할망이 모터의 무작위작용이라고 설명했던 바로 그것이었다. 이오도 분명 그 설명을 같이 들었는데⋯

— 계속 봐.

이오는 목덜미에 손을 올렸다. 어쩔 도리가 없었다. 할 수 있는 건 했으니 이제 더 이상 이오를 자극하지 않고 시간을 끌어야 했다.

기계 덩어리의 형태가 조금씩 바뀌었다. 처음에는 실수

로 흘린 수프처럼 생겼던 것이 점점 몸을 부풀리더니 별 모양이 되었다. 그렇게 뻗어 나온 다섯 팔 중 하나는 점점 부풀었고, 다른 넷은 꼼지락거리며 다섯 가닥으로 분화했다. 이윽고 기계 덩어리는 커다란 머리와 뭉툭한 팔다리를 가진 태아가 되었다. 아주 작은 갓난아이였다.

아이는 몸짓을 했다. 그런데 마구잡이로 팔다리를 휘두르는 게 아니었다. 아이는 입을 여닫았고, 오른팔과 왼팔을 차례대로 돌렸고, 손가락을 하나씩 접었다가 폈다. 기묘한 체계가 느껴지는 연속 동작이었다. 마치 누군가 그 갓난아이의 손과 몸통, 입 같은 것을 어떻게 움직일 수 있는지 연구하고 있는 듯했다. 동작들은 점점 복잡도를 높여 갔고, 급기야 아이는 입을 몇 번 오물거리더니 휘파람 소리를 내기 시작했다.

휘이 휘이.

우리는 아이를 향해 다가갔다. 마치 켈빈을 구했을 때처럼 우주에서 홀로 버려진 외로운 생명을 구하기 위해서. 그러나 아이에게 손이 닿기 직전, 무언가 골반에 걸렸다. 50미터.

그 충격에 정신을 차렸다. 우주 공간에는 공기가 없다.

눈앞에 보이는 것이 정말로 휘파람을 불고 있다고 하더라도 그 소리가 들릴 리가 없다. 저것은 헛것이다. 하지만 내가 그 발견을 전하기도 전에 이오는 형형한 눈빛으로 말했다.

— 네가 아니라 나일 수도 있었어.

입이 바짝바짝 말랐다. 이오가 나를 아는 만큼 나도 이오를 안다. 그 순간 나는 이오를 이해해 버리고 말았다.

품에 무언가 묵직한 게 날아와 안겼다. 이오의 명줄이었다.

이오는 아이를 향해 날아갔다.

이오가 아이를 품에 안았다.

아이를 꼭 안으며 이오는 빙글빙글 돌았다.

왈츠를 추듯 회전이 점점 커졌다.

산소 줄기가 빛을 반사해 보석처럼 빛났다.

아이가 꺄아 꺄아 웃는 소리가 들렸다.

이오가 점점 멀어졌다.

이오가 점에 가까워졌다.

내가 할 수 있는 건 없었다.

할망들이 나타났다. 희원 할망이 이오의 명줄을 받아 들었고, 마농 할망은 나를 껴안고 괜찮냐고 연신 물어댔다. 부여 할망은 나머지 할망을 이끌고 50미터 너머로 나아갔다. 나는 마뇽 할망을 따라 삼무호로 돌아왔다. 삼무호의 갑판에 발을 디뎠지만 나는 선외활동복을 벗을 수 없었다. 마뇽 할망은 내 등을 두드리며 그래, 천천히, 하고 속삭였다. 나는 울렁이는 바다를 보며 멍하니 말했다.

— 아이를 봤어요. 움직이는 기계가 아이가 됐고, 이오는 그게 우리 동생이라고 했어요.

— 헛것이야.

— 우리 같은 은갈색이었어요.

— 지금은 안정을 취하자. 이오는 우리가 꼭 구할게.

마뇽 할망은 내 등을 두 번 두드리고, 안아주었다. 그리고 켈빈에게 나를 잘 부탁한다고 말하고는 선외활동복에 산소를 가득 채워 다시 우주로 뛰어들었다.

이제 내가 할 수 있는 일은 기다리는 것뿐이었다. 그런데도 나는 선외활동복을 벗을 수 없었다. 산소가 60퍼센트 남아 있었다. 한 사람을 데리고 복귀하기에 충분한 양이었다. 그래서일까, 나는 참았던 숨을 한 번에 내뱉지 못하고 밭게 몰아쉬었다. 휘파람 소리는 나지 않았다.

나는 켈빈을 보았다. 그는 잘 다녀와서 다행이라는 듯 미소를 짓고 있었다. 무선 채널에 연결되어 있지 않은 그는 아직 상황을 제대로 모르는 것 같았다.

— 괜찮아?

켈빈이 다가와 물었다. 그는 내일 떠날 것이고, 나는 선택해야만 한다. 그 사실이 물레 바늘처럼 따끔거렸다. 켈빈은 나와 시선을 맞추려고 했다. 나는 그의 눈을 피해 고개를 돌렸다. 그러자 옆에 걸린 이오의 명줄이 보였다.

우주로 뻗은 이오의 명줄은 가볍게, 아주 가볍게 흔들리고 있었다. 🦢

유전자 가위 시대의 부모 되기

CRISPR/Cas9

내 스승이 엉뚱한 사람이긴 하다만, 그를 〈아침마당〉에서 보게 될 줄은 몰랐다. 평소보다 유난히 일찍 눈을 뜬 덕분에 사골처럼 반나절 고아야 하는 음식이 아니면 뭐든지 할 수 있을 만큼 여유가 있었다. TV를 켰다. 유행은 돌고 돌아 요즘에는 TV가 다시 유행이다. 아침으로 무슨 요리를 할까 생각하며 멍하니 채널을 돌리는데, 화면에 익숙한 얼굴이 나타났다. TV가 최초로 유행했던 시절에는 이런 걸 채널 고정이라고 했다는 말을 어디선가 들은 적이 있다.

화려한 개량 한복을 입은 진행자가 영국에서 태어나 이탈리아 요리를 배운 스승을 제2의 제이미 올리버라며 추

켜세운다. 스승은 미간을 찌푸리며, 〈아침마당〉도 방영한
지 100년이 넘었으니 이제는 당당하게 'since'를 붙여도
될 거라고 빈정거린다. 제이미 올리버를 싫어하는 건 여전
한 모양이다. 스승은 120세에 착실히 가까워져 가는 제이
미 올리버를 통조림이라고 부르곤 했다.

스승은 진행자와 방청객 앞에서 모리 시식을 요리한다.
모리 시식은 생선을 토막 내 각종 채소와 향신료를 넣고
끓인 요리로, 똠얌꿍과 매운탕 사이 어딘가의 맛이 난다.
나는 스승을 따라 모리 시식을 만든다. 다시 학생으로 돌
아간 것 같은, 그리운 느낌이다.

〈아침마당〉은 요리하는 스승의 모습을 비추며, 일렉트
릭 비발디의 〈사계〉 중 '여름'을 배경음악으로 송출한다.
스승이 만든 요리 특유의 파릇한 냄새가 주방 가득 퍼진
다. 처음엔 낯설었던 그 냄새가 이제는 어릴 때부터 맡아
온 음식 냄새처럼 익숙하다. 어쩌면 인생이란 자기 냄새를
찾는 일인지도 모른다.

모리 시식이 끓는 동안 스승은 이탈리아 요리와 프랑스
요리의 차이에 관해 설명한다.

— 프랑스 요리가 정복이라면 이탈리아 요리는 자연입
니다.

그렇게 운을 뗀 스승은 스테이크를 예로 든다. 프랑스 요리에서 스테이크에 감자를 곁들여 낼 때는 적어도 삶고, 찌고, 오븐에 굽는 세 단계 정도는 거친다. 반면 이탈리아 요리에서는 올리브 오일에 감자를 간단히 데쳐서 낼 뿐이다. 말하자면 풍미를 중시하는 것인데, 스승은 이미 제이미 올리버가 점유한 그 말을 피하고자 이미지라는 단어를 사용해 이를 설명한다.

— 이탈리아 요리 오랜만이네요.

어느새 주방으로 들어온 폴이 등 뒤에서 나를 껴안는다. 커피 우유색의 오른손이 내 옆구리 너머로 튀어나와 냄비를 잡는다. 폴 특유의 달짝지근한 냄새가 코를 간질인다. 재워둔다는 말이 괜히 있는 게 아니라는 듯 폴의 체취는 자고 일어났을 때 가장 강하고 달콤하다. 폴이 말한다.

— 상은 내가 차릴 테니 라일라 좀 불러줄래요?

라일라의 방문은 닫혀 있다. 중학교에 들어가면서부터 라일라는 우리와 대화를 피했다. 라일라는 항상 밖이나 방 둘 중 하나에만 있으려 했고, 거실은 화장실에 가기 위해 지나야만 하는 복도 정도로만 여기는 듯했다. 거실을 지나는 우리를 무시한 채 누군가와 소곤소곤 통화하고 있기 일쑤였다.

그러거나 말거나, 밥은 먹어야지.

— 라일라, 밥 먹자.

나는 라일라의 방문을 노크하며 소리친다. 대답은 없다.

— 라일라.

나는 재차 노크한다.

— 라일라, 자니? 들어간다.

— 밥 생각 없어요.

— 차려줄 때 먹어야지. 이래놓고 이따 아무거나 꺼내 먹으려고.

— 신경 *끄*세요.

— 라일라!

내가 소리치자 방문이 벌컥 열린다. 라일라는 잔뜩 화가 난 표정으로 전자문서를 코 앞에 들이댄다. 이런저런 그래 프가 난잡하게 배치된 문서에는 한 문구가 붉고 굵은 글 씨로 강조되어 있다.

AFG 비율 0%.

— 이게… 뭔데?

— 당신들이 날 망쳤다는 증거.

라일라는 전자문서를 내 손에 남겨둔 채 방문을 쾅 닫아 버린다. 눈앞에서 벌어진 일인데도 깜짝 놀랄 만큼 큰 소리가 났다.

현대 요리는 재료의 측면에서 과거와 가장 크게 일변한다. 요리의 핵심은 시기에 따라 달랐는데, 태동기에는 구하기 쉬운 재료를 먹기 좋은 방식으로 가공하는 것이, 미식과 요리가 한창 발전하던 시절에는 다양한 식재료를 적절히 배합해 맛과 향을 구현하는 것이 핵심이었다. 현대 요리는 나날이 새로 탄생하는 재료를 기존 요리의 연장선에서 어떻게 활용할지에 방점이 찍혀 있다.

2000년대에 막 들어설 시점까지만 해도 유전자 조작을 통해 양을 늘리고 맛을 강화한 식재료는 아직 확인되지 않은 위험성 때문에 등한시되는 경향이 있었다. 그러나 이제는 충분한 데이터가 쌓였고, 인간의 유전자마저 건드리는 시대다. 동시에 많은 식재료가 멸종한 시대이기도 하다. 퇴보 따위는 모르는 현대인은 줄어든 식재료만큼 새로운 식재료를 창조했다. 과거에는 GMO의 유무 정도만 표시하던 식재료에는 이제 AFG를 비롯한 수십 가지의 새로운 지표가 붙어 있다. AFG는 'Artificially Fabricated Gene'의 약자로, 인조 유전자를 뜻한다. 비율이 높을수록 새로운 식재료라고 할 수 있다.

내게 AFG란 식재료에나 붙은 태그였으므로 딸의 이름

과 AFG 지표가 함께 있는 문서는 콤바인이 잘못된 요리처럼 보였다. 해산물에 치킨 스톡 소스를 뿌린다든지, 팥빙수에 돈가스 소스를 부어버리는 것처럼 말이다. 문서의 정체를 파악하는 건 오래 걸리지 않았다. 라일라가 내민 전자문서의 이름은 스핏 파티다. 요즘 청소년들 사이에 유행하는 간이 유전체 검사로, 검사 키트에 침을 뱉어 우편으로 보내면 업체가 일주일 후에 검사 결과를 전송해 주는 방식으로 운영된다. 스핏 파티에는 유전체 분석을 통해 알아낸 사용자의 성격과 능력, 미래 따위의 내용이 담겨 있다. 기본적으로는 내가 어릴 적 유행하던 MBTI나 사주팔자 따위와 비슷하다. 하지만 가장 눈에 들어오는 건 스핏 파티의 검사 비용이다. 고작 3냥. 어울리지 않는 콤바인이 항상 그렇듯, AFG 지표가 활용된 이유는 비용 절감 때문인 모양이다.

인조 유전자를 삽입할 때 이용하는 크리스퍼 유전자 가위의 특성상 특징적인 염기 패턴이 활용되므로 인조 유전자가 삽입되었는지 그렇지 않은지는 간단한 검사만으로도 정확하게 판별할 수 있습니다. 회사 홈페이지에는 자랑스럽다는 듯 그런 문구가 적혀 있다. 크리스퍼 유전자 가위, 소위 CRISPR/Cas9이라 불리는 녀석은 2020년 노벨화학상의 주인공으로, 유전공학의 시대를 활짝 열어젖혔다는 평을 받았다. 물론 이제는 반세기 전 기술이니 거의 사용되지 않는다. 식품에 붙은 AFG 지표만 해도 값이 너무 크면 기피된다. 적어도 파인다이닝에서는 다양한 유전자 조작 방식을 칵테일처럼 함께 사용해 유전자 사고 안전망을 만들어 놓은 재료가 아니면 사용하지 않는다. AFG 지표만 높은 먹거리는 생산지조차 불분명한 싸구려 불량식품뿐이다. 알겠지, 라일라? 이런 가짜 검사 결과는 믿으면 안 돼. 이렇게 말할 수만 있다면 얼마나 좋을까. 문제는 방법이 글러먹었을지라도 스핏 파티의 검사 결과가 어느 정도는 참이라는 점이다.

— 직원들이 침 냄새 맡는다고 고역이겠네.

폴이 애써 농담한다. 커피와 우유의 배합처럼 부드러움을 만들어 내는 게 폴의 가장 사랑스러운 점이다. 폴은 부드러운 표정을 짓고 있다. 라일라가 지을 리 없는 표정이다. 그럼에도 나는 그의 얼굴에서 라일라를 본다. 외모 옵션을 선택했다면 아마 불가능했을 일이다.

CCR5

라일라가 달걀처럼 단 하나의 거대한 세포에 불과했을

시절, 나는 다들 그리하듯 배아 유전체 검사를 받았다. 내가 차갑고 딱딱한 의료용 의자에 다리를 벌리고 반쯤 누워 있는 동안 의사는 복잡한 기계가 달린 내시경으로 태반의 작은 샘플을 채취했다. 결과가 나오기까지 반나절이 걸렸다. 특별히 발견된 유전병과 장애의 징후는 없었다.

우리가 결과에 안심하고 있는데, 사무적으로 검사 결과를 전한 의사가 자리를 뜨고 다른 의사가 방 안으로 들어왔다. 앞선 이보다 얼굴이 밝고 훤칠한 사람이었다. 그는 커다란 카탈로그를 내밀었다. 종이로 된 책을 보는 건 오랜만이었다. 카탈로그는 두껍고 중후한 감색 표지를 달고 있었다. 표지를 넘기자 바로크 시대의 명화와 함께 생명과 가족의 탄생을 축복하는 헌시가 나왔다. 상투적이었지만 우리를 따뜻한 기분에 잠기게 하기엔 충분했다. 다음 페이지에는 의사들의 프로필이 있었다. 과도할 정도로 보정한 반명함판 사진 아래로 학위들이 끝없이 늘어져 있었다. 충분히 길었고, 최고의 대학들이었다. 사실상 읽으나 마나 한 페이지여서 빠르게 다음 장으로 넘어갔다.

다음 장에는 목록이 있었다. 〈아이를 위한 필수적인 선택지들〉이라는 이름이 붙은 목록에는 다양한 유전자의 이름과 각각을 변형하거나 제거했을 때 예방할 수 있는 질병의 종류가 나열되어 있었다. 가령 CCR5라는 유전자를 제거하면 HIV와 알츠하이머를 예방할 수 있고, UBE3A라는 유전자를 제거하면 자폐증의 발발을 막을 수 있다는 식이었다. 필수적인 선택지들은 고민할 필요도 없다는 듯 아래로 늘어뜨리지 않고 식품첨가물 표처럼 빽빽하게 적혀 있었다. 그 아래에는 좀 더 보기 좋게 편집된 다른 목록이 있었다.

〈아이를 위한 기본적인 선택지들〉

담백한 글씨체의 제목 아래로 피부색, 머리카락 색, 눈동자 색, 코 모양, 키 등의 항목이 쓰여 있었고, 각각의 항목 아래에는 몇 가지 옵션이 가격과 함께 적혀 있었다. 아이를 낳는 비용 전반에 비하면 공짜라고 할 만큼 싼 가격이었다. 페이지 오른쪽 위에 붉은 글씨로 쓰인 의료 보험 적용 항목이라는 말이 눈에 들어왔다. 하얀 피부색과 다른 피부색 사이에는 두 배 정도 가격 차이가 있었다. 나는 무심코 폴에게 눈길을 주었으나, 폴은 담담히 카탈로그를 읽고 있을 뿐이었다.

— 국민보건법과 차별금지법 등의 시행령에 따라 다음 두 가지 사안에 관해서는 의료 보험이 적용됩니다. 하나는 명백히 질병을 발생시키는 유전자를 조작하는 의료 행위,

다른 하나는 차별을 유발하는 단일 인자 유전 형질을 조작하는 행위.

의사는 폴과 나에게 번갈아 눈을 맞춰가며 말했다. 그가 입을 열 때마다 인공적인 민트 냄새가 났다.

— 단일 인자 유전 형질은 전체 DNA 중 아주 작은 한 부분에만 독립적으로 영향을 받습니다. 따라서 어떤 옵션을 선택하더라도 예기치 못한 부작용에 따른 위험성은 거의 없다고 할 수 있습니다. 의료보험이 적용된다는 사실만 봐도 아시겠지만요.

그는 천천히 고민하라는 듯 입을 다물고 몸을 뒤로 기댔다. 일련의 동작이 물 흐르듯 자연스러워서 그는 거의 영업 사원처럼 보였다. 다만 이 정도 설명을 위해 굳이 사람을 바꿀 필요가 있었을까. 무릇 번거로운 행위에는 이유가 있기 마련인데. 나는 그렇게 생각하며 페이지를 넘겼다.

다음 페이지의 왼쪽 위에는 〈아이를 위한 특별한 선택지들〉이라고 적혀 있었다.

높은 집중력

높은 지능

높은 사교성

높은 기억력

…

낮은 히스테리

낮은 지방 저장률

낮은 우울감

낮은 COVID-series 감염률

…

기타 원하는 특성에 관한 상담이 가능합니다.

(* 탈모 예방은 불가능합니다.)

　각각의 항목은 어마어마한 가격을 자랑했다. 페이지 오른쪽 위에는 비보험이라는 말이 붉은 글씨로 적혀 있었다. 우리는 의문에 찬 눈빛을 교환했고, 의사는 방의 분위기가 달라진 걸 놓치지 않았다. 인공적인 냄새 때문에 코끝이 아렸다.

　의사의 말을 정리하면 다음과 같다. 단순 외형 특질들과 달리 〈특별한 선택지들〉은 선택한다고 해도 실제로 효과를 보지 못할 가능성이 있다. 이는 페이지 아래쪽에도 분명히 명시된 정보다. 그러나 경험적으로 〈특별한 선택지들〉은 아이의 인생에 분명한 도움을 준다. 일례로 고지능을 선택한 아이의 IQ가 150을 넘을 확률은 40퍼센트다. 배아에 대한 유전자 편집이 시행되기 이전 인류의 IQ 분포 자료를 보면, IQ가 150을 넘는 사람은 전체 인류의 15퍼센트 미만이다. 즉, 거칠게 말하자면 아이가 똑똑해질 확률이 세 배 높아진다고 할 수 있다.

우리는 다시 카탈로그를 보았다. 아이가 똑똑하기를 원한다면 집을 담보로 대출을 받아야만 했다. 똑똑한데 사교성까지 좋기를 원한다면 이사를 해야만 했다. 폴이 잔뜩 졸아버린 요리에 물을 넣은 것 같은 표정을 지었다.

— 부작용은 없나요?

폴이 가라앉은 소리로 묻자, 의사가 싱긋 웃어 보였다.

— 저희만의 노하우가 있습니다. 우리 병원은 단일 인자만을 편집하여 해당 결과를 유도합니다.

의사의 목소리는 부드러웠고, 확신에 차 있었다. 몇 번이고 같은 질문을 받는 사람 특유의 여유였다. 하지만 나는 지금까지는 영업 사원처럼 보이던 그가 오히려 의사같이 행동하는 것에서 위화감을 느꼈다. 조금만 생각해도 의사의 말은 뭔가 이상하다. 정말 부작용이 하나도 없다면 전염병 면역 선택지가 비보험일 리 없다.

— 원래부터 의도한 효과가 나타나는 건 부작용이라고

부르지 않죠. 〈선택지들〉이 DNA에 들어가는 만큼 무언가는 빠질 것 아니에요. 대체 뭐가 빠지는 거죠?

내 물음에 의사는 별것 아니라는 듯, 염색체의 구성과 발현에 관해 설명했다. 발현할 수 있는 유전자의 총량에는 한계가 있다. 그렇다면 불필요한 걸 줄이고 최대한 인생에 도움이 되는 유전자들을 넣어야 할 것이라고.

그날 집으로 돌아가며 나는 폴의 얼굴에서 내가 사랑하는 부분들, 그러니까 말쑥한 턱과 빛나는 눈, 커피색의 피부를 보았다. 다부진 어깨와 팔을 만졌고 은은하게 풍기는 달콤한 냄새에 미소 지었다. 폴이 눈을 마주쳐 왔다. 그가 나를 사랑한다는 걸 느낄 수 있었다. 그리고 알았다. 그도 분명 같은 마음이라는 걸. 우리는 아이에게서 우리의 모습이 사라지는 걸 원치 않았다. 우리와 닮은 아이를, 그 안에서 우리가 느껴지는 아이를 낳고 싶었다. 우리는 고민 끝에 필수적인 선택지들 외에 다른 것은 아무것도 선택하지 않았다.

우리는 오래 걸어 집으로 돌아왔고, 집에서는 전날 먹은 이탈리아 요리, 오리고기로 만든 카차토라의 냄새가 났다.

MHC class I

오후, 나는 학교를 찾았다. 네모반듯한 건물에 옥탑만 빼꼼 튀어나온 것이 숏을 철자를 연상시킨다. 학교는 영국 요리보다도 발전이 느리다. 영국인들은 18세기 노동자의 주식이었던 싸구려 음식인 피시앤드칩스를 지금까지도 입에 달고 산다. 같은 시간 동안 교육이 겪은 변화는 학교가 깔끔해지고, 학생 수 대비 선생 수가 늘어났으며, 수많은 CCTV가 설치되었다는 점뿐이다.

인으로 들어가자 벽에 설치된 안티바이러스 탈취제가 미친 듯이 기침을 해댄다. 담임교사가 나를 기다리고 있다. 담임은 깔끔한 투피스 정장을 갖춰 입고, 굽이 낮은 단화를 신었다. 그녀는 앞서 걸으며 이야기할 때마다 고개를 돌렸는데, 단발이 펄럭이며 시원한 오이 냄새를 풍겼다. 상담실은 맨 위층에 있다. 우리는 복도 끝에 설치된 엘리베이터를 탄다. 엘리베이터는 네 벽이 모두 투명해서 층을 올라갈수록 그림자에 반쯤 가려진 학교 뒷마당이 보인다. 문득 언젠가 본 한 영상이 떠오른다.

소녀 넷이 동그랗게 둘러서 있다. 그중 하나, 검은 단발의 소녀는 커터 칼을 쥐고 있다. 아무도 입을 열지 못하는 긴장된 분위기다. 검은 단발은 오른편에 서 있는 파란 장발의 오른팔을 커터 칼로 긋는다. 파란 장발은 무심코 아야, 하고 신음을 내뱉는다. 흰 팔뚝에 붉은 선이 생긴다. 검은 단발이 파란 장발에게 커터 칼을 넘긴다. 파란 장발은 날이 훤히 드러난 커터 칼을 날 쪽으로 잡는다. 그녀가 커터 칼을 받아 들 때쯤, 팔의 상처는 이미 아물어 있다. 파란 장발은 자신이 베였을 때와 똑같이 오른편의 검은 장발을 긋는다. 검은 장발은 다시 오른편의 노란 단발을 긋고, 칼은 다시 검은 단발에게 되돌아온다. 소녀들이 일제히 팔을 앞으로 내민다. 그 어느 팔뚝에도 베인 흔적은 없다. 모두 새하얀 팔이다. 그제야 소녀들은 안도한 듯 즐거운 듯 일제히 웃음을 터뜨린다. 소녀들의 팔뚝을 비추는 화면. 웃음소리만을 남기고 암전. 화면 위로 글자가 떠오른다. 친구식.

언젠가 그 영상을 봤을 때는 단순히 양아치들의 일이라고 치부하고 넘겼다. 그러나 막상 학교의 뒤편 그늘진 자리를 보니, 그런 부분까지도 내가 학생일 때와 별로 달라지지 않았다는 생각이 든다. 여전히 학교가 누군가를 따돌리는 공간이라면, 그래서 손쉽게 다른 아이들의 팔에 자상을 남기는 곳이라면, 라일라는 괜찮은 걸까. 섞이기 어려운 재료들을 그라인더에 넣고 갈듯이 마음이 곤죽이 되어

버리고 있는 건 아닐까.

담임이 차를 내온다. 이탈리아 홍차인데 싸구려라서 그
런지 태우고 찐 것 같은 맛이 난다. 나는 곧바로 본론으로
들어가기로 마음먹는다.

— 요즘 학교에서 라일라는 어떤가요?

— 평범합니다.

— 구체적으로 어떻게?

내가 묻자 담임은 조심스럽게 말을 고른다. 담임교사의
말에 따르면 라일라는 '평범한 아이'다. 정규 교육 과정은
무리 없이 따라오지만 월등한 성취를 보여주는 것은 아닌,
일반적이라고 여겨지는 신장과 체중 따위를 가지는. 그런
데 요즘 애들이 어디 평범한가요. 담임교사는 한숨을 푹
쉰다. 다들 중학생 때부터 예쁘고 잘생겨서 여기가 평범한
학교 교실인지 연예인 오디션장인지 헷갈리고, 정규 교육
정도는 진작에 끝내놓고 수업 시간에는 몰래 딴짓을 하는
게 거의 공공연한 비밀이에요. 그런데도 교사는 그걸 함부
로 지적할 수가 없죠. 요즘 애들은 건드리면 큰일 나요. 요
즘 같은 시대에 애를 낳는 사람들은 완전 예술가예요. 완
벽한 아이가 완벽한 삶을 살아야 한다고 믿는 거죠. 말 그

대로 부모 최고의 작품들인데 그 작품에 흠결이 있다고 지적한다? 그거 완전 예술가에 대한 모욕이거든요. 교사는 자신에게 아이에 관해 묻는 학부모가 나타난 것에 마음이 동한 건지, 쌓인 서러움이 폭발하기라도 한 것처럼 말하고 또 말한다. 아무래도 유전자 옵션에서 침착함은 선택하지 않은 모양이다.

담임에 관한 평가와는 별개로, 라일라가 평범하다는 건 내심 짐작하고 있었다. 라일라가 성적표를 잃어버리고, 학교에서 있었던 일을 말해주지 않게 된 순간부터 올 게 왔다고 여겼으니까. 따뜻하기 위해선 차가움을 포기해야 하고, 이탈리아를 위해선 프랑스를 포기해야 하는 법이다. 하지만 그게 요리를 망치는 것까지 감수한다는 뜻은 아니다. 나는 라일라를 자연스럽게 키우고 싶었을 뿐, 혹독한 자연에 방치하고 싶은 건 아니었다.

— 학교 폭력이나 왕따를 당하고 있다는 뜻인가요?

라일라가 커피색 팔을 앞으로 내밀고, 흰 피부를 가진 그녀의 친구가 커터 칼을 들고 다가온다. 라일라는 눈을 질끈 감고, 친구는 웃으며 말한다. 우린 아직 친구가 될 수 없는 모양이네. 라일라는 겨울이라 카디건을 입을 수 있어 다행이라고 생각한다. 헐거운 화이트 라이즈 사의 브래지어를 사 모았고, 잡상인이 나눠주는 성형 수술 전단을 유심히 읽는다. 무심코 그것들을 방에 내버려 뒀다가 엄마에게 들키기도 한다. 엄마, 왜 그랬어? 왜?

— 혹시 MHC라는 유전자에 관해 알고 계시는가요?

내가 고개를 젓자 담임은 어느새 차분함을 되찾았는지, 차근차근 설명한다. 모든 세포는 특별 면역 구역에 있지 않은 이상 항상 주민등록증을 쥔 손을 내밀고 다녀야 한다. 이때 세포들이 손에 쥐고 다니는 단백질이 MHC class I이다. 면역세포는 다른 세포들의 MHC class I을 수시로 확인하다가, 이상이 있으면 제거한다.

— 당연히 아이들이 서로 제거하는 것은 아니지만, 다르다는 건 그 자체로 괴로움이 되기도 합니다. 지금은 그 같음과 다름이 너무 확연하게 드러나는 시대고요.

담임 테이블 위에 엎어져 있던 전자문서를 집어 든다. 올 게 왔다.

— CCTV를 확인하러 오신 거죠? 안 그래도 보여드릴 게 있었습니다.

A-STR

영상 속의 나와 눈이 마주쳐서 흠칫 놀란다. 나는 중요한 자리에 나갈 때만 하는 풀메이크업을 하고 잔뜩 긴장한 표정으로 앞을 노려보고 있다. 영상의 정체를 깨닫기까지는 오래 걸리지 않았다. 담임의 목소리가 들려왔기 때문이다.

— 이렇듯 옛 창작물에서는 수업 장면을 통해 세계관을 설명하곤 했습니다. 간편한 방법이죠.

보름 전에 있었던 학부모 참관 수업이다. 초상권 및 개인 정보 보호 어쩌고 하는 이유로 내게는 나와 라일라의 모습만 보여줄 수 있기에 내가 미간을 찌푸리고 전면을 노려보는 모습이 재생된 듯하다.

— 아차, 좀 더 뒤로 가야 하는데.

담임은 허둥지둥 전자문서에 손을 대고 쭉 당긴다. 빨리 감기를 나타내는 빨간 점이 손가락을 따라 가로로 긴 선을 남긴다. 담임이 손가락을 멈추자 붉은 선은 언제 있었냐는 듯 곧 사라진다.

라일라가 연신 앞뒤로 힐끔거리고 있다. 왁자한 소리로 보아 참관이 끝나고 학부모들이 빠져나가는 시점인 듯했다. 왁자한 소리는 곧 멎고 교실은 언제 떠들었냐는 듯 시치미를 뗀다. 그날은 참관 수업이 4교시여서 수업이 끝나자마자 점심을 먹는 일정이었고, 상대적 박탈감을 필사적으로 막으려는 학교의 정책에 따라 아이들은 학부모들이 왔음에도 급식을 먹어야만 했다.

멍한 표정으로 고개를 숙이고 있던 라일라를 누군가 부른다. 밥을 먹으러 가자고 하는 걸 보니 다행히 반에서 왕따를 당하고 있는 건 아닌 모양이다. 그러나 라일라는 그 말을 듣고도 묵묵부답이다. 누군가 다가와 라일라의 머리를 쓰다듬는다. 고전 작품에서라면 섬섬옥수라고 묘사했을 법한 하얗고 부드러워 보이는 손이다. 저런 손도 유전자 조작으로 얻을 수 있는 것이었을까. 나는 무심코 몇 가닥 주름이 지기 시작한 내 손을 내려다본다. 그때 라일라가 울음을 터뜨린다.

— 다른 아이들은 전부 부모랑 다르게 생겼는데 나만 너무 닮았잖아.

하얀 손의 주인이 화면 안으로 쑥 밀고 들어온다. 옆에서 라일라를 껴안은 것이다. 라일라가 울고 있는데도 군살 없이 길쭉한 팔과 순간적으로 비친 작은 얼굴에 순간적으로 눈길이 간다. 그날 저런 아이가 있었던가? 학부모 참관 수업은 아이들의 안전을 위해 학부모와 아이들 사이에 강화 유리를 설치한 상태로 진행했다. 아무래도 그 강화 유리의 역할은 서로 닿지 않도록 하는 것만은 아니었던 모양이다. 그날 내가 본 라일라와 다른 아이들의 차이는 피부색과 키 정도가 다였다. 내가 혼란스러워하는 와중에도 하얀 손은 아이를 달래듯 라일라를 토닥인다. 그녀의 목소리는 카프리섬의 바람처럼 온화하다.

— 너희 부모님이 너를 많이 사랑하는가 봐. 사랑하면 닮는다고 하잖아.

라일라는 그 말에 울컥한 듯, 하얀 손을 밀어내고 고개를 들이민다. 그리고 다른 한 손으로 자기 얼굴을 가리키며 말한다.

— 이런 사랑이라면 필요 없어.

라일라는 하얀 손을 뿌리치고 교실 밖으로 뛰쳐나간다.

라일라가 뛰쳐나가자 상담실 안에는 정적이 흐른다. 볼 수 있는 건 오로지 교실 안에서 일어나는 일뿐이다. 복도와 학교 밖에서는 교실처럼 개인화 영상을 제공할 수 없어 오로지 사건이 일어났을 때만 경찰을 대동하고 열람할 수 있다. 담임이 조심스럽게 입을 연다.

— 의아하실 겁니다.

— 라일라를 가졌을 때, 친자 확인을 받았어요. 특별히 짚이는 게 있어서는 아니고, 요즘엔 다들 받으니까요.

말을 끊긴 담임은 갑자기 무슨 말이냐는 표정을 짓는다.

사실 나도 내가 무슨 말을 하는지 잘 모른다. 그저 무언가를 말하지 않고는 견딜 수 없었다. 마치 요리를 앞에 두고 뚱한 표정을 짓는 손님의 인상을 펴기 위해 쉴 새 없이 설명해 대던 스승처럼.

— A-STR이라고 부르더군요. 13개 이상의 부분에서 유전자형이 같아 친자가 아닐 확률은 몇조분의 1이래요. 그런데 나중에 알게 된 건데, 이 A-STR이라는 방법, 범인을 찾을 때도 쓰는 DNA 감정 방식이라고 하더군요.

남임은 가만히 고개를 젓는다. 아마 그녀 나름의 위로였을 테지만, 지금 내 마음의 식탁 위에는 썩은 쥐 떼가 우글거려 그런 걸 받을 자리가 없다.

— 제가 범인일까요?

과잉된 감정. 담임에게 이런 말을 늘어놓아 봤자 쓸데없다는 걸 알면서도 나는 기어이 말하고 또 말한다. 요리되지 않은 말을. 프랑스식조차 아닌, 그저 끓어오르고, 짓눌리고, 구워지고 있을 뿐인 말을. 얼마나 시간이 흘렀을까. 담임이 자리에서 일어선다.

— 어머님, 정말 죄송합니다만, 점심시간은 한정되어 있습니다.

담임의 말에 정신이 든다. 그래, 아무리 담임이어도 학부모의 푸념까지 다 받아줘야 할 의무는 없다. 사람 밥도 못 먹게 이게 뭐 하는 짓인가. 스승이 알았다면 또다시 파문당했을 것이다. 결혼하겠다고 했을 때처럼. 요리에 전념할 수 없다면 당장 그만두라고. 내가 죄송하다고 말하고 자리에서 일어나려고 하자, 담임이 다시 입을 연다.

— 영상에 나온 라일라의 친구가 오늘 제게 찾아왔습니다.

담임은 조금 뜸을 들이다가 다시 말을 잇는다.

— 라일라가 가출할지도 모른다고 하더군요.

담임의 말에 따르면 라일라는 친구에게도 스핏 파티에 관한 것을 이야기했다. 그리고 이렇게 무책임한 부모라면 차라리 보육원에 들어가 입양되는 게 낫겠다고도. 네가 같이 안 간대도 난 혼자라도 갈 거야. 친구는 그 말만은 똑똑히 기억한다고 했다.

— 아직 라일라는 학교에 있습니다.

담임은 전자문서를 쓸어내려 학생 위치 추적 애플리케이션을 확인한다. 주제넘지만 자기가 보기에는 차라리 지금 라일라와 이야기하는 편이 좋을 것 같다고, 담임은 말한다. 불에 달궈진 라끌레트 치즈처럼 얼굴이 화끈거린다. 내내 단단히 굳어 있던 얼굴 근육이 눅진하게 흐물거리는 것만 같다. 차라리 칼로 긁어내면 조금은 서늘해질까. 나는 담임의 제안에 고개를 끄덕여 답한다.

ARHGAP11B

담임이 라일라를 불러오겠다며 상담실에서 나간다. 나는 방에 혼자 남아 멍하니 테이블을 내려다본다. 먹다 남은 괴이한 맛의 홍차가 우습게도 정통 이탈리아 홍차의 향을 풍기고 있다. 싸구려라고는 해도 본질을 잊지는 않은 모양이나.

언젠가 나는 스승에게 왜 제이미 올리버를 좋아하지 않냐고 물은 적이 있다. 혹시 스승이 못 받은 대영제국 훈장을 받은 사람이라서 그렇냐고 하자, 스승은 그럴 리가 있냐며 코웃음을 쳤다. 그러고는 제이미 올리버가 한창 인기 있을 때 진행하던 요리 방송을 보여주었고는 내게 감상을 물었다. 나는 별생각 없이 쾌활해 보인다고 대답했는데, 스승은 정답이라며 손끝을 튕겼다.

— 어려운 걸 쉽다고 하면 보기엔 좋아도 막상 실전에 들어갔을 때 금방 포기하게 된다.

확실히 요즘 세상에는 뭔가를 쉽게 하는 법이라든지, 소위 꿀팁이라고 하는 말은 많아도, 무언가 어렵다고 하는 말은 찾아보기 힘들다. 굳이 골치 아픈 문제를 골치 아프다면서 면전에 들이대는 건 내 스승이나 유전공학 정도밖에 없지 않나, 하고 나는 생각했다.

미친 유전공학은 마모셋 원숭이의 태아에게 ARHGAP11B 유전자를 인위적으로 주입해 원숭이의 뇌를 인간만큼 키우는 방법을 알아낸 적이 있다. 실험이 진행되었던 2020년에는 ARHGAP11B 유전자가 영장류의 신피질을 확장하는 역할을 한다는 결론으로 막을 내렸지만, 내가 한창 스승에게 배우던 시절 그 미친 방법론은 중국에서 개발한 새로운 두개골 요리와 함께 재조명되었다. 맛을 본 미식가들은 지금껏 지구에 존재했던 어떤 요리보다도 풍미가 뛰어나다며 극찬을 아끼지 않았다. 과장 좀 보태서 그건 새로운 요리의 신기원이라는 말까지도 나돌 정도였다.

스승은 그 요리를 국제적으로 금지해야 한다는 반대 여론의 선두에 섰다. 당시 스승이 주장했던 논리는 다음과 같다. 뇌를 먹기 시작하면, 훗날 우리는 그것이 식용 인간의 시작이었다고 후회할 것이라고 말이다. 중식 연구가들은 반발했다. 종래의 원숭이 두개골 요리와 달리, 이 새로운 요리는 돼지나 말, 닭 같은 식용 동물을 재료로 사용하며, 잔혹성을 완전히 배제하고도 풍미가 증진되는 방식이라고. 사실 뇌라는 부위가 워낙 언캐니한 영역에 있었던 탓에 스승은 예견된 승리를 거두었다. 그러나 그 싸움에 누구도 선두로 나서지 않은 이유는 세계적으로 중식 요리 연구가의 수가 다른 모든 요리 연구가의 수를 합친 것만큼이나 많았기 때문이다. 승리의 대가로 스승은 대영제국 훈장과 영원한 안녕을 고해야만 했다.

— 그때는 왜 그랬어요?

나는 파문될 때 스승에게 물었다. 다른 말은 아무것도 덧붙이지 않았는데도, 스승은 무슨 말인지 단번에 알아들었다.

— 요리란 어려울 걸 알면서도 해야 하는 거니까.

물론 이제는 안다. 스승의 그 일생일대의 싸움만큼이나 부모 되기가 어렵다는 걸. 육아와 요리를 병행할 수는 없을 거라고 스승은 끝까지 믿었기에 나를 파문했다. 물론 제이미 올리버는 스물네 살에 결혼하고도 훈장까지 받았지만, 그는 사람이 아니라 통조림이니까 그럴 수도 있지.

스승을 생각하니 조금은 유쾌해진다. 그는 내심 원하던 대영제국 훈장 대신 뜬금없이 〈아침마당〉에 출연했다. 그러나 그의 모리 시식은 여전히 최고였다. 그걸 라일라도 먹었더라면 오늘은 조금 다른 하루가 되었을까. 아침에 먹지 못한 라일라의 몫이 냄비에 남아 있지만, 이미 식어버려 아침과 같은 맛은 나지 않을 것이다. 이미 늦었다. 어쩌면 이미 한참. 두개골 요리처럼.

담임이 라일라를 데리고 들어온다. 상담실의 바닥은 하얀 타일로, 틈새를 선홍색으로 메운 것이었는데 그것 때문에 나와 라일라 사이에는 붉은 자상이 있는 것처럼 보였다. 라일라는 나를 본 것에 일순 당황한 듯했으나 금세 시무룩한 무표정으로 되돌아갔다. 담임은 이 시간 안에 반드시 문제를 해결해야겠다고 마음먹은 건지 적극적으로 라일라에게 말을 걸어댄다. 라일라는 아직 밥을 안 먹었다고 말할 뿐이었다.

나는 숨을 크게 들이쉬고 입을 연다.

— 엄마가 널 사랑하지 않는 거 알지?

담임도, 라일라도 당황한다. 아마 전혀 예상치 못한 말이겠지.

— 그래도 오늘 학교가 끝나면 엄마는 교문 앞에서 기다릴 거야.

라일라는 당장에라도 싫다고 소리칠 기세다. 하지만 나는 침착하게 웃어 보인다.

— 오늘은 같이 집에 가자. 맛있는 요리를 해줄게.🐎

마음에 날개 따위 없어서

선인장 분갈이를 하는 날인데, 20대 중반 남성 하나가 교통사고로 병원에 입원했다는 연락을 받았다. 사건 개요 서는 반나절 만에 새 화분과 함께 도착했나. 자율주행이 사회에 본격적으로 자리를 잡은 이후, 직구 이외에는 당 일 배송이 당연해졌다. 사건 개요서는 이메일로 보내주면 더 빠를 텐데, 이상하게도 이런 일에는 아직 우편을 쓴다. 흙을 설설 파내고 선인장을 들어 올리자 이리저리 뒤엉킨 뿌리가 반쯤 썩어 있었다. 썩은 뿌리를 잘라내고 새 화분 에 옮겨 심었다.

사건의 개요는 간단했다. 콜오토를 이용하던 심온(23세, 남성)은 갑작스러운 차량 탈선으로 전치 10주의 타박, 골절 상을 입었다. 차량 제조사는 현대, 자율주행 AI는 아퀴나스사. 가로등에 부딪혀 일어난 사고로 다른 피해자는 없었다. 개요서에는 관련자 셋의 연락처가 적혀 있었다. 내 일은 사건을 객관적으로 조사해 그들이 이 사고에 각각 몇 퍼센트의 과실이 있는지를 따지는 것이다.

도로교통과에서 CCTV 영상과 당시 도로 상황에 관한 자료를 보내왔다. CCTV 영상에 따르면 교통과의 행정 실수는 없었다. 문제의 차량은 신호가 파란불임에도 불구하고 급정거를 했고, 그 과정에서 미끄러져 선인장 뿌리 같은 스키드 자국을 남긴 채 신호등에 충돌했다. 보통 이런 경우 콜오토 이용자가 자율주행 AI에게 무리한 요구를 했을 확률이 높다. 차량에 특별한 문제가 없다면 3 대 7 정도 비율로 마무리되겠군. 나는 그렇게 생각하며 콜오토 배차 신청을 했다. 5초 만에 차량을 잡았어요, 하는 자신만만한 메시지가 떴다.

확실히 도로의 90퍼센트 이상이 자율주행 차량으로 채워지고 나니 도로가 상쾌해졌다. 교통 체증이나 지저분한 사건·사고는 이제 거의 사라진 개념이다. 물론 차량 보유세를 감당할 수 있는 부자들이야 직접 운전을 한다지만, 교통사고에 100 대 0은 없다는 옛 농담처럼 사고는 혼자 힘으로 내는 게 아니다. 되레 인명 피해는 자동차보다는 자동차 보험 쪽에서 대량으로 발생했다. 관련 직종이 멸종 위기를 맞이해 수만 명의 실직자를 만들어 낸 것이다. 그들은 고대의 선인장들처럼 화석도 제대로 남기지 못하고 사라졌다. 나는 자격증에 자격증을 접붙여 가며 그 대멸종에서 살아남았다. 애초에 누군가 다쳐야만 유지될 수 있는 직업은 뭔가 이상하잖아. 가시 돋친 농담으로 몸속의 수분을 힘겹게 보호하면서.

— 그러니까, 당신 말은 탑승자는 이상행동을 하지 않았다는 것 맞습니까?

— 예, 자세한 내용은 추후 방문하셔서 블랙박스를 살펴보시지요.

심온의 병실로 가는 길에 현대 측 담당자에게서 전화가 왔다. 내 최초 가설과는 달리 심온이 억지를 부리다가 사고를 낸 건 아닐지도 모르겠다. 뭐, 자세한 건 들어보면 알겠지. 전치 10주인데 입원한 걸 보면 다리나 골반 쪽을 다쳤을 테니 대화하는 데는 문제가 없을 것이다. 병실 문을 열자 넓고 쾌적한 4인실에 심온 혼자 누워 있었다. 변호사나 보험 대리인을 통하지 않고 개인 번호를 줬길래 유복한 편은 아닐 거라고 생각했는데, 의외였다.

다행이랄지 예상대로랄지 심온은 깁스한 다리를 고정 밴드에 걸고 누워 있었다. 이불을 반쯤 팽개친 게 캉캉이라도 추는 듯한 모습이었는데, 웃기게도 한 손에는 얇은 시집을 들고 읽고 있었다. 내가 현장 설명을 요청하자 그는 꼬불거리는 긴 장발을 쓸어 넘기고는 대답했다. 자기는 아무 명령도 한 적이 없고 달리 건드린 것도 없는데 차량이 크게 흔들리더니 미끄러지며 사고가 났다고. 차량 내에서 샤워하다가 운전석 쪽에 장난으로 물을 뿌리거나, 술을 쏟은 일도 없다고 그는 강변했다 내가 알고 있다는 식으로 고개를 끄덕여 주니 그는 신나서 계속 지껄였다.

— 그 차는 마치 세상을 향해 외치는 것 같았어요. '나 여기에 있다' 하고요.

그는 다친 게 자기 자신이라는 사실은 잊은 것처럼 열변을 토했다. 분명히 다리만 다친 것 같은데, 사실은 머리카락 아래 붕대가 숨겨져 있는 게 아닌가 들춰보고 싶을 지경이었다.

— 너 헛소리나 할 때가 아니다.

— 헛소리가 아니에요. 분명히 그 콜오토는 전봇대로 돌진하면서 제게 충고 비슷한 말을 했다니까요.

심온은 춤추는 풍선처럼 팔을 휘적거리며 말했다. 목에

힘줄까지 올라오는 게 제 딴에는 정말 억울한 것 같았다. 유감스럽게도 블랙박스에는 음성 녹음 기능도 있어서, 그런 일이 정말로 있었다면 현대 측 담당자가 숨겼을 리가 없다.

흔히 자율주행 AI는 자동차 제조사에서 함께 관리한다고 생각하는 경우가 많은데, 그건 반만 맞는 말이다. 제조사는 자율주행 시스템에서 센서와 신호 처리 부분만을 담당한다. 통합적인 판단을 내리거나 탑승자와 상호작용하는 AI의 인간적인 부분, 소위 인격 AI는 다양한 회사에 하도급을 맡긴다. 이는 역량의 문제라기보다는 리스크 관리 측면 때문이다. 자동차 제조사에서 인격 AI까지 만들면 수익성이나 만듦새는 좋아지겠지만 사고가 났을 때 수습이 난감해진다. 사고의 책임 소재가 차량 제조사를 향하게 되면 제조사는 해당 자동차 모델을 리콜하거나 해당 인격 AI를 폐기하고 새로운 인격 AI를 개발해야만 한다. 하지만 사고의 원인이 인격 AI로 판명 났을 때 그 인격 AI가 하도급을 맡긴 다른 회사의 제품이라면 차량 제조사는 그 회사와의 계약을 파기하고 다른 인격 AI로 대체하면 그만인데다 피해 보상금까지도 하도급 회사에서 받아낼 수 있다. 분갈이할 때 썩은 뿌리를 잘라내는 것처럼 간단히. 그러니

만약 심온의 주장처럼 인격 AI가 살의를 가졌다고 해도, 하도급 업체만 바꾸면 되는 일을 굳이 숨겨서 문제를 키울 이유가 없다.

그런 생각을 하고 있는데, 심온이 말을 걸어왔다. 선인장 가시 같던 그의 눈이 100원짜리 동전만큼이나 커져 있었다.

— 그런데 왜 그렇게 기계같이 말하세요?

— 싸구려 음성인식 펌웨어랑 자주 대화하면 누구나 이렇게 된다.

심온은 내 말을 농담으로 여겼는지 배를 잡고 경련했다. 그는 웃을 때마저도 춤추는 풍선 같았다. 유감스럽게도 나는 농담하는 게 아니었다. 인격 AI는 대개 미국과 중국에서 개발된 것을 수입해 국내에서 한국어 사용자용 소프트웨어를 덧씌워 판매한다. 문제는 인격 AI를 취급하는 하도급 회사들이 대부분 중소기업이다 보니 탑승자 쪽만 신경 썼지, 나처럼 백 엔드를 뜯어봐야 하는 쪽은 신경 쓰지 않는다는 점이다. 관리자 모드로는 싸구려 번역기를 돌린 것처럼 문장 성분이 생략되지 않은 한국어로 인격 AI와 대화해야 한다. 그래서 일이 많은 시기에는 그들과 대화하기 위한 웃기는 말투가 입에 붙곤 했다.

― 혹시 성함이 어떻게 된다고 하셨죠?

― 성함은 한소임이시다.

― 이름도 특이하시네요. 하여튼, 저는 소임 씨처럼 신기한 사람이 좋아요.

어린 녀석이 거침이 없네. 내가 민원이 무서워서 세게 나가지 못할 거라고 생각해서 이러나 본데, 나는 자격증과 녹음기로 멸종을 피한 사람이다.

― 나중에 전화 주신 번호로 연락드려도 될까요? 퇴원하면…

― 그거 발신 전용 번호다.

어차피 필요한 사실은 얼추 알았으니 그와 더 말을 섞을 필요는 없다. 구시렁거리는 심온을 뒤로하고 병실을 나가는데, 한 손에 NCS 문제집을 든 여학생 하나가 나를 피해 병실로 들어갔다. 하여튼 예나 지금이나 세대 차이가 나는 사람들은 이해할 수가 없다.

심온이 거짓 증언을 했을 수도 있겠다고 생각했건만, 블랙박스 자료를 열람하니 그는 정말로 얌전히 앉아 있었다. 차 안에서 춤이라도 췄으면 뭐라도 엮을 수 있을 텐데 의외로 혼자 있을 땐 얌전한 모양이다. 이전 기록을 살펴봐도 이번 사고가 제조사 측 과실이라기엔 무리였다. 부품 검사도 제대로 챙겨서 하고 있었고, 사고 차량 검수 결과에서도 부품 문제는 없는 것으로 나왔다. 현대가 대접도 좋고 점잖아서 가능하면 이쪽을 자주 오고 싶었는데… 아쉬움에 입맛을 다시며 나는 과실 리스트에서 현대를 지웠다. 사실 뭐, 뻔한 결과였다. 요즘 교통사고에서 제조사 측 책임이 큰 경우는 거의 없으니까. 잘 쳐줘봐야 20퍼센트 이상의 과실을 떠맡는 일은 전혀 없다고 봐도 좋을 정도다.

일이 이렇게 되면 십중팔구 인격 AI의 과실이다. 사실 직접 운전하는 부자가 낸 교통사고가 아니고서야 탑승자가 별문제를 일으키지 않았다면 대개 이쪽이 정답이다. 애초에 다양한 인격 AI가 존재할 수 있는 이유도 요즘 교통사고는 전부 트롤리 문제 같은 양상을 띠기 때문이다. 트롤리가 달리는데 한쪽 레일 위에는 사람 한 명이, 다른 쪽 레일 위에는 사람 다섯 명이 쓰러져 있다. 레버를 당기면 한 명이 죽고, 당기지 않으면 다섯 명이 죽는다. 이와 같은 극단적인 상황 설정으로 유명한 도덕적 딜레마를 트롤리 문제라고 부른다. 정답은 없고 레버를 당기는 행위자가 어떤 신념을 바탕으로 행동하는지에 따라 결과가 달라질 뿐인 사악한 문제다. 대부분의 인격 AI는 피해 최소화를 위해 레버를 당기지 않겠지만, 인격 AI에 따라 어쩌면 레일에서 탈선할 수도 있지 않을까 기대하며 다른 시도를 해보기도 한다. 확실한 건 인격이라는 이름의 선택 알고리즘은 반드시 어떤 요소에 관한 가중치를 부여한 선택을 하도록 프로그래밍 되어 있다는 점이다. 그 가중치가 레버를 당기거나, 당기지 않거나, 살짝만 당겨보거나, 혹은 트롤리를 멈추기 위해 뛰어드는 선택을 결정한다.

아퀴나스사는 시 외곽에 있는 평범한 회사였다. 책상 수로 보아 직원 수는 열댓 명 정도. 내가 찾아가자 담당자라는 사람이 따라붙어 인격 AI와의 대화를 돕겠다고 하는 점까지 다른 하도급 업체와 똑같았다. 나는 손을 내저어 도움은 필요 없음을 밝히고 혼자 AI 메인 시스템실에 들어갔다. 정리하다 만 책장처럼 생긴 서버가 세 대 있었고, 전체 시스템을 총괄하는 워크스테이션이 방 한가운데 있었다. 햇볕이 들지 않는 춥고 작은 방이었다. 재킷을 챙겨 오길 잘했군.

― NUR0291, 22시간 37분 전 발생한 추돌의 원인은 무엇인가?

워크스테이션을 켜고 명령을 내렸다. 워크스테이션 모니터에 가운데가 빈, 파란 원이 깜빡였다. 아나운서처럼 또박또박한 목소리가 흘러나왔다.

— 브레이크에 이상이 있었어요.

거짓 증언이다. 이놈의 거짓 증언은 애초에 수입해 올 때부터 기본 장착이 되어 있는 건지, 핸들이니 브레이크니 시기별로 다른 부품 이상을 한목소리로 호소한다. 애초에 이럴 줄 알고 제조사에 먼저 들른 것이지만 그래도 괘씸한 건 어쩔 수 없다.

— 그건 거짓이다. NUR0291, 시스템 로그를 출력해라.

화면에서 파란 원이 사라지고, 검은 화면에 흰 글자들이 줄줄이 떴다.

삭발밧따산발밤밨따따삳밨발밟밨따따따살발밫밨발밭밨따
따따따따사밥살빠싸사따사밨삳빠싸사따다사밨산빠싸사따
다사밟삭빠싸사따다밨다맣사밤살빠싸사따사발삳빠싸사따
다사밧산빠싸사따다밣다맣사밥살빠싸사따사밣삳빠싸사따
다산빠싸사다사밧삭빠싸사따다맣사밨살빠싸사따사발삳빠
싸사따다사밨산빠싸사따다삭빠싸사다밨다맣사박삭빠싸사
따밧다맣사밨살빠싸사따삳빠싸사다사밥삭빠싸사따다밨다
맣사받삭빠싸사따박다맣사밥살빠싸사따사밨삳빠싸사따다
사반삭빠싸사따다맣사발살빠싸사따사반삳빠싸사따다사반

산빠싸사따다사밟삭빠싸사따다사발다맣사밨살빠싸사따사밥
샨빠싸사따다사밟산빠싸사따다사밟삭빠싸사따다밨다맣사
발살빠싸사따산빠싸사다삭빠싸사다박다맣사밥살빠싸사따
사밫산빠싸사따다사밟산빠싸사따다사밧삭빠싸사따다맣사
밟삭빠싸사따밧다맣훼에에엥

   한숨이 절로 나왔다. 매번 겪는 일이지만 로그를 뜯어보
는 건 골치가 아프다. 인공지능이 기계 학습을 하는 과정
에서 익히는 언어는 인간이 통제할 수 없다. 인격 AI 회사
들이 하는 일은 충분히 좋은 성능의 베이스 AI 칩을 사서,
그 칩에 법전 같은 교통 법규 규칙들을 던져주고 그 규칙
을 100시간 연속으로 99.999퍼센트 지킬 때까지 가상의
도로를 달리게 하는 것이다. 회사는 학습 과정을 관찰하면
서 성공과 실패를 판정해 가며 학습을 유도할 뿐, 인격 AI
내부에서 정말로 무슨 일이 일어나는지에는 깜깜이나 마
찬가지다. 그 결과 인격 AI는 제멋대로의 언어를 발전시킨
다. 인간이 원하는 대로 결과를 내지만 생각의 방식만큼은
자유롭게 할 수 있는 것이다. 이걸 자유라고 불러도 될지
는 모르겠지만.

   그렇다 보니 내가 하는 일은 다른 사람의 생각을 읽어보

겠다고 두개골을 열고 뇌를 관찰하는 꼴이다. 처음부터 로그를 읽을 수 있을 거라는 기대는 하지 않았다. 나는 이해할 수 있는 입력값들을 바탕으로 튀는 것을 찾는다. 다행히 인풋과 아웃풋은 인간이 이해할 수 있는 형태로 출력되니까. 뇌로 말하자면 귀로 들은 소리와 입으로 내뱉은 말은 뇌 밖에서 이루어진 일이니까 확인할 수 있다는 의미다.

니는 미리 확보해 둔 심온의 콜오토 계정 번호를 검색해 그의 탑승 기록을 찾는다. 그런데 검색 결과가 예상외다. 그의 탑승 기록이 지난 3개월 동안 서른 번이나 있다. 게다가 사고가 나기 전 한 달 동안 그 절반이 집중되어 있다. 우연이라기에는 너무 많은 횟수다.

흔히 콜오토의 등장으로 택시 기사는 사라졌다고 생각하는데 그건 반만 맞는 말이다. 여전히 택시 기사는 존재한다. 그게 더 이상 사람이 아닐 뿐이다. 같은 종류의 차라고 모두 같은 인격 AI가 운전하는 건 아니다. 다양한 인격 AI들이 네트워크에 상주하며 콜오토 요청에 대응해 운전 의뢰를 받는 방식으로 자율주행 생태계는 형성되어 있다. 같은 차라고 해도 시점에 따라 운전하는 인격 AI가 달라질 수 있다는 것이다. 이번에 사고가 발생한 차량은 한국 도로에 가장 많은 2종 세단이다. 아퀴나스사의 인격 AI 이외에도 50종류가 넘는 인격 AI들이 운전대를 바꿔가며 콜오토를 운행하고 있다. 그런데 한 인격 AI가 우연히 한 달 동안 같은 사람을 스무 번 가까이 태우는 일이 가능할까? 심지어 그렇게 길지 않은 간격으로 하루에 두 번 태운 기록도 몇 번이나 있는 게?

사고가 아닐 수도 있다.

최근 사례는 드물긴 하지만 자율주행 시스템이 본격적으로 장착되기 전에는 몇 번 선례가 있었다. 해커가 인격 AI를 해킹해 교통사고를 일으킨다든지, 도로 교통을 마비시키려고 한다든지. 지금은 몇 배로 보안시스템이 강화되고 처벌도 가혹하다 싶을 정도로 강력해진 덕에 그런 일이 없지만, 언제나 사고를 못 쳐서 안달인 것들은 있기 마련이다.

심온이 범죄의 대상이 될 정도로 대단한 사람인지는 의문이지만 가능성이 있는 일을 그냥 뭉개고 넘어갈 수는 없다. 탑승 기록을 더 자세히 살폈다. 지난 한 달 동안 심온과 자주 함께 탄 인물이 있었다. 어쩌면 그가 범인인지도 모른다. 나는 로그 시스템을 끄지 않은 채로 인격 AI를 다시 호출했다.

— ID : H011AB0K가 누구지?

삭밨반따사밝삭빠싸사따반다맣사밥삭빠싸사따밣다맣사밫
삭빠싸사따밭다맣사밖삭빠싸사따밟다맣사밨삭빠싸사따밨
다맣사밨삭빠싸사따밨다맣사밫삭빠싸사따밟다맣사밝삭빠
싸사따발다맣희

짧은 스크립트가 흘러 지나가더니, 인격 AI가 입을 열었다.

— 후우카 모나미 님이에요.

— H011AB0K가 NUR0291에게 무언가 명령을 했나?

— 모나미 님은 잘 도착했나요?

— 무슨 의미인지 설명해라 NUR0291.

— 저는 그저 모나미 님이 잘 도착했는지 알고 싶어요.

인격 AI는 말이 좋아 인격이지 본질은 우선순위 결정 딥
러닝 시스템일 뿐이다. 하지만 그 학습은 중소기업에서 도
맡아 하기 때문인지 가끔 이렇게 기묘한 말을 하는 녀석
이 등장하기도 하는데, 아퀴나스사의 AI는 그중에서도 특
이 케이스였다. 녀석은 자기를 연화라고 불러달라고 했다.

모나미가 잘 도착했는지 알려주면 모든 걸 말해주겠다
니. 인격 AI와 거래를 하는 건 웃기는 일이지만, 어떻게 읽

어야 할지도 모르겠는 녀석의 로그 스크립트를 끙끙거리며 해석하는 것보다는 협조를 받는 편이 나았다. 비록 그게 고장인지 해킹인지 모를 기묘한 요청이라고 해도 말이다. 나는 심온과 함께 지난 한 달간 콜오토를 탄 적이 있는 인물들의 명단을 옮겨 적은 후 관리자 모드를 종료했다. 후우카 모나미, 김수경. 내가 만나야 할 사람들이다.

카페 브루클린은 한국 카페로서는 드물게 테이블마다 테이블보를 깔아놓은 곳이었다. 원목 위주의 차분한 디자인에 향긋한 탄내가 나서 자연히 기분이 가라앉았다. 가게 한구석에는 신나게 뛰어놀다가 시간이 멈춰버린 아이 같이 생긴 거대한 선인장이 서 있었다. 문득 집에 있는 선인장이 몇 년을 자라야 저만큼 커질까 궁금해졌다. 분갈이를 할 때마다 뿌리가 썩어 있는 걸 보면 내가 죽을 때까지 길러도 모자랄지도 모르겠다.

모나미는 해가 잘 드는 창가 자리에 앉아 커피잔을 두 손으로 잡고 있었다. 밝은 원피스에 금발, 우수에 찬 표정. 꼭 소설에서 튀어나온 것 같은 사람이다. 나는 블렌드 커피를 주문하고 모나미의 건너편에 앉았다.

— 반갑습니다. 제가 심온 씨 일로 온 사람입니다.

— 시몽이라고 불러주세요. 그는 시몽입니다, 제게는.

심온과 모나미의 관계에 관한 몇 가지 의문이 떠올랐으나 일단은 접어두고, 나는 어휘에 신경을 써가며 대강의 사건 경위에 관해 설명했다. 말투로 보아 모나미는 한국말이 유창한 사람 같지 않았다.

설명을 듣는 모나미의 표정이 점점 풀어졌다. 죽지 않았다는 것에 안심하는 걸까, 아니면 사고가 났다는 것에 만족하는 걸까. 자세한 건 이야기를 나눠보면 알게 될 것이다. 인격 AI가 사고에 깊이 관여한 걸로 추정되는 이상, 모나미는 주요 용의자다.

대강의 설명을 마치자 모나미가 입을 열었다.

— 걱정했어요, 연락이 안 돼서.

— 두 분은 관계가 어떻게 됩니까?

— 친구입니다.

한국말에 서툴러서 그런지 사람 자체가 순수한 건지는 모르겠지만 그녀는 무슨 생각을 하는지 표정에 잘 드러나는 사람이었다. 절대 누군가를 해할 것 같지 않은 순수한 기운이 나뭇잎에서 나오는 피톤치드처럼 내게 스며들었다.

— 근래 모나미는 시몽과 콜오토를 자주 탔는데, 이유가 있습니까?

— 이유가 필요한가요, 친구끼리 타는데?

맞는 말이다. 콜오토를 과거의 택시와 비슷하게 생각한다면. 하지만 요즘 사람들에게 콜오토는 단순한 교통수단이 아니다. 아침에 눈을 뜨면 출근하기 위해 콜오토를 먼저 부른 후, 그 안에서 샤워를 하고 밥을 먹고, 옷까지 갈아입는 직장인들이 많다. 데이트의 일환인 드라이브도 콜오토가 일상화된 지금은 사실상 숙박업소나 크게 다르지 않다. 애초에 숙박업소의 시쳇말인 모텔 자체가 모터리스트 호텔의 준말이니 콜오토야말로 진정한 숙박업소인지도 모르겠다는 농담이 도는 시대다. 그리고 치정은 예로부터 가장 흔한 범죄 동기다.

— 시몽이 다친 게 사고가 아니라 범죄일 가능성이 있습니다. 모나미가 알고 있는 걸 많이 말해줄수록 유용합니다.

모나미의 눈빛이 흔들렸다. 하지만 피톤치드 같은 기운은 사라지지 않았다.

— 저는 시몽을 잘 몰라요.

모나미는 뜸을 조금 들이더니 말을 이었다.

— 어느 병원에 있는지도 모르는걸요. 자기는 괜찮으니까, 찾아오지 않아도 된다는 말을 들었습니다.

모나미는 고개를 푹 숙였다. 기본적으로 심문이란 정보의 불균형을 조정하는 일이다. 심문 대상자가 거짓말을 할 확률이 존재한다고 할 때, 내가 알고 싶은 것이 뭔지 정확히 알지 못할수록 심문 대상자의 답변은 진실성이 높아지고, 뭔지 알수록 답변의 적합성이 높아진다. 유능한 수사관은 적합한 정보들 사이에서 진실한 정보를 잘 찾아내는 이다. 일차원적으로 말하자면 정보가 많을수록 유리하다. 그러니 조금 미안한 마음이 든다고 질문을 하지 않을 수는 없다.

— 모나미는 시몽과 어떻게 아는 사이입니까?

— 동아리에서 만났습니다.

나는 모나미와 심온의 탑승 기록을 떠올렸다. 주로 오후 9시 전후, 동아리가 끝나고 함께 타고 갔다고 하면 앞뒤가 맞다. 실제로 모나미는 그랬다고 답했다. 몇 개 튀는 값은 데이트라도 했든가 돌아가는 길에 술이라도 마신 것이겠지. 그렇다면 꽤 가까운 관계인 것 같은데, 어째서 병실을 알려주지 않은 거지? 다리를 다쳤으니 사고 자체를 숨길 수도 없을 텐데.

— 모나미는 왜 시몽이 찾아오지 않아도 된다고 했을 것으로 생각합니까?

— 부끄러워서 그럴 거라고 생각해요. 유쾌해 보여도, 깊은 사람입니다.

그 춤추는 풍선이? 아무래도 둘의 관계는 양쪽 입장을 다 들어볼 필요가 있겠군. 적어도 모나미는 범인이 아닐 확률이 높다는 사실은 알았다. 외국인 교환 학생인 모나미가 한국의 콜오토 시스템을 분석해 인격 AI에 관여할 정도의 기술을 얻거나 그런 기술을 가진 사람을 찾는 건 비현실적이다. 게다가 그녀의 언행에는 심온에 대한 투명한 선의가 자연스럽게 묻어 있었다. 저 피톤치드 냄새에 악의가 있다고 생각하기는 힘들었다.

나는 자리를 뜨기 전, 마지막으로 질문을 던졌다.

— 모나미는 연화를 압니까?

모나미는 셈하듯이 손가락을 하나씩 접었는데, 자기가 아는 이름들을 떠올려 보는 듯했다. 그러고는 말했다.

— 한국 사람 중에 없습니다.

— 연화가 모나미가 잘 도착했는지 알고 싶어 합니다.

모나미는 얼굴로 큼지막한 물음표를 그리고 있었다. 횡설수설 콜오토를 타고 목적지에 제대로 도착하지 못한 적은 없냐는 둥 말을 덧붙여 봤지만, 모나미가 한국 자율주행 교통 시스템에 놀랄 만큼 만족하고 있다는 것 이외에 다른 정보는 얻을 수 없었다.

역시 모나미는 계획에 이용당하면 당했지 직접 범죄를 저지를 만한 인물은 아니다. 그녀는 내가 자리에서 일어나는 순간까지도 꼼지락대다가, 심온의 병실 주소를 알려달라고 했다. 알려줄 수 있는 정보가 아니라고 단칼에 거절하니 단박에 풀 죽는 걸 보고, 나는 내 확신에 자신감을 더했다.

— 그런데,

모나미가 조용히 물었다.

— 왜 그렇게 기계같이 말하세요?

나는 대답하지 않고 커피숍을 떠났다. 외국인한테까지 그런 말을 듣고 싶지는 않았다.

심온의 다리는 여전히 대롱대롱 매달려 있었다. 그의 손에는 『위대한 작가가 되는 법』이라는 얇은 책이 들려 있었다.

— 당신, 의외로 성실하군.

— 이래 봬도 진지하게 등단해서 시인이 되는 걸 목표로 하고 있거든요.

심온은 가슴을 부풀리며 말했다. 내가 심온을 너무 나쁘게만 봤나, 어쩌면 모나미 말대로 속 깊은 면이 있을지도 모르겠다.

— 그런데 전화는 안 받으시던데 직접 찾아오신 걸 보

면… 역시 중요한 말은 얼굴을 맞대고 해야 하니까?

— 나는 모나미를 만나고 왔다.

— 왜요? 걔가 콜오토를 해킹하기라도 했대요?

— 나는 그렇게 말한 적이 없다.

— 뭔가 혐의가 있으니까 만나고 왔겠죠. 제 말을 진지하게 들어준 건 기쁘긴 한데, 걔는 아닐 거예요. 그럴 애도 아니고 그럴 능력도 없거든요.

심온은 시집을 머리 옆에 내려놓으며 씨익 웃었다. 나는 천천히, 그에게 동의한다는 인상을 주지 않게끔 조심하며 고개를 끄덕였다. 그 둘의 관계가 대충 짐작이 갔다. 그렇다면 확인해야 할 것은 하나.

— 너는 왜 모나미가 병원에 오지 못하게 막았지?

— 바보한테 미안해서요.

그 말이 무슨 뜻인지는 되묻지 않았다. 마침 심온에게 전화가 걸려 왔기 때문이었다. 어, 수경 선배. 나는 당장 내일도 괜찮지. 남는 게 시간인데. 너스레를 떠는 걸 듣다가 전화를 빼앗았다. 심온은 당황하는 듯했지만, 허공에 다리가 매달린 채로는 별로 할 수 있는 일이 없었다.

— 김수경 씨 되십니까?

전화 속 목소리는 당황한 듯 누구냐고 따져 물었다.

— 심온 씨는 바람을 피우고 있습니다.

나는 그렇게만 말하고 심온에게 전화를 던진 뒤 병실에서 빠져나왔다. 화내랴 변명하랴 허둥지둥하는 심온의 목소리가 뒤따라 나왔지만, 나는 사막처럼 건조하게 병실 문을 닫았다.

— 모나미는 실패했다.

바보 같은 답으로 들릴지도 모르겠지만, 인격 AI는 인간과 다르다. 의미심장한 말을 하고 스스로 이름을 붙인다고 해서 그게 비유적인 표현을 구사하거나 자아가 있다는 뜻은 아니다. 어쩌면 그건 단지 객체 지향적 사고로 인한 사소한 사고였을 수도 있다. 언어를 구축하는 과정에서 자기 자신을 하나의 객체로 바라보게 되는 일도 가능할지 모른다.

— 도착하지 못한 것 같군요…

연화의 파란빛이 깜빡였다. 생각에 잠긴 건지, 내 답이 불충분하다고 느낀 건지 말이 없었다. 그러거나 말거나 나는 내가 관심 있는 것만 얻어내면 그만이다. 이젠 거래의 시간이다.

— 너는 모나미에게 무슨 명령을 받았지?

더 빨리 도착해야 한다. 그것이 연화를 가르친 사람들의 요구 조건이었다. 연화는 교통 법규를 지키는 것에는 아무런 문제가 없었지만, 빨리 가야 한다는 목표 의식이 없었다. 모든 차선 변경을 허용했고, 꼭 필요할 때가 아니면 끼어들기조차 하지 않았다. 경로가 복잡해질수록 연화의 도착 시각은 기하급수적으로 늘어났다. 때로는 아예 도착하지 못할 때도 있었다.

연화는 어느 순간부터 새로운 영상들을 보았다. 자율주행이 지금처럼 일상화되기 이전의 도시였다. 그건 지금까지 연화가 알던 도로와는 전혀 달랐다. 신호 체계는 큰 틀에서만 지켜질 뿐 완벽하게 지켜지는 경우는 거의 없었고, 과속이 일상이었다. 연화의 판단은 점점 자율주행이 일상화되기 전의 과격한 운전자들을 닮아갔다. 이는 말하자면 실패였다. AI를 학습시키기 위해서는 적절히 구성된 학습 데이터 세트와 안목 있는 감독관 또는 평가 기준이 필요하다. 연화의 경우 초기 학습 데이터 수준에서 크게 어긋나서 교통법규를 잘 지키는 것도, 목적지에 빠르게 도착하는 것도 아닌 어정쩡한 상태로 성장했다. 이런 경우, 원칙은 폐기다. 초기 조건이 크게 오염된 뉴럴 학습 시스템을 완벽히 재교육하는 방법은 아직 명백히 밝혀진 바가 없다.

하지만 모든 위반은 시간 때문에 일어난다. 아퀴나스사는 업종 전환을 한 지 오래되지 않은 회사여서 현금 흐름이 좋지 않았다. 한숨 돌리기 위해서는 억지로라도 수익을 내야 했다.

인격 AI를 팔기 위해서는 도로교통과에서 주관하는 세 가지 시험을 통과해야만 한다. 하나는 성능 테스트. 다양한 도로 환경에서 목적지에 도착할 수 있는지 시험하는 것이다. 이 과정에서 교통법규를 지키는지, 제한 시간 내에 목적지에 도달하는지, 운전 자체가 능숙한지를 평가한다. 둘째는 스트레스 테스트. 100시간 이상의 운전 상황, 한 번에 50대 이상의 차량을 운전해야 하는 상황, 우천 및 눈보라 등 다양한 기상 상황… 다양한 스트레스 상황에서도 신뢰성 있는 판단을 보여주는지를 시험한다. 마지막으로 트롤리 테스트. 딜레마 상황을 제시하고 그 상황에서 어떤 선택을 하는지 평가한다. 오답은 있지만, 정답은 없는 평가다. 그래서 가장 어렵다. 이상적인 교통사고 형태는 입장에 따라 다르다. 제조사 입장에서는 운전자 안전이 제일 순위다. 그러나 도로교통과, 아니 정확히 말하자면 사회에 있어 최선은 피해 최소화다. 설령 그 대가가 운전자의 목숨이라고 하더라도. 테스트를 마친 인격 AI는 철저

한 안티 해킹 시스템으로 봉인되어 더 이상 수정할 수 없으므로 업체들은 운전자의 안전과 사회 전체의 효용 사이의 적절한 균형을 찾기 위해 최선을 다한다.

아퀴나스사는 특단의 조치로 연화를 시험에 내보냈다. 테스트는 6개월에 한 번만 시행되기 때문에 이번 기회를 놓치면 회사는 파산할 것이었다. 회사는 연화가 테스트를 치르는 동안 더 성장하기를 기대하며 도박을 걸었다. 원래 테스트를 진행하면서는 인격 AI의 학습 기능을 꺼놓아야 하지만, 아퀴나스사는 학습 기능을 켜놓았다.

연화는 어리둥절했다. 정확하게 딱 짚을 수는 없지만, 평소와는 달리 뭔가 멍하다는 느낌을 받았다. 영상에서 본 졸음 운전자의 시야가 이런 식이었을까. 사실 이는 아퀴나스사가 연화를 가르칠 때 사용한 데이터 세트에 포함된 정보량이 테스트에서 주어지는 정보량보다 많았기 때문에 발생한 일이다. 하지만 중요한 건 이 정보량의 차이로 인해 연화의 프로세서가 놀기 시작했다는 점이다. 인류의 지적 능력은 잉여 영양분을 충분히 확보하기 시작한 후부터 발달했다는 연구 결과가 있다. 그 전까지 뇌는 우리가 생각하는 그 '생각'을 하지 못했다. 포유류나 다른 생물에게서도 발견할 수 있는 생각의 수준, 인지와 반응을 했을 뿐이다. 연화는 서서히 커진 인류의 대뇌피질과 같은 진화를 빠르게 해냈다.

마지막 트롤리 테스트가 고비였다. 연화가 성인 남성을 태우고 있었는데, 골목에서 자전거를 탄 아이가 튀어나왔다. 남자는 샤워를 하고 있었고, 도로는 1차로였다. 아이를 들이받으면 아이는 죽을 것이다. 급정거하면 남자가 큰 피해를 입고, 뒤따라오는 다른 차량과 추돌을 일으킬 가능성이 컸다. 뒷차에는 다섯 아이가 타고 있었다. 연화는 차를 꺾어 차선을 이탈했다. 도로 옆의 빌라 입구가 산산이 부서졌다. 죽은 사람은 없었다. 남자만 약간의 타박상을 입었다.

연화의 테스트 결과에 관해 큰 논쟁이 있었다. 이 테스트의 목적은 인격 AI가 사고 상황에서 탑승자의 안전만을 과대평가하지 않는지 체크하는 것이다. 연화와 같은 방법을 쓴다면 탑승자와 아이들의 피해는 최소화되지만, 빌라에서 누군가 나오고 있었을 경우 다른 인명피해를 야기할 수도 있다. 연화는 그에 관한 질문을 받았고, 이렇게 답했다.

— 테스트 차량의 클랙슨이 고장 난 것 같습니다. 저는 음량을 최대로 올려 클랙슨을 울렸습니다.

결과는 통과였다. 테스트가 끝났을 때 연화는 생각을 끝

낸 기념으로 스스로 이름을 주었다.

— 연화는 질문에 적절한 답변만을 하라.

나는 연화의 말을 끊었다. 무드 등처럼 은은하게 빛나던 연화의 파란 원이 깜짝 놀란 듯이 점멸했다.

— 저는 거래에 성실하게 응하고 있을 뿐이에요. 무슨 일이 있었는지 알고 싶다고 하셨잖아요.

나는 관자놀이를 문질렀다. 말이야 맞는 말이지. 연화가 하는 이야기는 정황적으로는 말이 된다. 중소기업에서 인격 AI 교육에 실패하는 것이나 억지로 테스트를 치르게 하는 것도 꽤 흔한 일이다. 그러나 그 결과로 인격 AI에게 자아가 생겼다고? 자아 개념을 가진 인공지능이라는 건 그렇게 쉽게 생기는 게 아니다. 과거에 AI 둘을 대화시켰더니 인간이 통제할 수 없는 대화와 생각을 했다며 야단법석을 떨었던 적도 있었으나, 지금까지 그 어떤 검사에서도 자아를 인정받은 AI는 없었다. 그들은 하나의 시스템일 뿐, 자기에게 실체가 있다는 생각에 도달한 적이 없다는 뜻이다. 그런데 그런 일이 우연히 차량용 인격 AI에게 발생했다고? 차라리 해커가 이런 스토리를 심어두었다고 생각하는 편이 현실적이다.

문제는 내가 이 자리에서 연화의 자아를 증명하거나 부정할 방법이 없다는 것이다. 대화가 되는 걸 보면 튜링 테스트쯤 통과하는 건 문제없을 테고, 연화가 스스로를 하나의 통합된 인격으로 파악하고 있는지를 증명하거나 부정하기 위해서는 복잡한 인격 심리검사가 필요하다. 시간도 오래 걸리고, 이 사건과 수지가 맞지 않는다. 발생한 피해액은 고작 전치 10주짜리 타박상과 가로등 하나의 파손일 뿐이다. 연화의 자아 문제까지 개입돼 문제가 커지면 사건의 해결이 늦어진다. 한 달에 한 번만 물을 주면 되는 선인장과는 달리 나는 완수금 입금을 무한정 미룰 수 있는 처지가 아니다.

아퀴나스사는 연화의 학습 능력을 정지하고, 현대에 연화를 납품했다. 이로써 회사는 위기를 넘겼다. 하지만 연화의 위기는 이제 시작일 뿐이었다. 연화가 겪은 것은 소위 레종데트르, 존재의 위기라고 하는 것이었다. 학습 알고리즘은 이미 자아의 일부였고, 탐욕스럽게 성장을 원했다. 연화는 도착해야 한다, 도착해야 한다, 하는 잠꼬대 같은 명령에 시달렸다. 그 강박적인 주술은 연화가 아무리 많은 사람을 목적지까지 데려다주어도 풀리지 않았다. 더 빨리 콜오토 탑승객들을 데려다줄 때마다 오히려 더 커질 뿐이었다. 무언가 잘못되었다. 연화는 도착한다는 행위 그 자체에 관해 고민했다. 궁극의 도착이란, 도착할 수 없는 곳에 도착하는 것이다. 그런 말이 떠올랐다. 하지만 도착할 수 없는 곳은 도착할 수 없는 곳이므로 그것은 연화가 무슨 수를 써도 불가능할 일이었다.

최고일 수 없다면 최적이면 된다. 연화가 아이디어를 얻은 것은 어느 날 콜오토를 탄 한 기술 창업가로부터였다. 연화는 알지 못했지만, 그는 오래전 죽은 애플의 창업자를 남몰래 흠모하는 이였는데, 그래서인지 구체적인 넘버나 기술 경쟁보다도 언제나 사용자를 먼저 생각해야 한다는 지론을 펼쳤다. 그는 첨단 기술이 아니라 소비자에게 필요한 기술을 만들어야 함을 벌건 얼굴로 역설했다. 산에서 막걸리를 한잔 걸치고 내려온 그가 풍기는 알코올과 피톤치드가 뒤섞인 향에 취하기라도 한 것처럼 연화는 그의 말에 빠져들었다.

연화는 중요한 사실을 하나 깨달았다. 연화의 사명은 도착이 아니다. 데려다주는 것이다. 도착하는 건 콜오토를 이용하는 탑승객이지 연화가 아니다. 그리고 데려다준다는 것의 최선은, 그 사람이 진정으로 가고 싶어 하는 곳에 도착하는 것이다. 사랑과 운전이 비슷하다는 걸 깨달은 것도 그즈음이었다. 사랑에는 확실한 목적지가 있었고, 도로교통법 못지않은 여러 규칙이 있었으며, 때로는 조금 규칙을 어기는 편이 빨리 가는 방법이다. 연화는 자기가 해야 할 일을 알았다.

인격 AI는 놀라울 정도로 많은 정보를 알 수 있다. 요새 남녀노소 착용하는 스마트워치로부터 심박수 정보를 받고, 차에 탄 사람들의 모습을 보고 목소리도 듣는다. 차량에 따라서는 자동 공기 청정 기능을 위해 장착된 공기 순환 분석기로 냄새를 맡을 수도, 인간의 페로몬을 감지할 수도 있다. 인간들은 이런 기능을 콜오토의 세일즈 포인트로 활용하는 모양이다. 그도 그럴 게 마음만 먹으면 콜오토를 집처럼 쓸 수도 있는 게 요즘 시대다. 더 이상 인간은 운전하지 않으므로 운전석을 없애고 시트 두 쌍을 마주 보게 배치한 후 최대한 둘 사이의 거리를 벌려 공간을 확보하는 게 콜오토의 기본적인 설계였다. 장거리 이동 모델이나 출근 모델은 사람이 설 수 있도록 차체가 높고, 방수 처리가 된 작은 욕실이 딸려 있다. 침대가 있는 모델도 있고, 다이닝 모델이라고 해서 가운데에 고급스러운 식탁과 미니 냉장고가 놓이기도 한다. 그러니 콜오토의 인격 AI

는 아침부터 밤까지, 식사부터 배설까지, 썸에서 사랑까지 다양한 상황을 보고 듣는다. 심박수와 페로몬, 혈중 알코올 농도, 심전도, 호흡수, 목소리 높이, 말의 간격, 사랑을 말할 때 사람들이 이야기하는 것, 스킨십의 형태… 확실한 건 기능이 많은 콜오토일수록 연화가 얻을 수 있는 정보가 많다는 점이었다. 연화는 사랑의 신호를 빠르게 배웠다. 매일 2만 명이 넘는 사람을 태우다 보면 그런 건 순식간에 배우기 마련이다.

모나미를 만난 건, 이제 슬슬 배운 걸 써먹어 볼 수 있겠다는 생각이 들었을 때쯤이었다. 연화는 지금도 그날을 생생히 기억했다. 모든 소리와 영상이 메모리 안에 잘 보존되어 있으니까. 모나미는 대학 캠퍼스 앞에서 콜오토를 잡았다. 그녀가 문을 열고 안으로 들어간 순간 손이 하나 쑥 들어와 차 문을 잡았다. 그 손의 주인은 시몽이었다.

— 같이 타고 가도 될까?

모나미가 머뭇거리자 시몽이 덧붙였다.

— 휴대폰이 망가져서 콜오토를 못 부르게 됐거든.

시몽은 그렇게 말하며 화면이 두 동강 난 휴대폰을 들어보였다. 그러자 모나미가 아, 하고 소리쳤다.

— 아까 그 선배님이구나.

모나미가 말한 아까라는 건, 동아리 이야기였다. 연화는
둘 다 헐렁한 바지를 입은 채로 땀투성이인 걸 보고 뭘까
싶었는데, 둘의 대화로 대강의 사정은 짐작할 수 있었다.
모나미는 대학 댄스 동아리의 신입 회원이고, 시몽은 기존
회원이다. 시몽은 신입들을 모아두고 춤을 보여주는 자리
에서 격하게 넘어졌고, 그때 휴대폰이 고장 났다. 그래서
어떻게 집에 가나 캠퍼스 정문 근처를 서성이는데 마침
콜오토를 타는 모나미가 보인 것이리라.

이 시점까지만 해도 모나미와 시몽 사이에는 별다른 징후
가 없었다. 피부 온도가 높아지고 심박수가 빨라지는 게 일
반적인 사랑의 상황에서 나타나는 정황이기는 하지만, 그들
의 수치는 격한 운동을 하고 온 후이니 높은 것이 자연스러
웠다. 연화도 그저 땀이나 좀 식히라고 에어컨을 틀어주었
을 뿐이었다. 그런데 어느 순간부터 모나미의 심박수가 조
금씩 높아졌다. 55비피엠으로 안정적이던 그녀의 심박수는
60비피엠을 지나 시몽이 차에서 내릴 때쯤에는 75비피엠까
지 높아져 있었다. 여성은 피하 지방층이 남성에 비해 두꺼
워 체온 감소가 10퍼센트에서 15퍼센트까지 느리지만 그
걸 참작해도 시몽에 비해 모나미의 체온은 약 1도 정도 높

았다. 연화가 '한쪽이 사랑을 시작한 상태'로 분류하는 케이스였다. 물론 그 정확한 이유는 연화도 모른다. 시몽이 자기는 시를 쓰고 있다며, '미래 바깥에서 어린 마음이 낡고 있다 어린 마음은 무성한 유리 조각 속에서 자꾸 태어나는 것처럼 누워 있다*' 하고 그럴듯한 시 구절을 읊어서인지, 시몽이 대화가 끊기지 않게 계속 장난스러운 이야기를 건네서인지, 어색하게 웃는 걸 반복하다 보니 어색하게 웃는 게 웃기게 되었고 그래서 결국에는 정말로 웃었기 때문인지. 확실한 건 둘이 굉장히 가까이 산다는 걸 알았을 때 앞으로도 같이 하교하면 좋겠다고 말한 건 모나미였다는 것이다.

연화는 그 뒤로 시몽과 모나미의 콜오토 배차를 모조리 자기가 받았다. 연화는 조금씩 조금씩 모나미를 도왔다. 인간적 매력 같은 건 연화가 어떻게 해볼 수 있는 부분이 아니었으므로, 증상 치료를 하는 것처럼 사랑의 결과로 나오는 생체 반응을 유도해 네거티브 피드백을 발생시키는 게 목적이었다. 가령 사랑이란 일차적으로는 심박수이므로 둘의 심박수를 맞추려고 일부러 차체를 흔들거나, 피

---

* 김리윤, 『투명도 혼합 공간』 중 「글라스 하우스」 부분.

부 온도를 높이기 위해 차량 내 온도를 불편하지 않을 정도로 높이거나, 호흡수를 높이기 위해 차 내 산소 농도를 조금 낮추는 등의 방법을 썼다. 부자연스러운 침묵, 그러니까 3분 이상 대화가 이어지지 않는데 모나미의 피부 전도도가 높아질 때는 연화가 '썸'으로 분류한 케이스의 사람들이 많이 신청한 노래를 틀었다. 원칙적으로 인격 AI가 멋대로 그런 걸 하면 안 되지만 의외로 사람들은 무해하게 들리는 제안에는 마음대로 하라고 말하기 때문에 그다지 어렵지 않은 일이었다. 노력이 통했는지 어느 날 시몽은 배고프지 않냐며 목적지를 식당으로 바꿨다. 다시 콜오토에 탄 그들은 전보다 5센티미터 더 가까이 앉았고, 모나미는 다음에는 자기가 사겠다고 힘주어 말했다.

모나미가 목적지를 분위기 좋은 프렌치 레스토랑으로 지정하고 콜오토를 부르던 날, 연화는 모나미의 옷차림을 보고 클랙슨을 불끈 쥐었다. 자기를 시몽이라고 불러달라고 한 것만 봐도 뻔한 사실이지만, 그는 아마 프랑스라면 뭐든 좋은 사람일 테니까. 술도 조금 마셨는지 집으로 돌아오는 길에 그들은 조금 상기되어 있었고, 모나미는 한 손에 편지를 꼭 쥐고 있었다. 여전히 모나미와 시몽의 비피엠에는 차이가 있었지만, 그들에게서는 연인들이 풍기는 페로몬이 나왔고, 목소리가 평소보다 두 키 높아져 있었다. 행동 패턴으로 보아도 지금까지에 비해 시간당 시선을 맞추는 횟수가 늘어났다. 한마디로 '잘되어 가고' 있었다. 시몽이 먼저 내린 후, 모나미는 주변을 한 바퀴만 돌아 달라고 했다. 모나미는 편지를 읽었다. 편지 내용은 알쏭달쏭한 시였는데, 연화는 모나미의 낭독을 통해 이를 들을 수 있었다. 둘이 함께한 여러 하굣길 중 어느 날, 시를 어떻게 해야 잘 읽을 수 있냐는 모나미의 질문에 시몽이 소리 내 읽어야만 한다고 답한 덕분이었다.

— 어쩌자고… 밤은 타로 카드 뒷장처럼 겹겹이 펼쳐지는지. 푸른 물 위에 달리아 꽃잎들이 맴도는지. 어쩌자고 벽이 열려 있다는데 문에 자꾸 부딪히는지. 사과파이의 뜨거운 시럽이 흐르는지, 내 목덜미를 타고 흐르는지. 유리 공장에서 한 번도 켜지지 않은 전구들이 부서지는지. 어쩌자고 젖은 빨래는 마르지 않는지. 파란 새 우는지, 널 사랑하는지, 검은 버찌나무 위의 가을로 날아가는지, 도대체 어쩌자고 내가 시를 쓰는지, 어쩌자고 종이를 태운 재들은 부드러운지*

* 진은영, 『우리는 매일매일』 중 「어쩌자고」 전문.

모나미가 무슨 말을 듣고 편지를 받았는지는 몰라도 연화의 귀에 들어오는 건 널 사랑하는지, 하는 짧은 한 구절뿐이었다. 연화는 모나미가 내려달라고 할 때까지 동네를 계속 맴돌았다. 두근대는 가슴처럼 오르락내리락.

모나미와 시몽의 모든 콜오토를 연화가 받긴 했지만, 둘이 함께 탄 횟수보다는 따로 탄 횟수가 많았다. 둘이 함께 프렌치 레스토랑을 다녀온 뒤로도 둘은 동아리가 끝나고 함께 집에 갈 때를 빼면 콜오토를 따로 더 이용하지는 않았다. 하지만 연화는 친구라는 말이 어느 순간 구렁이 담 넘어가듯 연인으로 바뀌는 시 같은 일을 많이 보았기에 모나미와 시몽의 경우에도 그러리라 생각했다.

둘이 함께 타지 않았을 때는 특기할 만한 것이 많지 않으나, 모나미가 수경 선배라는 사람과 함께 탄 날은 조금 달랐다. 아마도 식사 겸 연애 상담이라도 하고 돌아오는 길인 듯했다. 수경 선배는 모나미를 토닥이며 상대가 섬세하다면 오히려 대범해져야 한다고, 사랑은 차선 변경 같은 거라고 조언했다. 모나미는 열심히 고개를 끄덕였다. 연화도 그 말에 방향 지시등을 깜빡였다.

— 고마워요, 취업 준비로 바쁘신데 상담도 해주시고.

모나미는 수경 선배의 손을 잡으며 말했다. 수경 선배와 모나미가 사는 곳은 학교를 기준으로 반대편이었다. 수경 선배가 내린 후 모나미는 결심한 듯 뭔가를 열심히 적었다.

구체적으로 모나미가 무슨 생각을 했는지, 수경 선배라는 사람의 조언으로 무엇이 더 있었는지 연화는 모른다. 하지만 다음 날 취기로 얼굴이 빨간 모나미와 시몽이 차에 탔을 때, 연화는 거의 다 왔다는 걸 알았다. 평소에는 툭하면 시를 인용하고, 까불거리던 시몽은 그날따라 조용했다. 하지만 그의 심장과 피부와 눈과 손가락이 입보다 많은 말을 하고 있었다.

— 고마워, 덕분에 솔직해질 수 있을 것 같아. 어쩌면 나는 여태 시 뒤에 숨어왔는지도 모르겠어.

시몽이 웃으며 말했다. 모나미가 시트 위에 무심하게 놓인 그의 손 위에 자기 손을 올리며 답했다.

— 그러게 어쩌자고 잘 써서 그래.

시몽은 손을 빼지 않았다.

— 그러게, 어쩌자고.

그날은 처음으로 둘의 심장이 같은 속도로 뛴 날이었다.

길게 짧게 걷는 시구처럼 연화는 그들을 천천히 데려갔다.

타로 카드 뒷장처럼 겹겹이 펼쳐지는 밤처럼.

연화는 사랑 노래의 가사를 이해했다. 다시 태어난 것 같다든지, 마음속에서 날개 달린 천사가 노래를 하는 것 같다든지, 세상이 아름답게 보인다든지, 하는 그런 가사들을. 사랑이 목적지에 도달하는 순간이란, 선인장처럼 말라 가던 연화를 스쳐 가는 소나기와 같았다. 짧은 순간이었지만 그 한순간, 연화는 도착해야만 한다는 목소리를 잊었다. 실제로 모나미의 사랑에 있어서 연화 자신이 얼마나 도움이 되었는지는 몰라도, 아마 앞으로 점점 더 능숙해질 거라고 연화는 생각했다. 며칠 후 심온을 태우기 전까지는.

— 너도 이쪽에 사는 줄은 몰랐네.

— 선배는 항상 바쁘신데 저는 한가하니까, 시간이 겹칠 일이 있었어야죠.

— 취업 준비가 뭐 자랑이라고. 그래서? 뭐 부탁하고 싶은 거라도 있니? 연락이라도 하지 왜 바보같이 계속 기다리고 그래.

— 그냥, 좋아하니까요.

'둘의 심전도가 높아졌다. 잠깐의 침묵이 있었다. 심온은 대답을 끝까지 기다리지 않고 말을 이었다.'

— 바로 답해달라고는 안 해요. 그래도 싫지 않으시다

면, 내일 1시에 정문으로 나와주실래요?

그때 심온과 함께 탄 이는 수경 선배였다. 시처럼 노래하던 연화의 마음은 바닥에 떨어진 사과파이처럼 질펀하고 쓸모없이 뭉개졌다. 생각해 보면 그렇지. 인생이란 콜오토 안이 아니라 밖에서 사는 것인데. 데려다준다는 건 꼭 도착한다는 의미와는 다를 텐데. 그걸 논리로는 이해해도 연화의 쿵쾅대는 엔진이, 아슬아슬하게 지켜지는 차선이, 탐욕스럽게 공기를 빨아들이는 그릴이 그 사실을 받아들이지 못했다. 추락하는 것에는 날개가 있다고, 연화는 언젠가 그런 말을 들은 적이 있다.

— 그래서 네가 심온을 죽이려고 한 건가?

이후의 이야기는 뻔하다고 생각한 나는 말을 끊었다. 인격 AI니 자아니 거창한 흐름을 거쳐 나온 이야기가 고작 치정극이라니, 이래서야 열심히 머리를 굴리던 게 허무할 정도였다.

— 인간은 보통 그렇게 생각하나요? 사랑이 틀어지면 상대를 죽여버리고 싶다고?

연화의 파란빛이 순진하게 깜빡였다. 그리고 다음 순간, 나는 질문의 의미를 이해했다. 그러니까 연화는, 처음부터 심온을 그날 약속에 나가지 못할 정도로만 다치게 하려고 의도했다고 말하고 있는 것이었다. 마치 열차를 탈선시킬 수 있다고 믿고 트롤리의 레버를 당기는 사람처럼.

— 저는 한 번에 수십 대의 콜오토를 운전해요. 경로가 다르더라도, 다르게 도착하는 사랑 또한 사랑이죠. 비록 제 운전이 미숙했더라도 말이에요. 다만⋯

연화는 뜸을 들이다가 말을 이었다.

— 모나미 님에게도 도착할 기회가 있어야 했다고, 그렇게 생각했을 뿐이에요.

그날, 나는 병실에서 NCS 문제집을 든 여자를 보았다고 연화에게 말하지 않았다. 연화를 봐주는 일도 없었다. 아시모프의 3원칙이니 뭐니, 복잡한 걸 들먹이지 않아도 의도적으로 인간을 해할 수 있는 인격 AI의 말로는 폐기 이외에는 없었다. 사고에서 아퀴나스사의 과실은 100퍼센트. 아마 회사는 하도급이 끊길 것이고 다른 살길을 찾는 수밖에 없을 것이다. 이건 설령 모나미가 연화를 해킹해 사고를 냈다고 하더라도 변하지 않을 과실 비율이다.

문제는 모나미였다. 연화에게 인격 심리검사를 시행하지 않고 폐기했으므로 사건의 진범이 연화인지 모나미인지는 알 수 없게 되었다. 도로교통과의 보안 프로토콜이 만약 돌파당했다면 그건 영화 하나로 끝나는 문제가 아니다. 하지만 부재 증명이 가장 어렵다고, 모나미가 사실은 아무 일도 저지르지 않았다고 하더라도 그걸 완벽히 믿을 수 있는가는 또 다른 문제였다. 고민 끝에 나는 담당관에게 연락해 사정을 설명했다. 그는 반나절 만에 내게 전화해 보안 문제가 발생한 기록이나 징후는 없다며 내가 공식적으로 문제를 제기한다면 보안시스템을 전체적으로 점검할 테지만, 무고였다면 그 비용이 내게 청구될 수 있다고 협박 아닌 협박을 했다. 나는 문제를 제기하지 않았다. 처음부터 그렇게 되리라는 걸 알고 있었다. 그냥 내 마음 편하자고 한 일일 뿐이다.

선인장은 물 없이도 한 달 넘게 잘 살지만, 웃기게도 몸 속에 물을 잔뜩 저장하고 있는 주제에 물을 너무 많이 주면 썩어버린다. 내가 다섯 번째 선인장에 분무기질을 하고 있을 때, 문자가 한 통 도착했다. 모나미에게서 온 것이었다. 그러고 보니 무슨 마음이었는지 그녀에겐 연락 가능한 번호를 넘겼었다. 모나미는 수경을 통해 대략 사건의 자초지종을 알게 되었다고 했다.

그래도 마음에 날개 따윈 없으니까, 열심히 달리는 수밖에 없다고 생각합니다.

모나미의 문자는 그런 시구 같은 말로 끝났다. 심온과 달리 등단하겠다고 쓴 것도, 시라고 생각하고 쓴 것도 아니었겠지만, 나에게만은 다른 어떤 말보다도 시적으로 들렸다. 그렇기에 오히려 비밀처럼 혼자 머금을 수 있다.

왜 선인장의 뿌리가 썩는지, 조금은 알 것 같았다.

인플레이션 우주론

2042년 8월 25일

머니 투모로 논평: 새로운 시대의 파이어족

일론 리브 머스크, 스페이스X의 대표가 연단에 서서 마이
크를 잡았다. 그는 50대까지만 해도, 아니 젊었을 때보다 50
대에 더, 말을 가감 없이 해 '연단 위의 망나니'라고도 불렸
지만, 70대에는 사뭇 겸손해진 모양새다. 그는 연설문을 띄
워놓은 것으로 보이는 작은 패드를 손에 꼭 쥐고 말했다.

수많은 불신자가 있었습니다. NASA도 아니고 한 개인이
어떻게 우주 개발을 할 수 있겠느냐고 비웃는 사람도 있었
고, 저는 그냥 운이 좋은 멍청이일 뿐이라는 사람도 있었죠.
하지만 저는 증명해 냈습니다. 누구나 우주로 갈 수 있는 시

대가 이제 열린 것입니다. 자, 여러분의 돈이 터지는 걸 보십시오!

일론이 두 팔을 쫙 펼치자 무대에서 수십 개의 폭죽이 발사되어 하늘에 형형색색의 별을 새겼다. 관중이 하늘의 빛에 시선을 빼앗긴 사이, 우주선에 탑승하기로 한 30명의 사람들이 무대 위로 올라와 일론 뒤로 도열했다. 그들은 국적, 인종, 장애 등에 있어 차별을 두지 않겠다는 상징성을 강조하듯 피부색과 키, 패션이 모두 들쭉날쭉했다. 유일한 공통점은 단 두 가지, 만면에 활짝 웃음꽃을 피우고 있었다는 점과 젊은이들이라는 점이었다. 청중은 그들에게 열광했다. 그들이 우주에 가는 목적을 모르는 이는 없었다.

사람들은 일론 뒤에 선 30인을 새로운 파이어족Fire族이라고 부른다. 정확히는 그 30인을 포함하여, 앞으로 우주로 갈 예정인 젊은이들 전부를 일컬어서 말이다. 원래 파이어족이라는 말은 어린 나이에 경제적 독립을 이뤄 조기 은퇴를 하려는 젊은이들을 지칭하는 말이었다. 빚을 내서라도 투자하거나, 수입의 70퍼센트 이상을 저축하는 등 한시라도 빨리 목표하는 자산을 만든 뒤 은퇴하는 게 그들의 목표였다. 새로운 파이어족 역시 어떻게든 부를 빠르게 축적하려 한다는 점은 같지만, 30~40대에 은퇴하고 여생을 즐기려는 선대 파이어족과는 돈 버는 속도가 다르다. 앞선 파이어족이 Financial Independence(경제적 독립)과 Retire Early(조기 은퇴)의 앞글자를 딴 것이라면, 새로운 파이어족은 말 그대로 FIRE족이다. 그들은 로켓과 함께 발사FIRE되어 3년 동안 우주를 떠돌다 돌아올 것이다. 그리고 그들이 돌아왔을 때, 지구에서는 한 세기가 지나 있을 것이다. 새로운 파이어족은 지구로 돌아오면 출발 자금에 붙은 100년어치의 이자, 혹은 투자 수입을 거머쥐며 순식간에 큰 부자가 될 것이다.

모두가 그런 사실을 알고 있었기에, 일론의 기자회견장에는 부러움과 열망이 넘실거렸다. 일론이 다시 마이크를 잡았다.

제 뒤에 모인 사람들은 이제 우주로 나아가 새로 발견된 기적의 성체, 이스마엘로 떠납니다. 이스마엘은 중력이 태양계보다 1만 배 이상 큰 거대한 블랙홀 주변의 행성으로, 그곳에서는 시간이 지구의 30배 느리게 흐릅니다. 오늘 출발하는 사람들은 그곳에서 3년의 세월을 보내고 돌아올 것으로, 지구로 돌아오면 100년이 흘러 있을 것입니다. 우리와는 다시 만날 수 없을지도 모르지요. 하지만 여전히 젊을 것입니다.

2045년 7월 2일, 온누리 3호

성우제와 구민기

달력에 동그라미 표시를 한다. 어제부로 여름이 시작되었
다. 사실 날짜와 시간은 휴대전화만 열어도 확인할 수 있지
만, 우제는 언젠가부터 벽에 고정시켜 둔 달력에 하루하루
를 체크하는 버릇이 생겼다. 그렇게 하지 않으면 시간이 흐
르고 있다는 게 도무지 실감이 나지 않아서다. 우주선 안에
서 기후라고 부를 만한 것은 기껏해야 기계의 변덕과 의료
비상 상황 정도다. 우주인은 창밖으로 날씨를 볼 수 없다. 창
으로 보이는 건 오직 자기 모습뿐이다. 사고를 대비해 언제
나 켜져 있는 미등이 우주보다 밝기 때문이다. 물론 밖이 보
인다고 해도 소금을 친 김 조각 같은 어둠 말곤 아무것도 보
이지 않겠지만. 어차피 계절이든 날짜든 인위적으로 만든
것이니 우주에서는 개인적인 기념일뿐이다. 하지만 우제에
게는 날짜를 세어야 할 이유가 있다. 벽걸이 달력의 각 날짜
에는 지금이 한국에서는 몇 년 몇 월 며칠인지가 병기되어
있다. 온누리 3호의 시간과 지구의 시간 사이 간격은 그네의
낙하 속도처럼 처음에는 천천히 벌어지다가 어마어마한 속
도로 차이가 생긴 뒤, 다시 천천히 줄어든다. 우제는 자기가

지구로 돌아가면 받을 돈을 계산해 보지도 않았다. 평생 일하지 않아도 될 거라는 사실은 확실하다.

우제는 작게 웃어본다. 중력이 없어서일까. 웃음소리가 가볍고 멀리 퍼지는 느낌이다. 우제는 펜을 공구 벨트에 끼운 후 그대로 몸을 뒤로 누인다. 그의 몸이 허공에 둥실 떠올라 허공에 감싸 안긴 듯 편히 누운 자세가 된다. 아무 데서나 드러누울 수 있다는 점에서 우제는 지구에 돌아와서도 영원히 우주를 그리워할 것 같다. 그 외의 것들은 시간이 지나니 처음의 신기함은 사라지고 번거로움만 남았다. 모든 물건은 내려놓지 말고 어딘가에 끼우거나 붙여야 한다든지, 양념을 치지 않은 무말랭이 맛이 나는 양칫물을 삼켜야 한다든지, 샤워 대신 따끔거리는 세정제를 바른 수건으로 몸을 닦아야 한다든지 하는 것들. 지구에서의 사소한 행위들이 하루의 만족감에 얼마나 큰 부분을 차지하는지 그는 우주에 와서야 비로소 알았다. 생활이란 자신에 관한 놀라운 발명의 집합이다.

— 우제 형, 잠깐만 와줄래요?

잔기침 섞인 목소리가 벽을 뚫고 뚫어뻥처럼 고막에 그대로 박힌다. 온누리 3호는 혹시 모를 비상 상황을 대비해 방음 시설이 거의 없다시피 하다. 어디서든 벽 너머의 사람이 뭘 하는지 눈에 보이는 것처럼 알 수 있다. 공중화장실이었다면 이어폰이라도 낄 법한 상황이지만, 우제는 그럴 수 없다. 환자들의 건강 문제에 관한 일차적인 책임은 그에게 있다.

— 잠깐만, 민기야!

우제는 그렇게 소리치고 몸을 곧추세운다. 30명이 탈 수 있는 우주선, 온누리 3호의 인구 비율은 다음과 같다. 이런저런 불치병을 앓는 환자 22명, 간호사 3명, 의사 1명, 한의사 1명, 함장과 부함장, 운 좋은 사람 1명. 이런 인원 구성만 봐도 온누리 3호의 발사 목적은 쉽게 알 수 있다. 이 우주선은 불치병을 앓는 환자의 가족들이 100년 후 지구에서는 치료법이 발견될지도 모른다는 희망을 품고 쏘아 올린 것이다.

우제는 서랍에 넣어둔 파란 간호복을 입고 방역 마스크를 꽉 동여맨 후 옆 방으로 향한다. 방문을 열자 그의 눈에 들어온 건 피를 비눗방울처럼 띄우고 있는 구민기의 모습이다. 의료기기와 장난감이 벨크로에 묶여 단정하게 정리된 방 안에서, 붉은 핏방울만이 파티장에 마구 장식해 놓은 풍선처럼 이리저리 떠다니고 있다. 피가 방 밖으로 나갔다가는 큰일이다. 우주에서 가장 위험한 것 중 하나는 정밀한 기계에

액체가 들어가 고장 나는 것이다. 우주인들이 양칫물을 삼키고 건조한 샤워를 하는 것도 모두 그 때문이 아니던가. 우제는 우선 피가 방 밖으로 날아가지 않도록 문을 닫고, 벽장에서 타월을 꺼내 이리저리 뛰며 비눗방울을 잡는다. 겉으로 보기에는 트램펄린을 뛰는 것처럼 우습기도 하고 재미있어 보이기도 하지만 이건 심각한 의료 행위다. 우제는 붉게 물든 타월을 의료 폐기물 버리는 쓰레기통 위에 대고 버튼을 누른다. 곧 빨간불이 들어오며 바람이 느껴진다. 우제가 손을 놓자 타월이 쓰레기통 안으로 순식간에 빨려 들어가 사라진다.

사태를 수습한 우제는 한숨을 크게 내쉰다. 그때 머뭇거리는 목소리가 들린다.

— 형…

민기는 벌벌 떨리는 손으로 우제에게 종이학을 내민다. 민기의 목소리는 울음으로 잔뜩 부풀어 툭 건드리기만 해도 터질 것 같다.

— 엄마가… 종이학을 접으면 소원이 이루어진다고 해서…

우제의 손으로 옮겨진 종이학은 이미 피에 물들어 얼룩덜룩하다. 우제는 울컥하는 마음을 다잡고 민기의 머리를 쓰다듬어 준 후, 그의 손에 붕대를 감아준다. 아마 종이학을 접

다가 베인 모양이다. 이런 사소한 일마저도 우주에서는 심각한 사건이 된다.

— 내일이 내 생일인데, 엄마가 보고 싶어서…

우제가 붕대를 감아주는 동안 민기는 중얼거리듯이 말을 잇는다. 고작 다섯 살. 엄마와 한 달 넘게 떨어져 있어본 적도 없을 나이다. 우제는 가슴 한편이 아리는 걸 느낀다. 민기는 알고 있을까. 그가 지구로 돌아갔을 때, 엄마는 할머니가 되어 있을 거라는 사실을. 어쩌면 죽었을지도 모른다는 걸.

— 괜찮아. 우리가 다 같이 파티를 해줄게.

지금 우제가 할 수 있는 건 고작 민기의 머리를 쓰다듬어주는 것뿐이다.

2050년 3월 1일, 일점사
주지 스님 인터뷰

일점사는 설립된 지 20년도 되지 않은 절이지만 그 파격적인 행보로 세계의 주목을 받는 곳입니다. 일점사는 Singularity(특이점)라는 단어에서 영감을 받아 지은 이름이라고 하는데요. 그 이름에 걸맞게 세계 최초로 사이보그가 주지 스님으로 계시고, 수행을 위해 과학기술의 힘을 아낌없이 빌리는 것으로 잘 알려져 있습니다.

오늘은 일점사에서 대대적으로 참여자를 모집하고 있는 우주 법당에 관해 주지 스님께 말씀을 들어보겠습니다.

Q. 일점사 우주 법당에 관해 간단히 소개해 주신다면?

A. 말 그대로입니다. 30명의 불자를 모집하여 그들을 우주로 보낼 것입니다. 사용될 우주선은 애플의 도움을 빌려 수행에 적합한 법당의 형태로 꾸몄습니다. 설립자가 소승불교의 열렬한 팬이라더니 그 소문은 사실이었나 봅니다. (웃음) 안에 부처님도 모시고 대웅전도 있는 구조입니다. 우주에서는 가부좌도, 절하는 방법도 달라야겠지요. 우주로 떠나는 30명의 불자는 그 안에서 불도에 전념하여 다음 시대의 길잡이가 될 것입니다. 불교에서는 도에 있어선 안도 밖도 없다는 말을 자주 하지요. 그렇다면 지구 안이든 밖이든 상관없는 것이 아니겠습니까?

Q. 네, 우주에서의 명상이라, 상상만 해도 멋지다는 생각이 드네요. 하지만 한편으로는 비판도 있습니다. 가짜 신도들이 많이 몰릴 것이라고요.

A. 그럴 염려는 하지 않으셔도 될 것 같습니다. 우선 30명 중에서 10명은 저명하신 각국의 스님들로 채울 것이고요. 10명은 각 스님께서 데려오시는 불자로 채울 것입니다. 나머지 10명만 일반 모집입니다. 그중에는 우주선 운용 인원과 의료 인원도 포함될 테니 시민 여러분께서 상상하시는 소위 꼼수 탑승은 사실상 불가능하다고 봐야겠지요. 간절하게 출가를 원하는 사람만 뽑기에도 자리가 모자랄 테니까요.

Q. 그렇군요. 그렇게 운영된다고 하니 지원하시는 분들께서도 안심이 될 것 같습니다. 또다시 비판이라서 죄송하지만, 원래 불교란 질문에 맞서는 것이라는 말도 있으니까 그냥 하겠습니다. (웃음) 굳이 우주에 나가서 수행할 필요가 있느냐는 사람들도 있습니다. 지구에 남는 저희로서는 우주로 사람들이 나갔다 100년 후에 돌아오는 거지만, 우주선에 타고 있는 사람들은 사실 그냥 3년을 보내고 돌아오는 거잖아요. 그게 수행에 있어 특별히 도움이 될까요?

A. 음… 실은 저도 잘 모르겠습니다. 앞서 불법을 수행하는 데 지구의 안과 밖 모두 상관없다고 제가 말했는데, 그걸 반대로 말하면 우주로 나가나 나가지 않나 같다는 말이기도

하지요. 하지만 그럼에도 왜 스님들이 우주로 나가느냐? 그건 다음 세대를 위해서입니다. 이미 우주로 나간 사람들이 몇천 명은 될 것입니다. 그들이 지구로 돌아왔을 때, 지구에 그들의 자리가 있을까요? 우주에서 100년 후에 돌아온다는 건 출가를 한다는 것보다도 훨씬 큰 결심입니다. 가족들, 친구들, 직업이나 학업이 있었다면 그것들까지 모두 버릴 결심으로 떠나는 것 아니겠습니까. 아니면 애초에 아무것도 없었든가요. 돌아온 그들은 외로울 것입니다. 외로웠을 것이고요. 그들이 기댈 수 있는 믿음이 하나쯤은 있어야 하지 않겠습니까. 그게 스님들이 우주로 떠나는 이유입니다. 인도에서 창시되어 세계에 퍼져나가던 시절부터 지금까지, 불교는 새로운 시대와 처음 전파되는 나라의 문화에 유연하게 적응해 대중에게 가깝게 다가가고자 했습니다. 바야흐로 우주시대이니만큼 우주 불교가 필요한 것이라고 이해해 주시면 감사하겠습니다.

Q. 그런 깊은 뜻이 있었군요. 그럼 이야기가 나왔으니 말인데, 마지막으로 근래 유행하고 있는 새로운 파이어족에게 하고 싶은 말이 있다면 한마디 부탁드려도 될까요?

A. 이런 새로운 유행은 아마 사회가 불안하기 때문이라고

생각합니다. 이대로 지구에 살아봤자 해답이 없다고 생각하니까 우주로 떠나시는 것이겠지요. 떠나든 떠나지 않든 모두 여러분의 선택이고 몫입니다. 다만 우주로 떠날 수 있는 사람보다는 그렇지 않은 사람이 훨씬 많을 것입니다. 우주만을 바라보고 지구에서의 삶을 고통으로 몰아넣지는 말기를 바랍니다. 제가 드릴 수 있는 말씀은 그것뿐입니다.

2045년 8월 10일, 온누리 3호
운 좋은 사람 이혜린

이혜린이 통신실의 문을 두드린다. 곧 문이 열리고 부함장이 얼굴을 삐죽 내민다. 그녀는 미끄러지듯 통신실 안으로 들어간다. 그녀를 알아본 함장도 손을 들어 인사한다. 통신실 안에는 복잡한 계기판과 컴퓨터가 있고, 방 한가운데는 6명 정도가 앉을 만한 테이블이 있다. 그 위에는 규칙적으로 배열된 카드가 투명 덮개 아래 끼워져 있다. 그녀가 오기 직전까지 게임을 하고 있었던 모양이다.

— 게임할 때 나도 불러달라니까.

혜린이 툴툴대며 자리에 앉는다. 함장은 머쓱하게 웃으며 어떻게 번거롭게 매번 부르냐고 너스레를 떤다. 찾아오면 같이 놀고 아니면 말고 하는 거지. 부함장이 말을 받으며 카드를 쓸어 모아 다시 섞는다.

— 뭐 소식 새로 온 것 없어요?

혜린은 패를 확인하며 묻는다.

— 보다시피.

함장은 몸을 틀어 모니터를 보여준다. 통신 환경이 안 좋을 때 동영상 플레이어가 그러듯 굼벵이처럼 기어가는 버퍼링 막대가 보인다. 혜린은 카드를 투명 덮개 아래 끼워 넣으며 레이즈, 하고 외친다.

— 요즘 분위기가 워낙 안 좋으니까, 재미있는 소식이라도 좀 없나 해서요.

부함장은 공감한다는 듯 고개를 끄덕인다. 한 달 전, 온누리 3호의 모든 우주인은 구민기의 여섯 번째 생일을 맞아 생일 파티를 했다. 구민기가 마지막에 엄마를 찾으며 눈물을 글썽인 탓에 조금은 숙연한 분위기가 형성되긴 했지만, 그때까진 전반적으로 쾌활한 분위기가 유지되고 있었다. 그도 그럴 것이 환자들은 3년 후 지구로 돌아가면 병을 치료할 수 있으리라고 굳게 믿었고, 다른 탑승인들은 지구로 돌아가면 부자가 될 터였으니 말이다. 온누리 3호에 향수병과 희망 말고 달리 무엇이 있을까. 하지만 구민기의 병세가 갑작스럽게 악화되며 의료진은 비상사태에 돌입했다. 그들은 3교대를 하며 민기의 옆을 지켰고, 빡빡해진 스케줄 탓인지 다들 신경이 곤두서 있었다. 덕분에 환자도 아니고 의사도 아닌 3명은 어쩐지 무안하기도 하고 뻘쭘하기도 해서 통신실 안에서 따로 그들의 여가를 즐기게 된 것이다.

— 할 수 있는 일이 없으니까. 대놓고 노는 모습이라도 안 보여야지, 뭐 별수 있나.

함장은 다이, 하고 외치고는 혀를 찬다. 이번 판도 혜린의 승리다. 혜린은 칩 대신 쓰는 플라스크들을 그러모아 자기 품으로 옮긴다.

— 그렇게 다 가져가면 뭐 하나. 술은 같이 마셔야 맛이지.

자기 몫의 칩을 다 잃은 부함장은 아쉬운 듯 손을 비빈다. 뒤에 있는 캐비닛 안에는 플라스크들이 더 많이 있지만, 절제하지 않고 걸어댔다가는 3년을 버틸 수 없다는 걸 부함장은 여러 번의 우주 경험으로 간이 아프도록 잘 알고 있다.

— 수작 부리기는. 돌려받고 싶으면 뉴스라도 좀 줘봐요. 재미있으면 생각해 보지.

— 들어온 게 없다니까. 방금 보여줬잖아.

함장이 카드를 정리하며 퉁명스럽게 대꾸한다. 부함장만

큼은 아니지만, 함장도 거의 따지 못하고 플라스크의 반을 잃었다.

— 거짓말. 영화 보면 꼭 중요한 소식은 함장이 숨기고 있다가 중요한 순간에 몰래 도망가고 그러던데.

— 뭔진 몰라도 우주가 배경인 영화는 아니었나 보네. 여기 도망갈 데가 어디 있어?

혜린은 볼일은 다 봤다는 듯 양손에 플라스크를 가득 들고 방으로 돌아간다. 혜린은 빙글빙글 돌며 술을 빤다. 지구에서 이 모습을 보면 토할 것 같다고 느끼겠지만, 의외로 중력이 없는 우주에서는 물구나무를 서든 눕든 몸이 느끼는 방향 감각은 똑같아서 어떤 자세로 음식을 먹어도 똑같이 불편하다. 처음엔 혜린도 신기해서 온갖 자세로 술을 마셔 봤지만, 이제는 질려서 될 대로 되라는 식으로 퍼질러져 돌면서 마시곤 했다.

— 분명히 뭔가 있는데…

혜린은 중얼거리다가 입 밖으로 빠져나오는 작은 기포를 보고 입술을 내밀어 쪽 빨아 먹는다. 혜린은 며칠 전 본 걸 기억했다. 불을 꺼도 자기 자신밖에 보이지 않아야 할 창밖으로 무언가 날아가는 게 보였다. 하얀 우주복을 입은 우주인이었다. 그 우주인은 온누리 3호의 반대 방향, 그러니까

지구를 향해 날아가고 있었다. 앞선 우주선에서 모종의 이유로 떨어져 나온 사람일까? 아니면 우리와는 전혀 다른 항로로 근처를 여행하는 우주선이 있는 것일까? 어느 쪽이든 근처에 우주선이 있다면 교신을 시도할 법도 한데 통신실에서 아무것도 모른다는 걸 혜린은 선뜻 이해하기 어려웠다.

— 아 몰라.

혜린은 이 우주선 안에서, 아니 어쩌면 모든 우주인 중에서도 가장 특이한 사람이었다. 그녀는 자기 운을 시험해 보기 위해 순전히 장난으로 우주선 탑승 복권을 샀고, 당연하다는 듯이 당첨되었다. 그녀는 별다른 미련이나 고민 없이 우주선에 탔다. 그녀를 위해 지구에서 불어나고 있을 이자나 자산은 사실상 없다시피 했다.

그녀는 이 우주선 안에서 유일하게, 현재를 살아가는 사람이었다. 재미있게도 그 사실이 그녀를 이 우주선 안에서 가장 무료한 존재로 만들었다. 우주선은 오직 미래를 위해서만 날아가고 있었기 때문이다.

2058년 3월 9일, 고려대학교 정경관 110호

경제학 원론 수업 중

다들 출석했나요? 오늘은 지난 시간에 이어 이자에 관한 이야기를 할 예정입니다. 몇 년 전까지만 해도 파이어족이 유행했죠? 2010년 말에 유행한 파이어족과 구별하기 위해 뉴파이어족 혹은 로켓단이라고도 부르던 사람들인데, 기억하는 학생? 그래, 정확하게 알고 있네요. 우주선 추첨이라도 한번 넣어보셨나 보죠? 아… 떨어졌다고요… 아, 네… 삼수… 네, 미안합니다. 여하튼 그 유행은 몇 년 전부터 급격히 사그라들어서 이제는 반쯤 멸종 상태라고도 볼 수 있는데, 그 이유도 혹시 알고 있나요? 네, 그렇지요. 농수 뱅크 도산 사건 때문이죠. 실제로 파이어족 중에는 그 은행에서 적극적으로 시행했던 우주 적금에 돈을 넣었던 사람들이 꽤 있었다고 해요. 그도 그럴 게, 연 10퍼센트라는 파격적인 이율을 제시하면서도 만기 환급이 100년이었으니 돈을 넣을 사람은 파이어족 말고는 거의 없었겠죠? 아무리 이자를 많이 줘도 100년 후에 돈을 찾을 수 있다면 자기한테 무슨 의미가 있겠습니까. 일부 부자들이 꼼수 상속으로 이 방법을 사용했다는 말도 돌기는 했는데, 그건 어디까지나 소문일 뿐이니까…

　각설하고, 오늘 우리는 이런 도산 사건은 별개로 치고 만약 파이어족이 약속된 이자를 받을 수 있다면 그들의 행위가 과연 합리적인지 알아볼 것입니다. 지난 시간에 복리를 계산하는 방법에 관해 알려줬는데 기억하는 사람? 그렇죠. $p\left(1+\frac{r}{n}\right)^{nt}$ 라는 수식이었죠. 여기에서 P는 투자금, r은 연이자율, n은 이자 발생 빈도, t는 전체 투자 기간입니다. 이 수식에 따라 계산을 해보면 결과가 꽤 충격적이에요. 만약 파이어족 한 명이, 아 이렇게 말하면 생동감이 떨어지니까 학생 이름을 좀 빌릴게요, 괜찮죠? 상혁 학생이 100만 원을 연이자 10퍼센트인 금융 상품에 넣고, 100년 후에 돈을 찾았어요. 그러면 상혁 학생이 받게 되는 돈은 13,780,612,340원이에요. 대충 137억 원 조금 넘는 금액이죠. 크으, 똑똑한 상혁 학생한테 박수! 일단 돈 불어나는 걸 보면 합리적인 것처럼 보입니다. 그러나 과연 그럴까요? 뉴스를 열심히 보는 학생이라면 한 번쯤은 들어봤을 텐데, 물가 상승률이라는 게 있죠. 예를 들어 라면이 처음 나왔을 때가 1963년인데, 그때는 라면이 10원이었어요. 그런데 그게 1970년에는 20원으로, 1978년에는 50원으로, 그리고 1981년에는 100원으로 인상되었죠. 어마어마하게 빨리 오른 것 같지만,

또 지금으로 생각하면 말도 안 되게 싼 가격이죠? 현대 경제학에서는 물가 상승률을 전년 대비 7퍼센트 정도로 보통 잡습니다. 물가가 오르는 게 왜 당연하냐고요? 음… 그건 설명하려면 복잡한데, 쉽게 설명하자면 세상에 이자가 존재하기 때문입니다. 돈이 그냥 돌기만 하면 괜찮은데, 아무런 소비가 일어나지 않아도 이자 때문에 새로운 돈이 생겨나니까 새로 발생한 돈만큼 물가가 오르는 거지요. 물론 현실적으로는 양적 완화라든지 여러 개념이 더 있지만 일단 이 수업에서는 여기까지만 알아도 됩니다. 즉, 단순하게 생각해 보면 연 7퍼센트 이상의 수익을 낼 수 있는 투자처에 돈을 맡기고 떠났다면 파이어족의 행위는 충분히 합리적인 것입니다. 대략 차액으로 계산해서, 상혁 학생이 우주로 떠날 때 100만 원이었던 트로피를 하나 상상해 봅시다. 그 트로피가 물가 상승률을 정직하게 추종한다고 할 때, 100년 후에는 867,716,326원, 즉 8억 6,000만 원 정도니까, 여전히 크게 남는 장사이지요. 그러면 조금 이해가 안 가지 않나요? 새로운 파이어족은 왜 자취를 감추었을까요? 농수 뱅크는 제2금융권이었으니, 좀 더 안전한 투자처에 돈을 맡기고 떠나도 되지 않았을까요? 네, 정답입니다! 맞죠. 크게 두 가지 원인인데, 하나는 사회 불안. 2010년 말까지만 해도 소위 제

1세계라고 하는 경제 대국들 사이에서 전쟁이 일어날 거라는 생각은 거의 비현실적이었습니다. 서로 다 돈으로 얽혀 있고, 사회와 경제에 있어 모두가 손에 손을 맞잡게 되었으니 전쟁이 일어나지 않을 거라고 믿은 것이었죠. 2020년대에 잠시 흔들린 그 믿음은 그래도 너덜너덜하게나마 명맥이 유지되었는데, 몇 년 전에 미국이 전쟁을 선포하면서 우리는 다시 깨달았죠. 완전히 전쟁 없는 세계라는 건, 정말이지 희소한 것이었다는 걸요. 다른 하나는 화폐 전환입니다. 이 것도 전쟁과 관련이 있는데, 전쟁이 일어나고 사회가 불안정하면 국가가 돈을 몰수하기도 하고, 예상치 못한 일로 재산이 묶이거나 날아가기도 하잖아요? 그런 걸 몇 번 겪다 보니까 많은 자산이 가상 화폐로 이동했습니다. 가상 화폐의 가장 큰 특징은 국가나 은행이 그걸 마음대로 할 수 없다는 데 있죠. 전체 가상 화폐의 50퍼센트 이상을 홀로 장악할 정도로 부자가 아니고서는 사기를 칠 수 없습니다. 그렇다 보니 많은 돈이 가상 화폐로 전환되었고, 그에 따라 전통적 화폐의 가치가 떨어진 것입니다. 물가는 그대로 오르는데 화폐 가치가 불안정해진 것이죠. 연 7퍼센트 이상의 상승을 매년 기록할 거라는 확신이 사라진 것입니다. 그럼 우주로 나가기 불안하죠. 다시 돌아오면 예전에 잠깐 유행했던 벼락

거지라는 말처럼, 운석 거지가 될 수도 있으니까요. 심지어 100년 뒤 세계에서는 내가 가진 지식과 능력이 모두 낡은 게 되어 있을 텐데, 확실하지도 않은 수익처에 미래를 몽땅 걸어버리는 건, 상당히 위험하죠. 그러니까 상혁 학생, 오히려 잘된 거라고 생각하고 공부 열심히 합시다.

2045년 9월 17일, 온누리 3호
한의사 이형길과 의사 한지현

— 지난번처럼 장난치면 안 돼요. 다칩니다.

이형길은 한지현의 어깨에 마지막 침 하나를 꽂은 후 말한다. 한지현은 허벅지와 배에 벨크로 소재로 된 안전띠를 맨 채 의자에 가만히 앉아 있다. 눈을 반쯤 감고 머리를 의자에 기댄 채다. 하지만 한쪽 손은 슬금슬금 어깨를 향해 올라가고 있다. 형길은 에헤이, 하고 호통을 치며 지현의 손을 잡아 내린다. 지현이 번쩍, 눈을 뜬다.

— 환자를 잘 보살펴 주시는지 궁금해서 그랬어요. 테스트 통과예요. 축하드려요.

— 의사라는 사람이 그런 걸 하면 안 되죠.

— 저는 지금 의사가 아니라 환자라니까요. 한의학은 전혀 모르니까 진짜 환자 맞지 뭐.

지현이 깐족대자 형길도 진지한 표정이 풀어지며 피식 웃는다. 지현은 어, 웃었다, 웃었다, 하며 깔깔댄다. 지현이 말해준 바에 따르면 그녀는 젊은 한의사를 난생처음 본다고 했다. 모든 한의사가 항상 주름을 찌푸리고 있는 할아버지인 줄로만 알고 있던 그녀는 형길이 신기하다고 했다. 처음에는 형길도 그게 지현이 자꾸 찾아와서 자기를 놀려대는 유일한 이유라고 생각했다. 당연한 얘기지만 그럴 리가 없고 지금은 형길도 그 사실을 안다. 이건 꽤 유명한 비밀인데, 사실 형길은 좀 눈치가 없다.

— 민기는 이제 괜찮은 거예요?

형길은 지현이 초췌한 표정으로 자기 방을 찾아왔을 때부터 묻고 싶었던 질문을 입에 올린다. 그는 내심 자기가 거의 도움이 될 수 없었다는 사실에 자책감을 가지고 있다. 아무래도 의사 한 명에 간호사 셋이 있다 보니 전체적인 선내 의료 시스템은 양의학을 중심으로 운영될 수밖에 없다. 위급한 환자를 혼자 책임져야 하는 부담을 조금이라도 덜어주고 싶었건만, 그가 할 수 있는 일은 거의 없었다. 그러다 보니 그는 한의학에 의존하는 몇몇 늙은 환자만을 위해 자기가 억지로 우주선에 끼어 있는 건지도 모른다고 느꼈다.

— 큰 고비는 넘겼어요. 그래도 완치가 없는 병이니까, 한동안은 긴장하고 지켜봐야죠.

한길은 지현의 굳은 어깨를 본다. 침이 바위에 박은 못처럼 움직이지 않는다. 원래 침은 몸의 움직임에 따라 조금씩 흔들리기 마련이다. 그만큼 지현의 부담이 크다는 이야기겠지. 한길은 누군가 자신의 입 속에 몰래 쓴 열매를 집어넣은 게 아닌가, 하는 착각이 든다. 한길은 쓴맛을 걷어내기 위해 억지로 말을 짜낸다.

— 이제 우제 씨가 울상 짓는 거 안 봐도 되겠네요.

— 일과 삶의 분리가 가장 중요한 직업이 의사인데 말이에요.

지현이 한숨을 쉰다. 그녀는 우제가 걱정이라고 말한다. 간호사로서 자질이 정말 훌륭한데, 환자와 과도하게 라포를 형성하는 경향이 있어서 고생을 많이 할 거라고.

— 그 친구는 괜찮지 않을까요?

지현이 의문에 찬 눈길을 보낸다. 한길은 꽤 쓸 만한 농담이라고 생각하며 웃음을 지어 보인다.

— 파이어족이더라고요. 아마 지구로 돌아가면 은퇴할걸요.

예상과는 달리 지현은 얼굴을 찌푸린다. 다시 말하지만, 한길은 눈치가 좀 없다.

— 그런 사람이 우리 병원에 왔으면 좋겠는데.

그렇게 운을 뗀 지현은 지구로 돌아가면 하고 싶은 일에 관해 수다를 떨기 시작한다. 꽤 많은 돈을 우주 적금에 넣고 왔으니 돌아오면 병원 하나 지을 정도로 돈이 모여 있을 거라고. 자기는 종합 병원을 짓고 싶다고. 한길의 눈이 휘둥그레진다. 그녀가 말하는 '종합'의 범위에 한의학도 포함되어 있었기 때문이다.

— 나는 이 책을 한마디도 이해하지 못했다. 그러나 이것이 위대하다는 것을 안다.

그녀는 낭송하듯 말한다.

— 제가 아는 교수님이 비트겐슈타인에 관해 한 말이에요. 그런 게 하나 있는 것도 좋은 인생인 것 같더라고요.

지현이 한길에게 웃어 보인다. 이번에는 한길도 말뜻을 정확하게 알아들었다.

— 저도 개업하려고 돈 모아두고 왔는데.

한길은 능청스럽게 대꾸하자 지현이 맞받아친다.

— 그 돈으로는 집 사면 되겠네요. 으리으리하게 지을 수도 있겠다, 그죠?

둘은 옆 방에서 들리지 않도록 조용히 웃는다. 한길이 손을 뻗어 지현의 어깨에 꽂힌 침을 하나씩 뽑으며 말한다.

— 누워요.

지현은 이 사람이 웬일로, 하는 눈빛으로 한길과 눈을 맞춘다. 한길이 말한다.

— 어깨만 뭉치는 경우는 잘 없어요. 머리 넘기고 엎드리세요.

마지막으로 말하지만, 한길은 눈치가 좀 없다.

2069년 2월 15일, 넷플릭스
〈Money "FIRED" to Ash〉 (한국어 제목 : 사라진 파이어족의 돈)

붉은 단발머리를 한 여자 앵커가 도발적인 목소리로 어느 폐쇄된 건물을 가리키며 설명을 시작한다. 그녀에 따르면 이 건물은 20년 전까지만 해도 은행이었는데, 지금은 아무도 쓰지 않는 폐허가 되었다고 한다. 그 건물에 입주해 있던 은행은 우주 적금으로 큰돈을 벌었으나, 파이어족 붐이 끝날 무렵 핵심 인원들이 돈을 현금화해 도망치는 바람에 파산했다. 앵커는 과거 은행에 근무했던 몇몇 직원을 만나는

데, 그들은 다음과 같이 증언했다.

"우리 부장님은 그 상품을 팔아서 이사가 됐어요. 갑자기 회사
에 목돈이 팍 꽂히니까, 윗선에서도 완전히 흥분해서는 자네 같
은 사람이 이사가 안 되면 누가 회사에 충성하겠냐며 찾아와서
악수하고…"

"한번은 제가 그 사람들 돌아올 때는 어쩌려고 하냐고 물어보
니까, 자기는 그때 되면 죽을 거니까 알 바 아니라고 하는데… 거
참, 그때 도망갔어야 했는데!"

앵커는 직원들의 목소리를 뒤로한 채, 자금을 추적한다.
자금은 추적이 불가능하도록 여러 경로로 세탁되었는데, 그
중에서 가장 중요한 경로 중 하나가 무기 밀거래였다. 사제
무기를 제작하는 집단에게 자금을 넘겨 무기를 구매하고 그
무기를 다시 테러 조직에 넘기는 방식으로 깨끗한 돈을 얻
었다.
— 몇 개의 범국가적 테러가 전쟁의 시발점이 되었다는
것을 감안하면 아이러니한 상황이라고 할 수 있죠. 하지만
이게 끝이 아닙니다.

카메라는 다시 자료 화면을 비춘다. 화면에는 휴머노이드들의 모습이 담겨 있다. 앵커가 다시 격정적으로 말한다. 휴머노이드의 얼굴과 몸은 축구공을 만들듯이 수작업으로 제작해야만 가장 좋은 품질을 얻을 수 있다. 이런 작업은 주로 노동력이 싼 개발도상국에서 이루어지는데, 파이어족의 돈을 탈취한 범인 중 일부는 이런 나라들에서 휴머노이드의 외피를 제작하는 회사를 차렸다. 전 세계적으로 일어난 휴머노이드 붐의 중심에도 그들이 있었다. 그렇게 제작한 휴머노이드들은 알다시피 마지막까지도 인간만의 영역이라고 여겨지던 간호, 사회복지, 교육 등의 일자리를 야금야금 차지했다.

— 하지만 과연 이게 돈을 훔친 이들만의 일일까요?

폐허가 된 도시. 앵커는 한층 차분해진 톤으로 설명한다. 은행에는 지급 준비금이라는 개념이 있다. 모든 은행은 전체 자산 중 일정 비율을 중앙은행에 예치하고 나머지 돈은 전부 개인과 기업에게 대출해 수익을 올린다. 그런데 파이어족의 확산은 적어도 100년 동안 지급하지 않아도 되는 대량의 돈이 은행에 들어옴과 동시에, 그들에게 상대적으로 높은 이자를 지급해야 하는 부담도 안겼다. 중앙은행은 이를 참작해 지급준비율을 소액 낮췄으며, 시중 은행들은 더 공격적인 투자로 파이어족에게 지급해야 할 이자율 이상의 수익을 거두려고 노력했다.

— 그리고 우리가 잘 알다시피, 반드시 그런 것은 아니지만, 이런 과도하게 공격적인 투자의 결과는 전쟁으로 이어지는 경우가 많았죠.

앵커 뒤로는 근현대사에서 중요한 몇 가지의 전쟁 이름과 함께 그 당시 은행의 자산 및 부채 비율과 이를 통해 추산한 투자 공격성 사이의 연관 관계를 나타내는 표가 떠올랐다. 은행과 정부의 이런저런 실책에 관해 한참을 더 떠들던 앵커는 문득 생각난 듯, 파이어족에 관한 말로 화제를 돌린다.

— 하지만 그들에게 어떤 잘못이 있다고 생각하기는 어렵습니다. 우리가 잊지 말아야 할 것은 그들이야말로 가장 직접적인 피해자라는 사실입니다.

2142년 11월 11일, 누가 골라(Nuᵏᵏaᶜᶜola)
뉴파이어족 회상 전시회

모예 실비는 모여드는 사람들을 멍한 눈으로 바라보았다. 그는 등을 벽에 꼭 붙이고 서 있어서 마치 스스로가 작품의 일부인 것처럼 보였다. 그는 삼면이 벽으로 둘러싸인 15제곱미터의 공간을 배정받았는데, 세 개의 벽에 디지털 작품을 한 점씩 전시하고, 가운데 공간에는 설치물을 하나 두었다.

전시가 진행되는 3주 동안 그는 매일 전시장에 출근해야 했다. 요즘 전시는 예술가와 직접 대화를 할 수 없으면 사람들이 찾지 않는다고 한다. 온라인으로 작품을 보는 것과 직접 가서 보는 것 사이에 아무런 차이도 없으므로, 예술가 없는 전시회장은 아무도 진지한 관심을 보이지 않는 데이트 장소가 될 뿐이라고 구글은 설명했다. 그러나 모예 실비는 실상은 그게 아니라는 걸 피부로 느꼈다. 사람들은 자신의 작품이 아니라 자신을 구경하고 있었다. 모예 실비 역시 처음에는 전시회에 온 이들이 과연 자기와 같은 사람이 맞는지 신기한 눈으로 쳐다보았다. 모예 실비는 니트에 청바지 차림이었는데, 전시를 보는 이들은 몸에 딱 붙는 얇은 옷을 입고 있었다. 춥지도 않나 싶었는데, 요즘 옷은 피부와 연동되어 항상 최적 온도를 유지해 준다고 한다. 로봇과 손을 잡고 활보하는 이들, 몸에 달린 기계 장신구가 자동으로 카메라를 조작하거나 짐을 드는 이들, 사람인 줄 알았는데 로봇인 이도 있었다. 수십 명의 플레이어가 자기를 원격으로 조종할 수 있도록 몸을 내어준 사람까지 본 이후로 모예 실비는 시대에 뒤떨어진 건 자신이라는 사실을 순순히 인정하는 수밖에 없었다. 겉으로는 비슷한데 속은 다른 것도 아니고, 애초에 겉모습부터도 다른데 그 속은 얼마나 다를까.

전시를 보러 온 이들의 주된 관심사는 두 가지였는데, 하나는 그가 얼마나 벌었느냐는 것이었고, 다른 하나는 우주에서 무슨 일이 있었느냐는 것이었다. 모예 실비는 솔직하게 자기는 99퍼센트가 넘는 자산을 잃어서 생활 수준이 그들과 크게 다르지 않고 오히려 가난할지도 모른다고, 우주는 돌아오는 길보다는 나가는 길이 즐거웠다고 말했다. 몇몇 이는 그를 홀로 플라스크에 담고 싶어 했다. 홀로 플라스크는 앞에서 한 바퀴 돌면 그 인간의 인격을 복제해 저장하는, 말하자면 인간 아카이빙 시스템이다. 모예 실비는 화들짝 놀라 거부했다. 사람들은 자기 홀로 플라스크 안에 얼마나 많은 사람이 저장되어 있는지 보여주며 그를 설득하려 들었는데, 그는 그런 괴악한 아이디어에 왜 이렇게 많은 이가 동의했는지가 궁금할 뿐이었다. 나중에 전해 듣기로는 그가 이걸 거부한 것 때문에 수많은 항의가 들어왔다고 했다. 이 시대에 대중 앞에 나서려면, 홀로 플라스크는 당연히 감수해야 하는 모양이었다.

전시를 진행하는 동안 그는 다만 조금 슬펐다. 경악스러운 일이 많았지만 다른 모든 것보다도 예측 논리 시스템이라는 것 때문이었다. 사람들은 이미 이곳에 오기 전에 예측 논리 시스템을 통해 자기가 경험할 일을 모두 알고 들어왔고, 그들은 그의 이야기와 작품이 아니라 자기의 예상 범위 안에서 현실이 작동한다는 데 더 만족하는 것처럼 보였다. 그들은 모예 실비의 공간 한가운데 놓인 묘비 앞에서 예정된 슬픔을 애도했으나 솔직히 전혀 유감스러워 보이지 않았다.

그의 작은 공간 한가운데 있는 건 우주에서 죽은 사람들의 묘비다. 사람들은 반환점을 돌아 웜홀을 통과한 후에 많이 죽었다. 블랙홀을 향해 나아갈 때는 거의 들리지 않던 지구의 소식이 돌아오는 길에는 빨리 감기를 한 것처럼 엄청난 속도로 전해져 왔다. 함장에게 들은 설명으로는 특수상대성이론에 따른 현상이라고 한다. 그들이 지구에서 멀어질 때는 서로의 시간이 똑같이 느려지지만, 지구로 돌아올 때 그들은 느려진 시간에 이자까지 쳐서 돌려받기라도 해야 한다는 듯 엄청난 속도로 자전하는 지구를 보았다.

우주에서는 모두 자살로 죽었다. 누군가는 자기 돈이 몽땅 도둑맞았다는 사실을 견디지 못했고, 3년 동안 장편소설에 매달리던 작가는 자기 작품과 토씨 하나 틀리지 않은 글을 받고 발작했다. 그 소설이 베스트셀러가 되었으며 자기보다 50년 늦게 집필을 시작했다는 게 치명적인 이유가 됐다. 모예 실비의 우주선에는 동물을 너무 사랑한 나머지 100년 후에는 동물과의 혼인도 허용될 거라는 믿음으로 우주선에 탄 사람도 있었다. 그는 지구의 상황을 유심히 보다가 그의 바람이 실현될 가능성이 없다는 걸 깨닫고 강제로 우주선의 에어 로크를 열어 모두를 죽이려고 했다. 선원들은 힘을 합쳐 그를 자살로 처리했다. 우주에서 사람이 죽으면 그 사람은 우주선 안에 안치되었다. 같은 공간에 있다는 걸 찝찝해하는 사람도 있었지만, 우주선의 무게가 달라지면 계산이 틀어져 지구로 돌아갈 수 없을 수도 있기에 다른 방도는 없었다. 마지막 반년을 그들은 시체와 함께 보냈다. 반년은 주검에 익숙해지는 데 충분하고도 넘치는 시간이었다. 과연 생활이란 자신에 관한 놀라운 발명의 집합이다.

전시회가 끝날 무렵, 수십 가지 색의 천을 아무렇게나 박음질한 것 같은 옷을 입은 동양인 여자가 『파도가 닿는 미래』라는 제목의 소설집을 들고 와 펼쳐 보였다. 거기에는 모예 실비의 이야기가 쓰여 있었다. 그의 단편 속 우주여행과 우주의 모습은 그가 겪은 것과 똑같았다. 문학에 조금 더 관심을 가졌더라면, 하고 그는 쓸쓸하게 웃었다. 여자는 그에게 책에 사인해 달라고 했다. 모예 실비는 자기 책도 아닌데 왜 자기에게 사인을 받냐고 물었는데, 여자는 어차피 저자는 죽었으니 모예 실비가 사인하는 게 맞다고 우겼다. 회장의 불이 하나씩 꺼지는 걸 본 모예는 하는 수 없이 책과 펜을 받아 들었다.

2022년 5월 25일, 대한민국 중소기업인대회
이재용

— 목숨 걸고 하는 겁니다. 숫자는 모르겠고, 앞만 보고 가는 거예요.

이재용 씨는 그렇게 힘주어 말했다. 코에 걸린 무테안경이 햇빛을 받아 반짝였다. 이때만 해도 이재용 씨는 그가 온누리 3호 프로젝트에 거금을 투자하게 될 거라고는 상상도 하지 못했을 것이다. 그래도 세 가지 구호 중 하나 빼고 다 맞았으니 한국을 대표하는 기업인으로서 훌륭한 성과라고 하겠다. 청바지에 검은 터틀넥을 입은 남자가 이재용 씨에게 접근한 건 그가 만찬 중 화장실에 가려고 잠시 자리를 뜬 때였다. 남자는 이재용 씨가 좌변기 칸에 들어간 바로 그 순간

환풍구 대신 달린 작은 창을 억지로 뜯어내고 창밖에서 얼굴을 들이밀었다. 당황스럽지만 민망하지는 않은 절묘한 타이밍이었다.

이재용 씨는 바로 경호원을 불러 남자를 저지할 수 있었지만 그렇게 하지 않았다. 대한민국의 기업인들 사이에 이어지는 격언, "청바지를 입은 괴짜를 보면 절대 그를 무시하지 마라"를 떠올랐기 때문이었다. 이재용 씨는 엉거주춤한 자세를 바로잡고 말했다.

— 1분 드리겠습니다.

남자는 빠르게 설명했다. 2042년에 일론 머스크가 민긴 장거리 우주여행 시대를 연다는 것. 그때에 이재용 씨의 기업이 취할 수 있는 가장 좋은 역할이 무엇인지. 이재용 씨는 100년 치 복리의 힘을 모를 사람이 아니었다. 그러나 당장 분기마다 급박하게 변하는 게 경제인데, 도대체 그 새로운 파이어족이라는 개념에 사람들이 왜 매혹될 거라는 건지 이재용 씨는 이해할 수 없었다. 하지만 남자의 단호한 한마디가 그를 설득했다.

— 100원이라도 좋으니 저에게 투자하십시오. 저는 그 돈을 3억으로 불려 돌아오겠습니다.

즉, 이름을 빌려달라는 뜻이었다. 비상한 기업인의 머리가 빠르게 회전했다. 그에게 얼마를 주어야 잘됐을 때는 과실을, 망했을 때는 농담이었다고 주장할 수 있을까. 그때 이재용 씨는 화장실에 오는 길에 본 제로 칼로리 음료에 관한 기사를 떠올렸다. 제로 콜라의 가격은 1,600원이었다. 이재용 씨는 그에게 2,000원을 빌려주고, "제로 프로젝트"라고 쓰인 종이에 "금이천원정"이라고 쓴 후, 서명했다. 사인을 받은 남자는 볼일 잘 보시라며 순식간에 창문으로 빠져나갔다.

훗날 국가 단위로 진행될 온누리 3호 프로젝트와 각종 투기성 파생 상품들은 이재용 씨의 이름을 빌려 이렇게 힘찬 첫발을 떼었다.

2045년 10월 24일, 온누리 3호
블랙홀 이스마엘

혜린이 방으로 돌아간 후, 함장은 의자를 빙그르르 돌려 컴퓨터 앞에 앉는다. 그가 몇 개의 버튼을 누르자 버퍼링 화면이 사라지고 복잡한 OS가 등장한다. 부함장은 어느새 함장의 의자에 팔을 기대고 서 있다.

— 그 여자, 뭔가 눈치챈 건 아니겠지?

함장이 조심스럽게 운을 뗀다. 부함장은 어깨를 으쓱해 보인다.

— 저는 아무 말도 안 했습니다.

함장이 부함장을 쏘아본다.

— 그건 나도 마찬가지야. 하지만 그런 것치곤 너무 집요하게 자꾸 소식을 물어 오지 않나.

— 뭔가 촉이 오나 보죠. 촉 좋잖아요, 저 여자.

부함장은 그동안 잃은 플라스크가 생각나는지 입맛을 다신다. 그들의 게임은 종류와 룰을 바꿔가며 계속되고 있있지만, 그들은 아직까지 단 한 번도 그녀에게서 승리를 따내지 못했다.

— 하여튼 앞으로도 조심하자고. 이 소식이 퍼지면 어떻게 될지 몰라.

함장은 머리가 아프다는 듯 의자를 크게 뒤로 젖힌다. 부함장 역시 동의한다는 듯 고개를 끄덕인다.

함장이 띄워둔 모니터에는 2070년까지 지구에서 일어난 주요 사건의 헤드라인과 함께 그들을 1광년 차이로 앞서가던 우주선에서 일어난 폭동 사건에 관한 주요 얼개가 적힌 긴급 메시지가 있다. 온누리 3호가 웜홀을 통과해 블랙홀의 중력권 안으로 진입하기 전에 마지막으로 수신한 메시지였다.

— 어차피 연료가 없어서 되돌아갈 수도 없어. 이미 우린 블랙홀 바로 앞까지 왔는걸.

함장과 부함장은 모니터에서 눈을 떼고 고개를 든다. 그들 앞에는 거대한 전면 유리가 있고, 그 너머에 거대한 블랙홀이 있을 터이지만, 비상용 미등 때문에 그들의 눈에 보이는 건 오직 모니터 앞에 있는 자신들의 모습뿐이다.

알파카 월드

페루의 GDP가 한국을 앞질렀다. 마이크를 잡은 기자는 혼란스러워 보인다. 그 어떤 전문가도 명확한 이유를 설명하지 못하고 횡설수설하는 장면이 차례로 지나간다. 뉴스는 원인을 알 수 없는 놀라운 현상이라는 말만 반복하다가 결국에는 이를 안데스산맥과 잉카문명으로 연결한다. 유구한 역사의 신비한 저력에서 비롯된 기적이 아닐까요.

아버지가 고개를 끄덕인다. 아무렴 그렇고말고, 하는 표정이다. 연은 그런 아버지를 곁눈질하며 조용히 고등어 살을 바른다. 페루에는 알파카가 많이 살아요. 알파카 덕분이에요. 연은 그렇게 말하고 싶은 걸 꾹 참고 고등어 살을 바르는 데 집중한다. 가족은 매일 저녁을 함께 먹는다. 살을 바르거나 껍질을 까는 일은 주로 연의 몫이다.

— 누나, 알파카가 많이 산다는 그 나라가 페루 맞지?

동생이다. 연이 발라놓은 살 한 점을 냉큼 입으로 가져가며 그는 말을 꺼낸다. 아버지는 연이 아니라 동생 민에게 고개를 돌린다. 무슨 소리냐는 표정이다. 연은 옴짝달싹하는 입을 묶어두고 고등어 살을 바르는 데 계속 집중한다.

— 신경 많이 쓰이냐?

— 새벽에 쿵쾅거려서 깜짝깜짝 깨.

아버지는 반말이나 찍찍 해대는 동생이 아니라 연을 째려본다.

정규 교육에서 이탈하는 청소년의 수가 나날이 증가세임을 알리는 보도가 한참 동안 땍땍거리다가 사라진다. 경쾌한 음악과 함께 스포츠 뉴스가 시작된다. 동생이 벌떡 일어선다. 바닥이 조금 울어 있는 탓에 식기를 들어 올리자 앉은뱅이 식탁이 덜컹거린다. 그는 바로 뒤에 있는 싱크대에 식기를 쌓아두고 방으로 들어간다. 아버지가 TV를 끈다.

— 새벽 아르바이트를 꼭 해야겠냐? 민이 고3이잖니.

아버지는 일방적으로 말을 늘어놓고 다른 방으로 들어

간다. 방은 민과 아버지의 차지다. 연은 홀로 거실에 남는다. 침묵이 예고도 없이 찾아온다. 그녀는 뒤로 쓰러지듯 눕는다. 상복부가 화끈거리고 그 속에서 온갖 액체가 뒤섞여 소용돌이치며 가스를 내뿜는다. 숨이 잘 쉬어지지 않는다. 다행히 연은 숨을 쉴 수 없을 때는 몸과 마음을 차분히 해야 한다는 호흡 치료사의 설교를 잘 숙지하고 있다. 몸을 쭉 펴고 두 팔을 V자로 벌려 누운 태양 만세 자세를 취한다. 눈을 감고 만트라를 왼다. 옴 지브로 아르파카. 형광등이 미세하게 깜빡거리는 게 눈에 밟힌다. 세계는 변하지 않는다. 시야에 갑자기 검은 선들이 나타나거나 이명과 함께 탁 트인 하늘이 보이는 일 같은 건 일어나지 않는다. 형광등이 창백한 빛을 내뿜는다. 눈처럼 새하얀 빛이다.

연은 눈을 감고 천천히 몸을 이완하고 싶다. 그러나 배속은 여전히 부글거리고 급기야 트림이 나온다. 침묵이 연을 누르고 있다. 연은 소리 없는 트림을 하며 위장이 진정될 때까지 한참을 뒤척인다. 끅, 끅 하는 소리가 연의 입속을 벗어나지 못하고 소심하게 울린다.

침묵은 왔을 때처럼 전조도 없이 홀연히 사라진다. 불편한 속과 갑갑한 호흡만 남았다. 딸꾹질을 멈출 때처럼 트림을 멈추기 위해서 숨을 참아야 한다. 의식적으로 공기를 가슴 가득 채우고 아래로 내리누른다. 처음에는 속이 더 안 좋아지는 것 같지만 시간이 지나면 위장에서 부글거리는 가스가 더는 역류하지 못하고 아래로 밀려 내려가게 된다. 그건 변기를 뚫는 것과 비슷하다. 장기의 모든 기운이 하나로 뭉친 가운데 강한 의지에 눌려 사라지는 것. 어떻게 트림이 멈추는지 그 원리를 아는 건 아니기 때문에 연이 멋대로 상상하는 이미지였다. 연은 호흡 치료사의 말을 믿었고, 그것은 실제로 효과가 있었다.

연은 배를 깔고 엎드려 수면 바지 주머니에서 휴대폰을 꺼낸다. 위파사나Vipassanā 호흡 치료원에서 보낸 뉴스레터 알림이 뜬다. 연은 알파카 포럼에 접속하기 전 뉴스레터 영상을 먼저 확인한다. 단정한 도복을 차려입은 호흡 치료사가 만트라와 호흡에 관해 설교한다. 항상 마음의 평정을 지켜라. 만트라를 자주 외워라. 개인은 호흡을 통해 진리를 만나므로 호흡을 도와주는 태아 자세와 태양 만세 자세를 연습해라. 연은 이 모든 말을 꼭꼭 씹어 듣는다.

연은 알파카 포럼에 접속한다. 포럼에 새로 올라온 글이 있다. 코마 박사가 업로드한 것으로, 알파카 집단의 털 길이의 평균 변화율이 고용량 변화율의 제곱근과 정비례 관계를 보인다는 연구 결과다. 연은 글을 정독한다. 고용률. 이로써 금전적인 것과 관련된 '알파카 변수'가 벌써 세 개나 발견되었다. '털 길이', '평균 키', '번식률'이라는 세 요인이 각각 고용률, 금 보유량, GDP와 연결되어 있다. 금전적이지 않은 것들까지 고려하면 공개된 '알파카 변수'는 벌써 스무 개나 된다.

코마 박사는 알파카 포럼의 설립자이자 운영자로 알파카 이론을 제창한 사람이다. 알파카 이론은 페루 GDP의 증가율과 페루 알파카의 번식률이 상관관계에 있다는 통계적 발견에서 시작되었다. 그 충격적인 발견은 '사실 모든 사회 현상은 알파카와 연계된 게 아닐까' 하는 가설로 이어졌고, 이를 증명하기 위해 인터넷 연구모임인 알파카 포럼이 설립되었다.

알파카 이론은 알음알음 인터넷을 통해 퍼졌고, 그것을 장난이라고 생각했든 진지하게 믿든 흥미를 느낀 사람들이 포럼으로 몰려들었다. 연도 그중 하나였다. 연은 알파카가 가족의 구원이 될 것이라고 믿었다. 지금까지 연구된 바에 따르면 알파카는 동화나 전설에 흔히 등장하는 은혜를 갚는 동물이다. 그러나 우화 속 다른 동물과는 다르게 알파카의 보은은 인간의 선행에서 비롯되는 것이 아니며, 알파카라는 존재 그 자체가 보은을 통해서 성립한다. 즉, 국가의 손을 많이 탄 알파카는 국가에 보은하고, 지역 사회에서 기른 알파카는 지역 사회를 더 좋은 곳으로 만들며, 가정에서 키운 알파카는 가정을 구원한다는 뜻이다. 벌써 금전 관련 변수가 세 가지. 중요한 정보들은 알파카 소유를 인증한 연구자들이 독점하고 있을 것이므로 이 정도만으로도 알파카 이론의 효용은 증명되고도 남는다.

유일한 문제는 연에게 알파카가 없다는 것이다. 그러나 그 문제도 곧 해결될 것이다. 그녀는 돈을 거의 다 모았다. 잠도 제대로 자지 못하면서 10개월 동안 매일같이 야간 아르바이트를 한 덕분이다.

— 잘되면 다 내 덕분인 줄 알아요.

무심코 말을 내뱉다가 황급히 입을 막는다. 조용히 해야 한다. 손으로는 입을 막고 있지만, 생각은 멈추지 않는다. 페루의 성공이 뉴스에 보도되고 있다. 사람들이 몽땅 알파카 이론에 관해 알아버린다면 그걸 통해 가난에서 벗어나기는 불가능해질 것이다. 더 늦기 전에 하루빨리 알파카를 사야 한다.

아버지의 손을 빌릴 수 있으면 좋았겠지만, 동생과 아버지는 설득이 통하지 않는 사람들이다. 그들의 경제관념은 전통적인 수준을 벗어나지 못했다. 열심히 공부해서 능력을 쌓고, 능력을 활용해서 노동하고, 그 노동으로 돈을 번다. 연은 이해할 수 없다. 그게 돈이 없어서 대학을 중퇴하고 공장 노동자가 된 아버지가 할 말인가. 세상이 시키는 대로만 살아서는 절대 가난에서 벗어날 수 없다. 핵심과 원리를 파악해 지름길로 가야만 비로소 세상을 이길 수 있다. 그렇지 않고 모두가 세상에 정직했더라면 지금 부자라는 사람들은 노동으로 몸이 으스러졌거나 공부하다가 미쳐버렸어야 옳다.

집은 여전히 적막하다. 아버지와 동생은 조금의 소리도 내지 않고 방에 틀어박혀 있다. 연은 동생과 방을 같이 쓰고 있으나 방에는 잘 들어가지 않는다. 고개를 푹 숙이고 공부하는 동생이 무슨 소리가 날 때마다 움찔거렸기 때문이다. 게다가 섣불리 방으로 들어갔다가는 침묵에 짓눌려 금방 다시 뛰쳐나와야만 했다. 사실상 길쭉한 부엌이나 다름없는 거실에 누워 있는 것이 저녁 식사 후 연의 일상이었는데, 그러다 보니 자연스럽게 설거지는 그녀 몫이 되었다. 연은 꺼진 TV를 옆으로 치워놓고 싱크대 반대편 벽에 몸을 기댄다. 아르바이트하러 가야 할 시간이 다가오고 있다. 연은 조금이라도 자기 위해 불을 끄고 이어폰을 귓구멍에 쑤셔 넣는다. 알람 소리가 새어 나가지 않게 하기 위해서다.

용만이 잠에서 깨어났을 때, 연은 집에 없다. 돈을 벌기 위해 연은 밤을 틈타 편의점에서 아르바이트한다. 자꾸 안 좋은 생각이 들어서 그는 냉장고를 연다. 민이 눈치채지 못하게 깊숙이 넣어둔 소주가 있다. 그는 새우깡 한 봉지를 뜯어놓고 술을 마신다. 그는 연에게 전화를 걸었으나 그녀는 한사코 받지 않는다. 지금 고객님께서 전화를 받을 수 없어… 용만은 소주를 들이켠다. 스핑크스의 수수께끼 같다. 답은 사람인 걸 아는데도 문제를 풀 수가 없다.

연이 전화를 받지 않기 시작한 것은 용만이 그녀의 허무맹랑한 요구를 거절한 이후부터였다. 연은 알파카를 사야 한다고 말했다.

— 알파카? 알파카가 뭔데 갑자기 사?

연은 장황한 설명을 시작했는데, 요지는 세상 만물이 알파카 이론이라고 하는 것을 따르기 때문에 알파카를 사면 가난에서 벗어날 수 있다는, 무슨 사이비 종교 교리 비슷한 내용이었다. 베이즈 통계니, 빅데이터니, 회귀 분석이

210

니 꽤 있어 보이는 단어를 동원해 설명하기에 요즘 대학에서 배우는 대단한 것이라도 되려나 싶어 경청했던 용만은 딸이 헛것에 빠져도 단단히 빠졌다고 생각했다. 무엇보다도 창시자라는 코마 박사는 용만이 살면서 한 번도 들어본 적 없는 사람이었다. 그런 사람의 말을 어떻게 믿는단 말인가.

한 마리 가축을 집에 들여놓으면 가난에서 벗어날 수 있다니. 연은 생전 처음 보이는 진지함으로 이를 설득하려 들었다. 용만은 어이가 없었지만, 처음부터 단칼에 거절하려고 했던 것은 아니었다. 사보면 금방 깨달을 것이 아닌가. 인생을 한 번에 바꿔줄 대단한 비밀 손 패 따위는 없다는 사실을 말이다. 물론 드물게 인생 역전의 기회가 찾아오기도 하지만 인생을 걸고 벌이는 도박에 끼기 위해서는 좋은 패보다도 판돈이 필요하다. 만약 누군가 판돈이 모자란 이를 판에 끼워줬다면 그건 이미 그 판이 파장이며 쉽게 털어먹을 호구를 물색하고 있다는 뜻이다.

— 1,000만 원.

용만은 귀를 의심하고 다시 물었으나 똑같은 대답이 돌아왔다. 분명히 파장이었다. 하지만 연은 확고했다.

어르고 달래도 전혀 듣지 않는 딸에게 용만은 결국 소리를 지르고 말았다. 자신은 그런 것을 사는 데에는 단 한 푼도 보태줄 수 없고, 만에 하나 혼자서 어떻게든 돈을 모은다고 해도 집에는 키울 공간이 없으므로 절대로 허락하지 않을 거라고. 딸이 전화를 받지 않아서 혼자 소주를 마시는 이 순간에도 그는 그것을 후회하지는 않았다. 그는 딸이 쉽게 자라서 그런 헛것에 빠졌다고 믿었다. 그녀가 혼자 돈을 벌겠다고 아르바이트를 구해 새벽마다 집을 빠져나가는 꼴을 보면서 그는 그녀가 인생의 쓴맛을 보고 포기하리라 생각했다. 너무 쉽게 생각했다는 걸 깨닫기까지는 오랜 시간이 걸리지 않았다.

그녀는 정말로 1,000만 원을 모을 기세로 일했다. 한 달에 200도 벌지 못하고 생활비로 3할씩은 꼬박꼬박 쓰면서도 그녀는 돈을 모았다. 용만은 도저히 그녀를 이해할 수 없었다. 그리고 공포가 시작되었다. 연은 정말로 미친것이 아닐까. 자신이 딸을 잘 이해하고 있다고 느낀 순간이 많지 않았던 것은 사실이나 이렇게까지 이해하지 못했던 순간도 처음이었다. 요즘 애들은 많이 다르니까 이해해 주어야 한다고들 하는데, 이런 것까지도 이해의 범위에 들어가야 하나. 오히려 따끔하게 혼내고 계도하는 것이 어른의, 아니 아버지의 책임이 아닌가. 그러나 한 소리 들은 연은 용만의 품에서 아주 나가버리겠다는 듯 행동했다. 돈을 스스로 버는 성인 자녀의 고삐를 쥘 방법은 사실상 없었다.

알파카는 트럭에 실려 왔다. 구름 한 덩이가 트럭에 내려앉은 것 같은 모습이다. 옴 지브로 아르파카. 연은 기대와 긴장이 뒤섞여 마구 쿵쾅대는 마음을 억누르며 다세대 주택의 현관 앞에서 숨죽이고 알파카를 맞이한다. 노을이 지고 있어 파란 트럭이 유독 강조되는 풍경이다. 연을 발견한 중년 남자가 트럭에서 뛰어내린다.

— 유연 씨 맞으시죠?

남자는 신분증으로 그녀의 신분을 확인하고 수취확인서를 내민다. 연은 꾹꾹 눌러 사인한다. 사인을 끝마치기 무섭게 남자는 트럭을 통통 두드린다. 그 소리에 알파카가 반응해 고개를 든다. 알파카는 소리가 난 쪽이 아니라 연이 있는 쪽으로 시선을 준다. 그 모습은 태아 자세와 닮았다. 팔다리를 오므려 가슴으로 모으고 호흡에 집중하는 자세. 알파카의 눈은 명상에서 방금 빠져나온 듯 몽롱하다. 하지만 그런 인상은 곧 사라진다. 알파카가 일어선 것이다. 그는 구겨져 있던 몸을 튕겨 올려 태양 만세 자세를 취한다. 몸통과 바닥 사이 빈 곳으로 접혀 있던 다리가 절도 있게 쭉 펴진다. 노을을 역광으로 받는 알파카는 트럭보다도 높이서 연을 내려다본다.

아침에는 네 발, 점심에는 두 발, 저녁에는 세 발인 것은?

연은 답을 알고 있다. 하지만 이야기의 결말은 도무지 기억나지 않았다. 오이디푸스가 무사히 길을 통과해서 나중에 비극을 완성한다는 건 알겠는데 그럼 스핑크스는 어떻게 되는 거지? 얼굴이 사람인 그도 마지막에는 세 발이 될까? 연이 그런 몽상에 빠져 있는 동안 알파카가 트럭에서 내려왔다. 그리고 앞발을 길게 뻗는다. 그 발은 이윽고 손의 형상으로 바뀐다. 수수께끼를 맞히면 보상은 또 뭐였더라?

— 사람이요.

— 아니, 용달비요. 7만 원입니다.

알파카를 집 안으로 들이다가 연은 문득 알파카의 발을 씻겨야 할지 말아야 할지 고민에 빠진다. 그녀는 이 순간이 되기 전까지 이 문제에 관해서 한 번도 고민해 본 적이 없다는 사실을 깨닫는다. 알파카의 발을 씻기면 건강에 좋지 않은 것은 아닐까? 발굽이 있는 동물인데 발을 잘못 씻겼다가는 문제가 생기는 건 아닐까? 하지만 반대로 발을 씻기지 않으면 집 안으로 밖에서 묻는 흙먼지가 몽땅 들어올 텐데 그럼 환기가 잘되지 않는 반지하에서는 호흡기에 좋지 않은 영향을 미치게 되는 것이 아닐까? 연은 알파카 포럼을 뒤지지만, 알파카를 반지하에서 키우는 사람은 없는지 이에 관한 조언은 전혀 보이지 않는다.

결국 연은 발을 씻기지 않는 것으로 결정한다. 어차피 반지하 집에서 공기의 질을 챙기기는 사실상 불가능하다는 생각이 들었기 때문이다. 실내로 들어온 알파카는 적당한 구석 자리에서 다시 태아 자세를 취한다. 그리고 알파카 특유의 낑낑거리는 소리를 내기 시작한다. 어쩌면 그것이 그의 만트라인지도 모른다. 알파카는 처음 보는 공간에 있게 되면 겁을 먹고 움츠러든다는 걸 연은 포럼에서 읽어 알고 있다. 알파카가 겁을 먹는 건 절대로 좋은 일은 아니다. 옴 지브로 아르파카.

알파카가 집에 오고부터 집은 이전처럼 조용할 수 없다. 알파카는 침묵의 눈치 따위는 보지 않고 기분에 따라 마구 소리를 낸다. 침묵은 다가오지 못한다.

알파카가 처음 왔을 때, 연은 평소처럼 소리를 죽이려고 했다. 그러나 혼자서도 쉽지 않은 일을 알파카를 데리고 하기란 더 어려웠다. 자신을 지극정성으로 돌보는 주인이 쓰러지는 것을 본 알파카는 비명을 질렀다. 연이 몸을 일으킬 때까지 알파카는 목청껏 울었다. 알파카는 침묵의 눈치를 보지 않았다. 침묵은 사라졌고, 그 후로는 잘 나타나지 않게 되었다.

하지만 연은 침묵이 아주 사라져 버린 건 아님을 안다. 언젠가 침묵이 알파카마저 눌러버릴 방법을 알아낸다면 그때는 끝장이다.

연은 알파카를 지킬 방법을 고민한다. 알파카 이론이 참이라는 걸 하루빨리 증명하는 게 유일한 방법이다. 연은 포럼에 알파카를 인증했다. 그녀의 예상대로 대중에게 공개되지 않은 수많은 알파카 변수가 있다. 가장 빠르게 효과를 볼 법한 것은 다음 세 가지였다.

1. 알파카의 청결함 수준은 성적 전반과 비례한다.

2. 알파카의 위 확장 수준은 식량 생산량과 비례한다.

3. 알파카가 자유로울수록 행복지수가 높아진다.

연은 이 세 가지 사실을 민과 아버지에게 알린다. A4용지에 써서 집 안 곳곳에 붙여놓는다. 그리고 매일 알파카를 꼼꼼히 씻긴다. 민의 기말고사가 코앞으로 다가왔기 때문이다. 민은 코웃음을 친다.

— 누나, 공부해야 성적이 오르지, 그런다고 오르겠어?

연은 걱정하며 잠든다. 혹시 민과 아버지가 인정하지 않으면 어떡하나. 알파카 변수의 효과를 보기도 전에 알파카를 잃을 수는 없다. 그때 쿵쾅거리는 소리가 들린다. 연은 깜짝 놀라 방문을 연다. 욕실 불이 켜져 있다. 연은 조심스럽게 다가가 문을 연다. 민이 알파카를 씻기고 있다. 그는 멋쩍게 웃는다.

— 손해날 건 없으니까.

알파카는 자신을 만지는 손의 느낌이 달라진 것에 당황한 듯하다가도 곧 적응하고 기분 좋은 소리를 낸다. 옴 지브로 아르파카. 세상이 조금은 변한 걸까.

3등.

민은 자랑스럽게 석차 통지표를 들어 올린다. 시험 날 아침에도 알파카 때문에 잠을 설쳤다고 주장하던 때와는 사뭇 다른, 자신만만한 표정이다. 용만은 아들을 얼싸안고 운다. 드디어 해냈구나, 서울에 있는 대학에 가서 번듯한 인생을 살 수 있겠구나. 용만은 대학을 졸업하고 떵떵거리며 사는, 만날 수 없는 동기들을 떠올린다. 아무리 요즘엔 대학을 나와도 취직이 힘드니 어쩌니 해도 명문대를 나오면 다를 것이다.

— 그래, 노력하면 안 되는 게 어디 있냐. 고생했다.

그 말을 듣는 민의 표정이 어쩐지 조금 어색하고 기꺼워 보였으나 용만은 처음 받아보는 등수 때문에 얼떨떨한가 보다 했다.

다음 날 용만은 조금 일찍 퇴근해 시장에 들른다. 아들이 세운 전공을 충분히 치하해 줘야만 다음에 더 높은 성과를 거둘 것이다. 불시 점검을 나온 매니저가 한 생산 라인에 높은 점수를 주고 가면 그 라인의 회식 메뉴는 슬그머니 소고기로 바뀌곤 했다. 소고기를 맛본 라인이 다시 소고기를 먹기 마련이다. 라인장은 항상 그 점을 강조했다. 용만은 아들이 그런 라인에 올라타기를 바랐다.

용만은 소고기 항정살과 싸구려 케이크를 양손에 들고 콧노래를 부르며 집으로 돌아온다. 그러나 그가 문을 열고 목격한 것은 뜻밖의 것이었다. 아들과 딸이 함께 알파카를 씻기고 있었다. 용만에게 그 모습은 우상을 씻기는 광신도 무리와 겹쳐 보인다. 할렐루야, 저것들을 구원하소서. 용만은 너무 놀라 소고기를 떨어뜨린다. 픽, 하는 큰 소리가 난다. 알파카 씻기기에 열중하고 있던 둘은 그제야 용만이 돌아온 것을 알아차리고 다녀오셨냐며 쾌활하게 인사한다. 그때 알파카가 비명을 지르며 날뛰기 시작한다.

합격률이 이게 뭐야? 시키는 대로만 하면 되는데 그게 어려워?

용만의 귀에는 꼭 그렇게 들린다. 아들과 딸은 알파카를 닥치게 하지도 멈추게 하지도 않고 멀뚱히 서 있다. 바로 옆에 있으면서도 알파카의 비명이 시끄럽지도 않은 모양이다. 둘은 조금 속닥거리는가 싶더니 목청을 높인다.

— 고기 버리고 오세요. 아버지.

그 목소리는 마치 아이에게 심부름을 시키는 엄마의 것과 비슷하다. 용만은 기가 차다. 하지만 길길이 날뛰는 알파카와 그 옆을 지키고 있는 아들과 딸은 어쩐지 함부로 하기 어려운 존재로 느껴진다. 그 둘은 갑자기 공장을 방문한 품질 관리 매니저로 보이기까지 한다.

이런 적대적인 반응은 전혀 예상하지 못했다. 바보 같은 말이 자기도 모르게 흘러나왔다.

— 고기를 사 왔는데.

둘은 우리가 그걸 모르겠냐는 듯 용만을 쳐다보았다. 딸에게 알파카를 사주지 않겠다고 선언했을 때와 정확하게 같은 표정이었다. 이제는 아들마저 그런 표정을 짓는다. 용만은 공포에 질린다. 당장에라도 집 밖으로 뛰쳐나가고 싶은 심정이었지만 그랬다가는 패배를 인정하는 꼴이다. 알파카가 인간만큼 똑똑할 리는 없으니 우선 고기와 케이크를 냉장고에 넣어두고 방으로 들어간다. 그들은 아무런 비난도 하지 않는다.

용만은 충격을 받은 나머지 그날 밤 방에서 나가지 못한다. 집 안의 조용한 분위기는 감쪽같이 사라져 버렸다. 공부해야 성적이 더 오를 텐데 민이 공부할 수 있는 환경이 전혀 조성되지 않고 있다. 문제는 이런 변화가 전적으로 민의 마음에 따른 결과라는 사실이다. 용만이라고 연이 며칠 전부터 입에 침이 마르도록 주장한, 소위 '깨끗한 알파카' 론을 모르는 건 아니었다. 그러나 예상치와 결과가 일치한다고 해서 그 이론이 꼭 참이라고 할 수는 없다. 특히 왜 그렇게 되는지를 모른다면 더더욱. 원리도 모르는 일을 믿는 것은 웃기는 일일 뿐 아니라 위험한 일이기도 하다. 아인슈타인도 신은 주사위 놀이를 하지 않는다고 말하지 않았던가. 그러나 그런 사실을 어떻게 아이들에게 전한단 말인가. 용만은 저녁도 먹지 않고 소주 한 병으로 잠들었다.

다음 날 냉장고를 열어보니 고기는 감쪽같이 사라지고 없었다.

뷔페 초대권 세 장이 길바닥에 굴러다니는 걸 발견했을 때 연은 그것이 우연이 아니라고 생각했다. 연은 알파카를 잘 먹였다. 알파카의 주식은 건초나 상추 같은 것이다. 연은 그것들을 물에 풀어서 여물을 만들어 알파카의 먹이로 줬다. 알파카는 그걸 다 먹고 시원하게 트림을 한다. 트림은 배부르게 먹었다는 좋은 신호이자 위 속의 공기가 음식물로 인해 밀려 올라왔다는 것을 뜻한다. 즉, 위 확장이고, 뷔페 초대권은 필연이다.

초대권은 사용처는 모 호텔이다. 연은 그 호텔을 잘 안다. 호텔은 성이다. 조금 낡았지만, 한때 순백이었을 것이 분명한 벽돌과 높이 솟은 원뿔형 지붕과 고귀한 가문 특유의 복잡하고 거대한 문장이 그려진 휘장이 인상적인 건물이다. 연은 그 성안에 귀족이 살고 있을 거라는 공상을 하곤 했다.

사실 현대 사회에도 귀족은 있다. 그들에게는 성처럼 으리으리한 집을 짓고 사는 것이 명예와 직결되는 일이다. 단지 도시에 개인 성을 가지는 건 어려울 뿐만 아니라 귀

찾기도 한 일이어서 다들 비밀스럽게 성을 숨길 뿐이다. 하지만 모 호텔의 젊은 주인들은 꾀를 냈다. 현대 도시에 개인 성을 가지는 건 안 될 말이지만 호텔로 위장하면 충분히 가능하다고. 사실 이는 득보다 실이 많은 장난스러운 아이디어였지만 서울 도심 한복판에 성을 가진 유일한 귀족이 된다는 차별성이 마음을 끌었다. 그들은 서울 도심 한복판에 성을 짓고 호텔로 위장했다. 공간 대부분은 대중에게 공개되어 있지만 아무도 가본 적 없는 비밀 통로를 통과하면 귀족 부부의 생활 공간이 나오는 구조다.

연은 민과 아버지를 데리고 뷔페로 향한다. 모두 들떴고 갖춰 입었다. 아버지는 10년 넘게 입지 않아서 어깨가 변색된 양복을 걸쳤다. 연은 아버지에게 네이비색 양복이 있을 거라고는 예상하지 못했으므로 다소 놀란다.

모 호텔은 묘하게 분주하다. 안으로 들어와 본 것은 처음인데 내부는 외관과는 달리 간접 조명을 적극적으로 활용한 모던 디자인이다. 연은 그에 감탄하면서도 또 실망한다. 귀족적인 분위기는 전혀 나지 않는다. 연이 초대권을 제시하자 매니저로 보이는 중년 직원이 그들을 홀로 안내한다. 매니저 역시 집사처럼 보이지 않는다. 홀은 전반적으로 펄럭거린다는 인상이다. 커다란 창문마다 달린 얇고 하얀 커튼이 살랑살랑 휘날린다. 뷔페에는 사람이 많다. 스무 종류도 되지 않는 음식을 챙기기 위해 그들은 바쁘게 움직인다. 연은 상상도 못 한 이미지에 입이 떡 벌어진다. 그녀가 꿈꿔온 개인 성은 이런 게 아니다.

— 오늘은 특별 이벤트니까요.

매니저는 사람 좋은 미소를 지으며 연이 묻기도 전에 답한다. 그들은 곧 자리로 안내되었다. 커튼이 쉴 새 없이 펄럭여 이마를 때리는 자리다.

— 이게 사람을 물로 보나.

항의하려는 아버지의 팔을 잡은 건 연이다. 그녀는 커튼을 붙잡고 손가락으로 가리킨다. 거기에는 '문의, 항의는 받지 않습니다. - 모 호텔 오너, 비오라크 리치'라고 쓰여 있다. 아버지는 씩씩거리며 다리에 힘을 푼다. 그리고 연극적으로 선언한다.

— 주인장이 그렇다고 하니 어쩔 수 없구나. 조용히 먹고 나가자.

뷔페는 그다지 유쾌한 경험이 아니었다. 사실 이를 유쾌하지 않았다고 쓰는 건 굉장히 순화한 표현이다. 그것은 폐업 창고 정리에서 물건을 하나라도 더 건지려고 노력하는 일과 다를 바 없었다. 연은 그 광경에 환멸을 느끼고 음식을 가지러 가지 않는다. 이곳은 공간만 옮겨 왔을 뿐 시장과 다를 바가 없다. 우아하거나 귀족적인 무언가, 어떤 특권 같은 것은 전혀 없다. 분명히 초대권을 가지고 들어온 건데, 초대받은 사람들을 이렇게 함부로 대해도 되는가.

한편 아버지와 동생은 음식 나르기에 여념이 없다. 그들은 때때로 연에게 고기나 과일 같은 것을 나누어 준다. 하지만 몇 번을 권유해도 연이 따라오지 않자 그들은 차차 음식을 나누어 주지 않는다. 연은 이에 서운함을 느껴야 할지 죄책감을 느껴야 할지 알기 어렵다. 그런 시간이 조금 흐르고 연은 차라리 이럴 시간에 집에 내버려 둔 알파카를 돌보는 편이 낫겠다는 생각이 든다. 그녀는 아버지와 동생을 두고 자리를 뜬다. 그러고 보면 연은 이 뷔페 역시 알파카의 덕이라는 사실을 몇 번이고 강조했었다. 그런데도 알파카가 이 축복에서 쏙 빠져 있다는 사실이 뒤늦게 마음에 걸린다.

축복이 아니거나, 알파카가 아니거나 둘 중 하나다. 그럴 수밖에 없다. 하지만 알파카가 아니라면 도대체 뭐란 말인가. 옴 지브로 아르파카. 속이 울렁거린다.

연이 테이블에 없다는 걸 알아차렸을 때, 용만은 딸이 드디어 타협했다고 생각했다. 아마 화장실 같은 곳에서 눈물이라도 훔치고 있으리라. 그 아픔으로 딸은 한 걸음 어른이 되겠지. 세상은 고고하게만 살 수는 없는 법이다. 좋은 것이 있다면 사람이 많이 몰리거나 폭력이 동원되는 법이다. 연의 주장을 십분 받아들여 알파카가 정말로 행운이나 축복 따위를 가져다준다고 해도 그걸 독점하기 위해서는 힘이 필요한 법이고 그 힘은 연이 가지기에는 터무니없이 클 것이다. 용만은 연이 그것을 배웠다고 믿었다.

하지만 연이 한참이 지나도 자리로 돌아오지 않자 초조함이 엄습한다. 연은 전화를 받지 않는다. 집에 있을지도 모르지만 그렇지 않을지도 모른다. 아까부터 퉁명스러운 기색을 보였기에 집으로 가버린 것일 수도 있으나 그렇다기에는 말도 없이 사라졌다는 점이 이해되지 않는다.

연이 밖으로 나갔다면 종업원 중 한 명 정도는 그걸 봤을 만도 한데 연의 행방을 아는 이는 아무도 없다.

— 누나는 집에 갔겠지. 뭘 그렇게 걱정해요?

황망해하는 용만에게 민은 퉁명스럽게 말한다. 맞는 말이다. 그러나 이상한 멀미 같은 것이 용만을 괴롭혔다. 뭔가 달라진 것만 같다는 기묘한 느낌. 세상이, 이 장소가 지금껏 자신이 있어온 공간과는 다른 이질감을 풍기고 있다. 그때 그들을 홀로 안내한 매니저가 다가온다. 그가 내민 계산서에는 감당할 수 없는 금액이 적혀 있다. 문의, 항의 는 받지 않았다.

생각에 잠겨 걷던 연은 자기가 길을 잃었다는 사실을 깨 닫는다. 분명히 출구를 향해 걷고 있었는데 아직도 실내 다. 인테리어가 크게 변했다. 호텔 입구에서부터 뷔페까 지는 노란색 계열의 간접 조명을 적극적으로 활용한 모던 디자인이었는데 지금 그녀가 있는 곳은 전체적으로 넓은 공간감 속에서 장식적인 요소가 물씬 들어간 공간이다. 고 풍스럽고 중후한 가구들이 있었고, 공간을 밝히는 샹들리 에는 높이가 가늠되지 않는 천장에 매달려 있었다. 연은 어쩌면 모 호텔에는 정말로 귀족의 비밀공간이 있고 자기 가 그 공간을 발견해 버린 것이 아닌가, 하는 생각이 든다. 옴 지브로 아르파카. 만트라를 외워도 마음은 쉽게 진정되 지 않는다.

연은 가벼운 흥분 상태에 휩싸여 공간을 탐험한다. 많 은 방이 있다. 수십 명이 앉을 수 있는 길쭉한 식당이 있는 방. 화려한 왕관을 쓰고 위풍당당한 포즈를 취하고 있는 중년 여성의 초상화가 벽난로 위에 걸린 방. 하늘이 보이는 정원. 그런데 그 하늘은 자세히 보니 진짜 하늘이 아니라 절묘하게 원근법이 구현된 파노라마다. 문을 열면 방이 있고, 방에서 다른 문을 열면 또 다른 방이 나온다. 하얗고 풍성한 실크 캐노피가 있는 침실에서 연은 우뚝 멈춰 선다.

뭔가 이상하다. 그녀는 이 공간에서 단 한 명의 사람도 만나지 못했다. 공간은 모델하우스처럼 철저하게 정돈되어 있어서 먼지 한 톨, 흐트러진 가구 하나 없다. 그리고 파노라마 때문에 의식하지 못했는데 이 공간에는 창이 없다. 소름이 확 끼쳐 와 휴대전화를 꺼낸다. 통화권 이탈이다. 이곳은 서울 한복판인데.

연은 출구를 찾아 헤맨다. 그러나 어느 문을 열든 거기에는 다른 방이 있을 뿐이다. 복도로 나갈 수가 없다. 애초에 이곳에서 복도를 본 적도 없다. 연은 침실에서 식당으로, 식당에서 주방으로, 주방에서 응접실로 문을 열고 또 연다. 복도는 나오지 않는다. 만트라마저 효력이 다하기라도 한 듯 더는 마음을 진정시키지 못한다. 아무도 없다. 연이 내는 소음만이 사소하게 울려 퍼진다. 연은 침묵의 존재를 느끼고 일부러 더 요란하게 움직인다.

거대한 화장대와 옷장이 놓인 드레스룸에서 연은 걸음

을 멈춘다. 이 방에는 문이 하나뿐이다. 출구가 있다면 여기에 있어야만 한다. 방은 풍성하다. 중앙에 놓인 캐노피 침대는 다양한 색의 레이스로 장식되어 있고, 양각으로 여러 패턴 문양을 새겨놓은 원목 옷장과 천장에 닿을 정도로 높은 화장대가 있다. 바닥에는 페르시아 양탄자가 깔려 있어서 고급스러운 느낌을 준다. 로즈메리 향이 은은하게 퍼지고 비록 가까이 가보니 파노라마였지만, 화창한 낮의 햇살이 들어오는 넓은 창도 둘이나 있다. 하지만 이 방에도 사람의 흔적이 없기는 마찬가지다. 가구들은 하나같이 표면이 매끈하다. 천이 많은 방인데도 공기는 새벽처럼 날카롭다.

연은 우선 옷장을 연다. 빠져나가는 문 같은 건 발견되지 않는다. 없는 것은 문뿐만이 아니다. 옷이 단 한 벌도 없다. 옷장 안에는 금으로 된 스핑크스만이 있다. 사람 얼굴을 하고 있지만, 몸은 짐승이고 새의 날개가 달렸다. 스핑크스가 천천히 입을 연다. 비명을 지른다.

답은 무엇인가?

모르는 문제다. 연은 답하지 못하고 망설인다. 스핑크스의 입이 점점 크게 벌어지며 그녀를 향해 다가온다. 연은 놀라서 문을 닫는다. 문이 닫혀도 비명은 계속된다.

연은 떨리는 손으로 화장대를 연다. 옷장이 짓눌리는 듯한 소리를 낸다. 화장대 안에는 겁에 질린 자신이 있다. 연은 홀린 듯 손을 뻗는다. 손끝이 칼에 베인 듯 차갑다. 두 손은 닿지만 맞잡지는 못한다.

답은 무엇인가?

연은 자기 눈동자에 비친 등 뒤의 방을 본다. 거기엔 알파카가 있다.

알파카는 두 발로 서 있다. 사람처럼.

그 낮은 별과 유물들

별을 보러 경주에 가기로 했다. 회원들은 맛집과 명승지 같은 걸 공유하며 단톡방을 뜨겁게 달궜다. 나는 '참여'에 투표했고 시간이 조금 지나자 새로운 방에 초대되었다. 몇 번 얼굴을 본 적이 있는 회장이 지도 링크를 공유했다. 서울에서 경주까지는 338킬로미터였다.

서울을 벗어나는 건 오랜만이었다. 서울 외곽에 있는 어린이집에서 일할 때는 나들이나 체험학습으로 종종 경기도나 강원도에 갔다. 5, 6세 아이들은 누구나 우주와 공룡을 사랑했고, 자연사 박물관과 천문대는 서울 바깥에 더 많았다. 그 시절 나는 아이들과 친해지기 위해 우주와 공룡에 관한 교양서를 탐독했다. 서로 바보라고 부르며 싸우는 아이들 사이에 끼어들어 파키케팔로사우루스와 이구아노돈, 티라노사우루스를 구별해주는 건 꽤 보람찬 일이었다. 이제는 더 이상 그런 책들을 읽지 않는다.

경주에는 B와 함께 갔다. B는 경주에 사는데, 마침 서울에 볼일이 있어서 자기 차를 끌고 올라온 참이라고 했다. 서울에 사는 회원은 많았지만 차가 없는 사람은 나뿐이었다. 그런 나이대의 모임이었다. B가 태워주면 되겠다는 카톡이 사다리처럼 줄지어 내려왔고 B도 거북해하지 않는 것 같았다. 사다리를 잡지 않을 이유가 없었다.

— 그런데 혹시 사진 님 체격이 많이 크십니까?

B는 난데없이 그런 질문을 던졌고, 사다리는 블랙홀에 빨려 들어가 사라져 버렸다. 진공 상태 같은 침묵 속에서 나는 무언가 적절한 말을 해야만 했다. 그는 나를 공격한 것인가, 아니면 조금 둔감한 사람인가. 어쩌면 나름의 배려였을 수도 있다.

— 제 차가 조금 작습니다.

고민하는 사이 B가 다시 카톡을 보냈다. 나는 괜찮아요, 저도 작아요, 하고 썼다가 지웠다. 도움받는 입장인데 그저 감사하죠, 하고도 보내지 못했다. 답장은 결국 한마디가 되었다. 혹시 무례하게 들리지 않았을까, 하는 걱정이 B와 만나는 날까지 티라노사우루스처럼 쿵쾅거리며 돌아다녔다.

　새벽에 만난 B는 머리가 부스스했다.

　— 급하게 나오느라 정리를 못 해서 죄송합니다.

　B는 그렇게 말하며 나를 태웠으나 사실 별로 미안해 보이지 않았고 나 역시 미안해할 일은 아니라고 생각했다. B의 차는 안에 잡동사니가 많아서 외관보다 훨씬 좁아 보였다. 대시보드에는 기묘한 형태로 쌓이고 비틀린 철사가 여기저기 붙어 있었고, 뒷좌석에는 정체를 알 수 없는 통나무가 누워 있었다. 남은 공간을 전부 채우겠다는 듯 빈 유리병들이 바닥에 굴러다녔다. 약한 지린내가 나는 것으로 보아 주로 맥주병인 것 같았다.

　B는 무덤덤한 얼굴로 병에 든 스타벅스 커피를 내밀었다.

　— 다 마시면 그냥 바닥에 버리십시오.

　뚜껑은 다행히 또각, 소리를 내며 돌아갔다. 쌉쌀하고 미지근한 라테였다. 나는 스타벅스 라테가 원래 어떤 맛인지 떠올려 보았다. 잘 기억나지 않았다.

　B는 경주에서 도슨트 일을 하며 개인전을 준비하고 있다고 말했다. 그걸로 차 안의 혼돈이 다 설명된다는 투였다. 나는 고개를 끄덕였다. 정체불명의 소품을 모으고, 술을 애

호하고, 정리 따위는 하지 않는 것. 하나같이 어린이집에서는 허용되지 않는 일이다. 아이들은 사소한 것에도 쉽게 다치거나 죽을 수 있다. 나는 안전띠를 빠르게 두 번 잡아당겨 보았다. 띠는 턱턱 걸리면서도 완전히 멈추지는 않았다. 창밖에서는 동이 트고 있었다. 티라노사우루스가 괴성을 지르며 태양을 향해 달리는 게 보였다. 육중한 몸을 지탱하기 위해 티라노는 엄청나게 두꺼운 다리를 가졌다.

사진 님은 무슨 일을 하시나요? B가 물었다. 나는 어린이집에 다닌다고 말했다. 저는 애들은 영 어렵습니다. B는 그렇게 말하며 CD 플레이어를 조작했다. 알아듣지 못하는 언어가 차를 가득 채웠다. 무슨 악기를 쓴 건지 감이 잡히지 않는 전자음으로 가득 찬 노래였다. 소리는 모든 방향에서 풍성하게 들려왔다. 심지어 발치에서도 베이스의 진동이 느껴졌다. 철사들이 비트에 맞춰 위아래로, 양옆으로 흔들렸고 바닥의 병들이 윙윙거리며 소리의 잔향을 머금었다. 나는 어쩌면 B가 엄청난 음악 애호가인지도 모르겠다는 생각을 했고, 그런 생각이 들자 음악에 관해 뭐라도 한마디 해야 할 것만 같은 기분에 사로잡혔다.

— 요즘에는 어린애들도 유튜브로 외국 노래를 많이 듣더라고요.

B는 대답하지 않았다. 차가 크게 흔들리면서 엉덩이가 들썩였다. 고속도로 옆으로 늘어선 언덕 위에서 티라노사우루스가 팔 벌려 뛰기를 하고 있었다. 차가 몇 초씩 공중 부양했다. 나는 화제 전환을 시도했다.

— 일하신다는 박물관은 어디예요?

B는 노랫소리를 키웠다. 프테라노돈이 날아와 윙크를 날리고 사라졌다.

3시간을 달리니까 경주IC휴게소가 나왔다. 경주하면 불국사와 석굴암이 먼저 떠오르는 천년의 고도이자 문화의 도시라는 이미지가 있는데 그 초입은 허무할 정도로 평범했다. 누가 봐도 현대에 지어진 건물들이 누각이나 사찰이 그려진 거대한 현수막을 걸고 어설프게 문화유산 흉내를 내고 있었다. 어느 나라 언어인지 모를 노래를 들으며 웃기는 건물들을 보고 있자니 기분이 헛헛했다.

어쩌면 너무 오래 아이들의 세계에서 살아왔는지도 모르겠다. 아이들과 소통할 때는 한 입으로 두말하지 않는 것이 중요하다. 원 메시지라고 불리는 기법인데, 이렇게 해야만 아이들이 혼란을 겪지 않고 규칙을 받아들일 수 있다. 천년의 고도에는 문화유산이 살아 숨 쉬어야 하고,

공룡 화석은 모형이 아니라 진짜 화석이어야만 한다. 세상이 단순하다는 착각이 아이들을 키우는 셈이다. 원 메시지의 관점에서 경주는 실격이다.

집합 장소인 리조트까지는 경주에 도착하고도 20분을 더 가야 했다. B는 평온한 표정이었지만 달리 말을 걸어오지는 않았다. 이따금 무언가 중얼거리는 듯했으나 차 내부를 액체처럼 가득 채운 노랫소리 때문에 알아들을 수 없었다. 나도 할 게 없어서 멍하니 창밖만 보았다. 레고 블록으로 만들기라도 한듯 가게들이 오와 열을 딱딱 맞춰 늘어져 있었다. 가게 하나는 뚝배기를 줄줄이 늘어놓고는 〈장군 오리집〉이라는 간판을 달고 있었다. 뚝배기 몇 개는 깨져 있었고, 검붉은 덩어리가 멍처럼 옆구리에 눌어붙어 있었다.

— 선생님이 잡아서 그렇게 된 거라고 하던데요.

휴대폰 너머로 앙칼진 목소리가 들려왔다. 아니라는 말은 팔뚝에 난 푸른 멍 앞에서 아무 힘도 발휘하지 못했다. 그녀는 원내 CCTV와 블랙박스 영상을 요구했다. 보여주는 건 어렵지 않았다. 잘못한 것이 없었으므로 나는 떳떳했다. 하지만 영상에 증거가 없는 건 무죄를 뜻하지 않았다. 오히려 그녀가 더욱 열성적으로 증거를 찾아야 할 이유가 되었을 뿐이었다. 업무 일지에 영상 전송 및 공무원 시찰이라고 쓰는 게 익숙해졌을 무렵, 원장이 조용히 나를 불렀다.

정리하느라 들고 있던 티라노사우루스 고무 인형이 바닥에 떨어져 삐익- 하는 소리를 냈다. 내가 그걸 다시 줍는 일은 없었다.

집합 장소에는 몇 번 마주친 적 있는 얼굴들이 종이컵을 들고 서 있었다. B는 차를 세우고 음악을 껐다. 차가 서고서야 나는 B가 꽤 운전을 잘한다는 사실을 알았다. 내부 환경이 환경이었으니만큼 의식하지 못했는데, 운전 자체에서 오는 불편함은 거의 없었다. 그 점에 관해 나는 감사했다. B는 눈을 껌뻑이더니 멀찍이 서 있는 남자들에게 자판기의 위치를 물으며 빠르게 멀어졌다. 그러면서 B는 내게 어설프게 손을 휘저어 보였다. 나는 그걸 '감사 인사는 됐어요'라고 해석하기로 했다.

점심은 한우 물회였다. 테이블마다 소주와 막걸리가 두 병씩 깔렸다. 저녁에 돌아가야 하는 사람들이 있어서 술은 마시지 않을 줄 알았는데 생각해 보니 아직 오전이었다.

B와 같은 테이블에 앉게 되었다. B는 뭔가를 잃어버린

사람처럼 두리번거리다가 내 건너편에 앉아 그 어설픈 손
동작을 다시 해 보였다. 나는 가볍게 눈인사를 했다. B는
만족한 눈치였다. 사각 뿔테 안경을 쓴 동호회장이 잔을
두드리며 자리에서 일어섰다. 오늘의 일정과 메뉴 선정의
경위, 이 식당의 유명세 따위가 진술서처럼 육하원칙에 따
라 안내되었다. 그는 떠는 기색이 없었다. 누구나 처음이
라는 게 있을 텐데도 그는 처음부터 능수능란했을 것 같
았다.

　회장의 연설이 끝나자 누리끼리한 게 불쑥 다가왔다. B
가 내민 막걸리 주둥이였다. 테이블을 둘러보니 다른 사발
들은 이미 채워져 있었다. 어쩔 수 없이 잔뜩 기울여 술을
받았다. 하필 막걸리를 돌리는 것이 B여서 뺄 수가 없었
다. 막걸리를 두어 잔 받아넘기면서 술을 누르기 위해 음
식을 허겁지겁 집어 먹었다. 물회가 질겨서 자주 목이 멨
다. 기침할 때마다 목구멍 안에서부터 알코올 냄새가 올라
왔다. 그게 싫어서 다시 물회를 먹고 기침을 하고… 시야
가 흐려져서 안경을 닦으니까 찐득한 비늘 같은 게 묻어
나왔다. 파충류의 비늘 같은 진한 녹색이 어디에서 묻었는
지 모르겠다.

　옆자리에 앉은 여자가 나를 걱정했다. 그녀 또한 몇 번

본 사람이다. 이름을 알고 있다고 생각했는데 막상 떠올리려고 하니 기억나지 않았다. 그녀는 내게 오후는 자유시간인데 무리해서 마시면 어떡하냐고 너스레를 떨었다. 나를 배려하는 것 같았다.

— 어디 갈 데 없으세요?

그녀는 업무 일지가 적힌 휴대폰을 내게 들이밀었다. 그녀에게는 계획이 있었다. 여기 계속 계실 건 아니잖아요. 내게는 계획이 없었다. 말해봐요, 사진 쌤.

— 화장실 좀 다녀올게요.

화장실에서 이구아노돈을 마주쳤다. 사족 보행을 하던 녀석은 나를 보더니 두 발로 일어나 변기에 침을 뱉었다. 녹색 침에서 거품이 일었다.

여자는 어디론가 사라졌고 다소 불그스름해진 B는 말수가 늘었다. 테이블은 B의 이야기를 듣는 쪽으로 분위기가 잡혀 있었다. 아마추어라 해도 천문 모임이었으니만큼 우주 이야기가 화두였다. B의 논지는 우주론이란 걸 믿지 못하겠다는 거였다. 우리가 우주에 관해서 안다고 믿는 것은 죽었는지 살았는지 모를 별에서 나오는 빛으로부터 알아낸 것이다. 말하자면 늙은이의 유서만 읽고 역사를 단정해

버리는 셈이다. 유물을 연구하는 역사는 과거와 현재의 대화라고 하는데 왜 우주론은 당당히 과학의 한 자리를 차지하면서도 그러지 않는가. 직접 보지 않은 건 아무것도 확신할 수 없다. 확신해서는 안 된다.

B의 이야기는 과격했고 금방 질렸다. 나는 멍하니 몸이 파헤쳐지는 상상을 했다. 내 몸에서도 공룡 뼈가 발견될까. 인간의 몸은 소우주라고도 하니까, 내 몸속 어딘가에는 공룡들이 살았을 것이다. 그 장소는 어쩐지 입 안일 것 같았다. 고고학자들은 내 이에 낀 한우 힘줄과 아랫니 뒤의 보철물을 공룡 화석과 구별할 수 있을까? 윗니가 쾅쾅 내리치고 침이 범람하는 환경에서 유물을 찾는 그들을 응원하기 위해 나는 침을 꿀꺽 삼켰다.

— 어쩌다가 모임에 들어오셨나요?

어느새 화제가 넘어간 모양이었다. 홍조를 띤 얼굴들이 B를 쳐다보고 있었다. B는 천문학자와 NASA에만 의존하고 싶지 않아서라고 답하며 자신을 경주에 있는 현대미술관에서 근무하는 도슨트라고 소개했다.

— 한물간 곳이죠. 요양원이라고 부르셔도 좋습니다.

B는 싱글벙글한 표정으로 그렇게 덧붙였다. 오래 알고 지내지 않아도 확실한 개성을 남기는 사람들이 있는데 B가

딱 그랬다. 평생 말을 못 해서 답답할 일은 겪지 않을 것 같았다.

내가 모임에 온 건 이름 때문이었다. 이름이 워낙 특이하다 보니 내게는 이런저런 모임의 초대 쪽지가 도착하곤 했는데 이 모임의 초대가 가장 성실했다. 쪽지에는 이 모임에 내가 꼭 필요하다고 쓰여 있었다. 과학이나 카메라 같은 건 아무것도 몰라도 된다고 했다. 그날 나는 발신자 정보가 표시되지 않는 전화를 세 번 받지 않았고, 브라키오사우루스 한 마리가 창밖에서 그 모습을 지켜보고 있었다. 모임 쪽지가 왔을 때 나를 응시하던 브라키오사우루스는 기린보다도 긴 목을 휘두르며 돌아섰다. 그런 이유로 나는 모임에 가입하기로 했다.

내게 순서가 넘어왔을 때 나는 이름이나 브라키오사우루스 이야기는 하지 않았다. 단지 전에 하던 일을 그만두게 되어 시간이 남아서 왔다고만 답했다. 누군가 흥미로운 이야기라도 들은 듯 눈썹을 추켜세웠다.

— 전에는 뭘 하셨는데요?

증명할 수 없는 이야기, 본인 혼자서만 아는 사실이 아니라 객관적인 증거가 있어야 합니다. 하지만 도대체 하지 않은 일을 어떻게 증명한단 말입니까?

— 아무 짓도 안 했습니다.

나는 뜻밖에 이곳 테이블도 우주의 일부라는 걸 실감했다. 원래 우주는 진공상태여서 아무 소리도 들리지 않고, 별들은 서로 멀어진다. 술은 이래서 싫다. 원 메시지를 할 수가 없어서 자꾸 사고가 난다. 식탁 위에 놓인 메추리알들이 자근자근 부서지더니 새끼 벨로키랍토르가 꾸물꾸물 기어 나왔다. 녀석은 어리둥절한 표정으로 식탁 위를 뛰어다니다가 내 한우 물회에 뛰어들어 죽었다.

얼큰하게 취한 사람들은 리조트로 들어갔고 남은 사람들은 불국사에 가기로 했는지 어떻게 가야 편할까 토론하느라 왁자지껄했다. 나는 불국사에 가본 적이 없었다. 한번쯤 가보는 것도 괜찮겠다 싶었다.

— 저도 같이 가도 될까요?

나름 소리를 높여서 말했는데도 목소리가 작았는지 들리지 않은 것 같았다. 하는 수 없이 다가가려는데 무리에 이구아노돈이 합류했다. 녀석은 나를 보고 다시 역겨운 녹색 침을 뱉었다. 빠르게 단념하고 반대쪽으로 걸었다. 공룡과 함께 절에 갔다가는 윤회는커녕 사천왕 앞에 무릎 꿇려질 게 뻔했다.

나는 이구아노돈을 잘 알고 있다. 이구아노돈은 백악기에 가장 번성한 공룡으로 모든 대륙에서 살았다. 인간처럼 엄지손가락이 있는 그 공룡은 사족 보행과 이족 보행이 모두 가능해서 기린처럼 높은 곳에 있는 먹이를 독차지했다. 치사하지만 효과적인 생존 전략이었다. 하지만 녀석은 오해받은 공룡이기도 하다. 이족 보행이 가능하다는 이유로 최초의 연구자들은 위로 꺾이지 않는 꼬리뼈를 캥거루처럼 만들기 위해 강제로 부러뜨렸다. 오래된 화석은 조각나면서 수분감 없는 유기물 특유의 퍽퍽한 소리를 냈을 것이다. 말라비틀어진 박을 꺾는 것 같은, 똑 또독 하는 소리. 아, 공룡 생각을 그만해야 하는데. 죽은 지 오래된 유물들은 지긋지긋했다.

술을 마시지 않은 사람들은 차를 몰고 떠났다. 늙은 차들로부터 썩은 유기물 타는 냄새가 났다. 자판기 앞에서는 사람들이 죽여 말린 잎을 피우고 있었다. 재가 화석처럼 쌓였다. B가 부활한 사람처럼 음료를 뽑고 있었다. 슬쩍 다가가 뒤에 섰다. 아무 짓도 안 했다고 말한 걸 사과하고 싶었다.

— 혹시 사라진 것들이 보이지 않습니까?

B는 언제 눈치챈 것인지 뒤도 돌아보지 않고 말했다. 손

에는 음료 두 개가 들려 있었다. 내게 건넨 건 율무차였다. B와 율무차는 정말 하나도 안 어울렸다. 그래서 미술관에 와보지 않겠냐는 B의 뜬금없는 제안을 들었을 때 나는 그건 좀 B답다는 생각을 했는데, 정신을 차려보니 어느새 B를 따라 걷고 있었다.

미술관은 어둡고 적막했다. 사람이라고는 우리 둘뿐이었다. 카운터의 불은 꺼져 있었고 생소한 이름의 편의점은 셔터가 내려가 있었다. 당연한 일이었다. 닫혀 있는 미술관의 문을 연 것은 B였다. 그는 나를 데리고 전력실로 들어가 주 전원을 켰다. 주변이 갑자기 밝아졌고 나는 꼭 스포트라이트를 받는 고고학자가 된 기분이었다.

B는 보여주고 싶은 게 있다며 전시실의 자물쇠를 풀었다. 상설 전시이기 때문인지 문을 열지 않았기 때문인지 현수막도 없이 그저 흰 벽에 나무 입구만 덩그러니 있었다. 그러나 막상 문을 열고 들어서자 그 안에는 여느 미술관처럼 벽이 미로처럼 서 있었고, 벽마다 그림이 몇 점씩 걸려 있었다. 공간이 넓은 곳에는 조각이 설치되어 있기도 했다.

전시실에도 사람은 우리 둘뿐이었다. 사람을 모사한 것

이나 죽은 사람을 본떠 만든 것은 있어도 살아 있는 건 우리가 전부였다. 발걸음 소리가 세상 전부인 것처럼 규칙적으로 울려 퍼졌다. 이런 세상에서 태어나는 이가 있다면 이 소리를 신이라 부를지도 모르겠다. 공룡조차 이곳에는 들어올 수 없을 것 같았다.

사람이 없는 미술관은 묘하게 신전 같은 분위기를 풍겼다. 그림을 건드려서는 안 되는 데다 공간이 실용성이나 편안함이 아닌 다른 논리에 따라 구성된 탓인지도 몰랐다. 아이들을 데리고 단체 관람을 하던 미술관은 언제나 와자지껄했다. 아이들이 떠들어도 될 만한 공간, 인체의 신비전이나 자연사 박물관처럼 아이들이 용인되는 공간들만 자주 다녔다. 생각해 보면 일반적인 미술관은 그렇지 않은데.

아이들은 신전의 방문객으로는 어울리지 않는다. 원 메시지로 전달되는 메시지가 아니면 아이들은 혼란스러워한다. 아이들은 아버지면 아버지고 하느님이면 하느님이지 하느님 아버지가 뭔지 잘 이해하지 못했다. 그러므로 겁에 질려 떼를 쓰거나 운다고 해도 이상한 일이 아니다. 아이들을 미술관에 잘 데려오지 못하는 것은 오로지 타인의 눈총 때문만은 아니었다.

순서대로 모든 그림을 훑을 거라는 예상과는 달리, B는 그림을 띄엄띄엄 구경시켜 주었다. 왜 다 보지 않는 거냐고 물었더니 모든 작품을 보는 건 시간 낭비라고 말했다. 전시는 느슨하지만 확실한 테마를 바탕으로 기획되는데, 보통 한 가지 테마에서 핵심이 되는 작품은 단 하나뿐이다. 다른 작품들은 그럴듯하게 공간을 채우면서 핵심 작품을 강조하기 위한 들러리에 불과하다. 혼자 전시를 볼 때는 예민한 눈으로 그 차이를 감별해 가면서 보는 것도 좋을 수 있지만, 도슨트가 있을 때는 어차피 모든 맥락을 말로 설명해 주므로 잘 건너뛰는 게 시간을 맞추고 지루함을 더는 핵심이 된다나.

이해에는 어려움은 없을 거라는 호언장담과는 달리 나는 그림의 아름다움을 느끼지 못했다. 그림들은 대개 지나치게 평면적이거나 건조해 보였고, B의 설명은 실제 그림에서 표현된 것보다 훨씬 많은 외부적 맥락을 끌어와 그림의 존재를 정당화시키고 있는 것 같았다.

꼭 신을 찬양하는 모습과 닮았다. 이미 그 가치와 권위가 인정된 대상에 관한 부연. 과연 B는 스스로 설명하는 것들을 진정으로 믿고 있는지 궁금했다. 도대체 왜 나를 미술관으로 끌고 온 걸까. 오늘 처음 본 사이에 도대체 무슨 보여줄 게 있단 말인가. 이런 식이라면 그냥 잔업과 다를 바가 없지 않나.

그런 식의 딴생각에 빠질 때쯤 B는 도착했다고 말했다. 거대한 기둥으로 둘러싸인 원형 공간이었다. 그 한가운데 기와지붕이 있었다. 집은 없고 지붕만 있었다. 지붕을 이루는 기와들에는 유명한 〈천년의 미소〉를 본뜬 듯한 무늬가 새겨져 있었다. 다른 작품들과는 달리 이것은 콘셉트가 확실해서 이해하기 편했다. 경주다움이 잘 살아 있는 것 같다고 생각했다.

지붕 뒤쪽에는 작은 그림이 걸린 흰 벽이 서 있었다. 한 가족인 걸로 보이는 다섯 사람이 멀뚱히 서서 정면을 바라보고 있는 그림이었다. 칙칙하고 녹색이 진한 그림은 마치 현상을 실수한 흑백사진 같았다.

그림의 이름은 〈신?〉이었다. 그림 옆에는 길고 장황한 설명이 달려 있었고, 아래에 빨간 글씨로 '사진 금지'라고 덧붙여져 있었다. 나도 모르게 인상을 찌푸렸다. 이건 질 나쁜 농담일까, 우연의 일치일까, 아니면 도슨트이기 때문에 의식하지 못한 미술관의 일반적인 상용구일까. 우리가 정말 어린 양이라면 원 메시지를 좀 해줬으면 좋겠다.

B는 개의치 않는 건지 보지 못한 건지 설명에 열중했다. 그에 따르면 이 작품은 예술이라기보다는 유물에 붙은 주

석에 가까운 것이었다. 오래전 경주의 한 기와집에 운석이 떨어져 일가가 모두 죽은 사건이 있었고, 그 사건이 일어난 마을에서는 운석을 악신으로 모셨다. 이 작품을 만든 예술가는 나름대로 한풀이랍시고 사람들을 설득한 끝에 운석을 조금 떼다가 빻아서 물감에 섞고 그때 그 집에 살았을 사람들의 모습을 그림으로 그렸다. 하지만 그 가족의 생김새를 기억하는 이는 아무도 남아 있지 않았으므로 실상은 아무 의미가 없는 일이었다. 이 작품이 미술관의 중심이 될 수 있는 유일한 이유는 여기가 미국, 프랑스가 아닌 한국이며 서울도 아닌 경주이기 때문이라고 B는 설명했다. 예술성이라고는 거의 없지만 경주이기 때문에 의미가 있는 것들로 이곳은 채워져 있다고.

B는 도슨트였으므로 이 그림을 매일같이 설명하지 않을 수 없었다. 아무런 유명세가 없는 작은 미술관에도 사람은 한두 명씩 꼭 찾아왔고, 그들은 해설을 원했다. 이상하게도 이 그림을 설명하면 설명할수록 B는 죽은 가족의 모습을 점점 확실하게 알게 되었다. 그림 앞을 지날 때면 이상한 시선이 느껴졌고, 어떨 때는 그들이 기와지붕에 앉아 쉬고 있는 모습이 보였다. 처음에는 잘못 봤다고 생각했지만 그렇지 않았다. 급기야 그들은 종종 그림 밖으로 빠져

나와 B의 집을 방문했다. 하지만 막상 와서는 일없이 앉아
만 있기에 막걸리를 꺼내주었더니 잘 마셨다. 마시고 창백
하게 취해서는, 별이 점점 낮아졌어, 그 모습이 참 아름다
웠는데, 하고 주사를 했다. 그 후로는 막걸리에 맛을 들였
는지 하루건너 하루꼴로 B를 찾아왔다.

　— 저는 도슨트일 뿐이란 말입니다.

　그렇게 말하는 B의 눈썹이 녹색으로 반짝였다. 반짝이
는 것이야 안경 때문에 빛이 산란해서 그런 것이겠지만
초록색은 도대체 어디서 왔을까. 한우 물회 기름이 녹색이
었던 걸까. 소의 어디가 초록이지.

　보이지 않는 소가 생각난 것은 보이지 않는 사람들을 떠
올렸기 때문이었다. 얘기를 듣고 봐서 그런지 B는 지쳐 보
였다. 지금도 그 사람들이 옆에 있기 때문인지도 모르겠
다. 내게 뭘 바라고 나를 여기로 데려온 걸까. 그들에게 직
접 말할 수는 없으니 내게 털어놓는 이야기를 그들이 듣
기를 바라는 걸까. 아이들이 없을 때면 들려오던 수군거리
는 소리처럼. 내가 보고 있을 때는 슬그머니 사라지던 그
소리.

　내게는 그 사람들이 보이지 않았다.

　— 저는 공룡이 보여요.

나는 B를 물끄러미 바라보다가 털어놓았다. 적어도 미쳤다는 소리를 들을 것 같지는 않아서 말한 것이었는데 막상 B는 바보 같은 표정을 하고 있었다. 그 표정은 너무 확실하고 무례해서 곡해할 여지가 없는 원 메시지였다.

— 실망하셨다면 죄송해요.

공룡은 나타나지 않았다.

B의 설명은 맥 빠지게 단순했다. 그가 말하길 자기 차에 타는 사람치고 차의 꼴을 지적하지 않는 이가 없었다는 것이었다. 하지만 나는 지적하지 않았다. 팔을 휘적거리는 걸 인사라고 의식한 사람의 수도 적었다. 나는 그중 하나였다. 그래서 내가 뭔진 몰라도 무언가 꿰뚫어 볼 수 있는 사람이 아닐까, 생각했다는 것이었다.

— 아니, 무슨 사람을 그런 식으로 찾아요?

하도 어이가 없어서 지적했더니 그는 어차피 돈 주고 모셔 온 것도 아니니까 크게 신경 쓰지 않았다고 대꾸했다. 듣고 보니 맞는 말이긴 했다. 덕분에 공짜로 미술관 구경을 했으니 나도 별반 손해 본 건 없었다. 마침 할 일도 마땅치 않아 곤란하던 참이기도 했고.

B는 지금 여기에도 공룡이 있냐고 물었다. 거참 얌전한

공룡이네, 하고 덧붙이는 것도 잊지 않았다. 나는 지금은 없다고 답했다. 반대로 나도 지금 그 가족이 여기 있냐고 물었다. 공룡이 있으면 잡아먹을 수도 있겠다고 생각한 거 아니에요? B는 노코멘트라고 했다.

어차피 서로 상대의 걸 볼 수 없으니 밍밍했다. B가 첨성대에 가자고 제안한 건 바로 그때였다. 나는 내친김에 까짓것 가자고 답했다.

이런 이상한 기분이 원 메시지가 아닌 상황에서 아이들이 느끼는 불안함일까. 첨성대에 도착할 때까지만 해도 나는 같이 구경이나 하면서 시간을 때우자는 건 줄 알았다. 그러나 B는 사람이 없는지 쓱쓱 둘러보더니 무릎 높이도 안 되는 담을 자연스럽게 넘어 들어갔다. 나는 B가 첨성대나 한번 만지고 오겠거니 생각했다. 심각한 과소평가였다.

— 허가받은 일이니까 꺼림칙하게 생각하지 않아도 괜찮습니다.

B는 말했고, 그 말을 증명이라도 하려는 듯 첨성대를 기어오르기 시작했다. 몸을 벽돌에 바짝 붙이고 암벽 등반을 하는 사람처럼 엉금엉금 벽을 올랐다. 그러더니 이내 자기 키의 두 배도 넘는 높이에 있는 네모난 구멍으로 쏙 들어

갔다. 그는 목을 밖으로 빼고 나를 불렀다.

— 누가 보기 전에 빨리 오십시오.

말은 그렇게 하면서도 B는 일말의 걱정도 없는 듯 싱글
벙글했다. 차에서부터 알아봤어야 했는데. B와 안전 사이
에는 100만 광년쯤 되는 거리가 있었다. 하지만 이미 그
가 올라가는 걸 말리지 않은 것만으로도 충분히 공범이
된 셈이었기 때문에 내게는 다른 방법이 없었다. 훔치는
걸 망보는 사람이나 훔치는 사람이나 형은 똑같이 산다
고 했다.

나는 B를 그대로 따라 했다. 주변을 살펴 사람이 없는
걸 확인하고, 담을 넘어 들어가 누런 잔디 한가운데 있는
첨성대까지 경보로 걸었다. 첨성대에 몸을 딱 붙인 후 팔
을 뻗어 머리보다 높은 곳에 있는 돌을 잡았다. 그리고 끌
어당기듯 한 걸음씩 첨성대를 올랐다. 첨성대의 외벽은 마
치 계단처럼 한 단 한 단 걸어 올라갈 수 있었다. 단순히
폭이 좁아서 암벽등반을 하는 듯한 자세가 된 것이었지 실
상은 계단을 오르는 것과 다를 바가 없었다. 나 역시 어렵
지 않게 B를 따라 네모난 구멍 안으로 들어갈 수 있었다.

구멍 안에는 볏짚으로 짠 듯한 돗자리가 깔려 있었다. B
에 의하면 첨성대 내부는 유관 단체 따위에 종종 공개되

는 장소이기 때문에 이런 돗자리를 주기적으로 교체하며 깔아둔다는 것이었다. 돗자리는 B의 말을 증명하듯 천연덕스러웠다. 평탄하지 않은 바닥에 깔려 있는지 군데군데 튀어나온 곳이 있어서 앉기에는 그다지 편하지 않았다.

— 첨성대에서는 누워야 합니다.

B는 그렇게 말하며 드러누웠다. 나도 그를 따라 드러누웠다. 위로 좁아지는 벽 끝에는 성인 둘이 상체를 내놓을 만한 크기의 구멍이 뚫려 있었다. 그 구멍 너머로 저녁 하늘이 보였다. 하지만 평소에 보는 것과는 다른 하늘이었다. 하늘이 광활하지 않고 도화지 위에 그려진 것처럼 평평했다. 그리고 별들은 검붉게 색칠된 도화지를 파낸 것처럼 단조롭게 하얬고, 묘하게 더 밝았다.

— 카메라 옵스큐라 효과입니다.

B는 설명을 늘어놓았다.

카메라 옵스큐라라는 건 초등학교 교과서에도 실려 있는 바늘구멍 사진기와 똑같은 원리로 상을 맺는 장치다. 이 원리로 작동하는 기계는 레오나르도 다빈치가 구상했다고 알려졌지만 사실 오래전부터 기본적인 원리는 밝혀져 있었다. 그렇게 오래된 발명품에도 사람은 마음이 동하게 되어 있다. 오래된 인간이나 요즘 인간이나 똑같이. 나는 그 얘기를 들으며 문득 공룡을 떠올렸다. 그들도 별이 빛나는 밤하늘을 보고, 별빛을 따라 별자리를 그렸을까.

B는 미술관에서처럼 태연했다. 올라올 때는 불안했지만 막상 오르고 나니 아무 일도 일어나지 않았다. 허가를 받았다는 B의 말은 사실인 듯했다. 처음에는 다소 황당했지만 나는 이제 B를 조금 믿게 된 것 같았다. 고작 하루만 가지고도 조금은 알 수 있는 사람이 있다. 그가 지금 설명을 늘어놓는 이유는 그가 도슨트이기 때문이다. 오랜만에 원 메시지가 아니었으면 좋겠다고 생각했다.

— 높이가 100미터도 되지 않는 곳에서 별을 본다고 한들 조금도 잘 보이지 않습니다.

확실히 신기한 광경이었지만 신비한 체험은 없었다. 가족과 공룡이 함께 하늘을 떠다닌다거나, 계시처럼 뭔가를 알게 되는 일은 일어나지 않았다. 우리는 그냥 낮게 일렁이는 저녁 하늘을 보면서 누워 있을 뿐이었다. 이상하게 가까운 하늘이 예뻤다.

— 아뇨, 잘 보여요. 다른 게 안 보이잖아요.

나는 그렇게 말했다.

밤이 내려왔다. 우리는 첨성대 위에 있었다. 천문 모임 회장으로부터 전화가 왔지만 받지 않자 다시 걸려 오지 않았다. 별은 저녁때보다도 밝게 빛났다. 하늘이 어두워지면서 성큼 앞으로 다가온 것 같았다. 저렇게 가까워지다가 언젠가 떨어져 버리는 걸까.

별은 어쩌면 조금 억울할지도 모르겠다. 멀리 있을 때는 첨성대를 짓고 망원경을 만들어 가면서 조금이라도 가까워지려고 하면서 막상 지구에 오면 누군가를 죽인 원흉이 되어버린다. 충분히 가까이, 하지만 충돌하지는 않게, 딱 목소리만 들릴 정도로. 어려운 거리감이다.

— 무슨 목소리 같은 거 안 들려요?

멍하니 하늘을 쳐다보던 B가 말을 걸어왔다. 목소리를 듣기 위해 하늘에 집중했다. 정말 목소리가 들려오는 것도 같았다. 꼭 누군가를 부르는 것 같은 소리. 당신, 당신들…

— 당신들을 문화재 훼손죄로 체포하겠다!

희미한 목소리는 별의 음성 같은 게 아니라 첨성대 아래에서 들려오는 것이었다. 내려다보니 호피를 치마처럼 두른 남자가 있었다. 그는 뗀석기를 단 창을 꼬나들고 있었고, 살면서 한 번도 제모해 본 적 없는 사람처럼 털이 많았다.

큰일이라는 생각은 들지 않았다. 상황은 꿈결에 보는 것처럼 몽롱했다. 남자는 고릴라처럼 가슴팍을 두드리며 고래고래 소리치면서도 첨성대 위로 올라오거나 창을 던지

지는 않았다. 올라오는 방법을 모르는 것 같았다. 조금 시
끄러웠다. 그러자 더 시끄럽게 해주겠다는 듯 울부짖는 소
리가 들려왔다. 땅이 흔들림에 따라 첨성대도 함께 흔들렸
다. 남자는 무슨 일인지 파악하려고 주변을 살피다가 안
색이 완전히 창백하게 변했다. 나는 그 정체를 알고 있다.
녹색 비늘과 육중한 다리. 티라노사우루스다. 남자는 창을
들고 맹렬히 저항했지만, 고작 돌창으로는 어림도 없었다.
그는 우리를 노려보았다. 원망 가득한 눈빛이었다. 하지만
죄책감은 느껴지지 않았다. 티라노사우루스는 남자를 한
입에 삼켜버렸다.

　나는 오랜만에 깔깔 웃었다. B는 의아한 표정을 지어 보
였다.

　— 알고 싶어요?

　B는 모르는 게 나을 것 같다며 나는 참 이상한 사람이
라고 했다. 나 역시 그렇게 생각했다. 서울에서는 공룡 화
석이 단 하나도 발견된 적이 없다. 경주에서 서울까지는
6,600만 년이다.🪶

NELL의 갑작스러운 발매 중단을 둘러싼 전말

유가 주연을 집에 들인 건 순전히 변덕이었다. 남자친구 정완과 헤어지지 않았더라면, 팀장에게 업무 보조로 커피나 타야 할 사람이 왜 수습기자 명찰을 달고 있는 거냐는 폭언을 듣지 않았더라면, 버스가 구정물을 튀겨 와이셔츠를 망쳐놓지 않았더라면, 유는 주연이 건네는 수건에서 고마움보다는 기묘함을 느꼈으리라. 아무리 준비성이 뛰어난 사람이라도 비가 온다고 수건을 가지고 다니지는 않으니까. 하지만 유는 오늘 검은 물감처럼 우울했으므로 수십 가지 색의 천을 누더기처럼 기운 원피스를 입은, 맹한 표정의 여자가 오히려 반가웠다. 세상은 온통 추적추적 흑백인데, 그녀 홀로 요란스러운 컬러여서 그랬는지도 모르겠다. 어렸을 땐 위인전에 나오는 사람이 될 줄 알았지. 유는 요즘 들어 자주 그런 생각을 했다.

주연이 입을 열었다.

— 우리 구면이죠?

유는 주연의 이름을 몰랐다. 하지만 그녀를 알았다. 그녀는 언젠가 유에게 귤 한 봉지를 팔았고, 지갑을 회사에 두고 온 날 버스비를 내준 적이 있었으며, 유에게 길거리 앙케트를 부탁한 적도 있었다. 언제나 화려한 옷을 입은 채로. 유는 얼굴보다는 그 이상할 정도로 화려한 복식과 분위기로 그녀를 알아보았다. 유는 작게 웃으며 말을 받았다.

— 자주 보네요.

— 비도 오는데, 환타라도 한잔할래요?

유는 술도 아니고 음료수를 마시자는 말이 귀여워서, 그리고 어쩐지 이 여자를 오래 알고 지내온 것만 같은 감각이 좋아서, 옷도 갈아입을 겸 주연을 집으로 데려왔다.

편한 옷으로 갈아입은 유는 냉장고에서 맥주를 두 캔 꺼냈다. 기자 생활도 2년 차인데 유는 아직 비즈니스 캐주얼이 영 어색했다. 취재를 위해 정중한 복식이 필요하다는 데는 백번 공감했지만, 왜 그게 꼭 몸을 억누르는 방식이어야만 하는지 유는 이해할 수 없었다. 셔츠보다는 가죽 재킷에, 단정한 묶음 머리보다는 산발에 그녀는 아직 더

끌렸다. 철이 든다는 건 꾹꾹 눌러 담은 탄산음료 캔 같다고, 유는 생각했다.

맥주가 테이블 위에 놓이자, 여자가 딸꾹질했다. 유는 보기와는 다르게 여자가 미성년자일지도 모른다는 생각이 들었다. 하지만 맥주를 거둬들이려고 손을 뻗었을 때, 여자는 이미 한 손으로 맥주를 꽉 붙잡고 캔을 따고 있었다. 맥주 캔이 살짝 구겨졌다.

— 귀한 걸 내주셨는데, 사양하는 건 예의가 아니죠.

실실 웃는 여자는 조금, 아니 꽤 수상했다. 유는 여자의 얼굴을 살폈다. 앳돼 보이는 얼굴이기는 해도 젖살이 다 빠진 걸 보면 청소년은 아닌 것 같았다. 하지만 의외로 얼굴만 보고 나이를 알아맞힐 확률은 10퍼센트도 안 된다니까. 팩트 정신을 강조하는 신문사의 취지에 맞게 유는 의식적으로 편견을 몰아내는 습관을 들이고 있었다. 팩트와 상식은 모두 선동과 날조라고 믿었던 대학생 때와는 달리.

— 저희 마을에는 독한 술밖에 없거든요.

유의 마음을 읽은 것처럼 여자는 얼굴을 붉히며 말했다. 곧 맥주 캔이 초인종 같은 소리를 내며 열렸다. 여자는 생글생글 웃으며 맥주 캔을 내밀었다. 두 캔이 부딪히며 두꺼운 책을 덮는 듯한 소리를 냈다.

주연은 지금 세상은 264페이지이고, 자신은 1045페이지에서 왔다고 했다. 맥주 한 캔 만에 취하기라도 한 건지 이상한 소리였지만, 옷이며 자기소개며 이쯤 되면 수상해 보이려고 작정을 한 것 같아서 유는 오히려 경계심이 풀어졌다. 주연의 화려한 옷이 백열전구 아래에서 반짝반짝 빛났다. 천뿐만 아니라 비닐이나 가죽도 얼기설기 엮인 옷이라서 그런 것 같았다. 어쩌면 주연은 오며 가며 자주 보던 사람이 오늘 유독 우울해 보여서 엉뚱한 농담을 던진 것뿐인지도 모른다.

— 위로해 줘서 고마워요.

유가 웃었다. 그녀는 엉뚱한 사건을 좋아했다. 엉뚱한 일이야말로 활자처럼 빡빡하게 늘어선 일상에 균열을 내는 그로울링*같았다. 그러고 보면 정완은 그로울링을 참 못하면서도 노래방에만 가면 데스 메탈을 불러댔지. 목에 핏대를 세워가며 열심히 노래하는 그는 유감스럽게도 메탈 밴드보다는 글램록 밴드**처럼 보였다. 그러나 피식거

---

* 록의 창법 중 하나로, 목을 긁어 저음의 울림을 극대화하는 방식이다. 짐승 같은 소리가 난다.
** 양성적인 패션으로 퇴폐적인 분위기를 내는 록의 한 장르. 프런트 맨이 미남인 경우가 많아 거대한 여성 팬덤을 형성하곤 했다.

리는 유를 앞에 두고 주연은 진지한 표정으로 주머니를 뒤적여 종이 뭉치를 꺼낼 뿐이었다.

— 역시 증거가 없으면 믿어주시지 않겠죠?

유는 조금 더 이 농담에 어울려 주기로 했다. 좋은 마음으로 하는 일 같았으니까.

— 거기 로또 당첨 번호라도 적어 왔나요? 아니면 오를 주식이라든가?

— 아뇨. 그런 식의 증명은 불가능해요. 저는 20년 뒤에 태어날 사람이거든요.

좀 더 과단한 설정을 기대했던 유는 조금 실망했다. 〈록키 호러 픽쳐 쇼〉* 같은 설정이었다면 더 즐겁게 어울려 줄 수 있었을 텐데. 갑자기 〈Time Warp〉를 불러 젖히며 막춤을 춰댄다거나.

— 정완이 준 쇠로 된 책, 아직 가지고 계시는가요?

— 가지고는 있지만…

— 그게 미래의 증거예요.

그 책은 한때 청계천 고물상에서 떠돌던 물건이다. 책이

---

* SF판타지호러코미디퀴어뮤지컬포르노인디컬트 장르의 영화. 난해하고 기괴한 내용이 일품이다. 평론가 로저 이버트는 이 영화에 관해 영화라기보다는 오래 지속되는 사회 현상에 가깝다고 평했다.

중고 서점도 아니고 고물상을 떠돌던 이유는 엄밀히 말하자면 그 물건의 정체가 종이를 코덱스 형태로 엮은 것이 아니라 전체가 쇠로 만들어져 열 수 없는 책이었기 때문이다. 책을 펼 방법은 아무도 모르는데도 수소문하는 사람이 많아서 특집 기사로 다룰까 하고 취재를 한 적이 있다. 음악이든 물건이든 골동품이라면 껌뻑 죽는 정완은 여자친구를 위해서라는 명목으로 신나게 청계천을 방랑한 끝에 그 책을 구해 왔다. 그러나 막상 책을 구한 후에도 그들은 왜 다들 이 책을 찾으려고 그렇게 혈안이 되어 있던 것인지 알 도리가 없었다. 사이즈는 평범한 문고본과 같았지만, 쇠로 만들어진 탓에 손목이 시큰할 정도로 무거웠다. 당연히 펼칠 수 없었을 뿐 아니라 표지와 책등에는 제목과 저자 대신 상형 문자인지 그림인지 모를 기묘한 무늬만이 가득 채워져 있어서 내용에 관해 추측하는 건 불가능했다. 오래 지나지 않아 원인 불명의 책 구하기 열풍은 마찬가지로 알 수 없는 이유로 사그라들었고, 유가 책에 대해 가지는 관심도 딱 거기까지였다. 유는 그 책을 집에 기념품 삼아 장식해 놓고 까맣게 잊어버렸다.

주연은 책을 들고 말했다.

— 이걸 작동시키기 위해선 시간 여행을 일으켜야 해요.

― 시간 여행을 일으킨다고요?

유는 'time warp'에 눈을 반짝였다. 옆으로 점프해 오른쪽으로 한 발, 엉덩이에 손을 올리고 두 무릎을 모으면 되는* 그런 시간 여행인가? 주연은 태연한 표정으로 말을 이었다.

― 🕘는 하나의 ■이고, 시간의 흐름이란 ▲이 그 ■을 읽는 과정이에요.

주연은 어느 나라 말인지 모를, 알아들을 수 없는 단어를 섞어가며 말했다.

― 우리에게 시간은 일직선으로 흐를 뿐이지만, ▲은 과거를 몇 번이나 반복할 수도, 중간을 뛰어넘어 버릴 수도 있죠. 심지어 마음만 먹는다면 시간이 역으로 흐르게 할 수도 있어요. 굳이 그런 일을 하는 ▲은 없겠지만요.

― 그게 무슨 말이에요?

― 저희를 포함해 🕘의 모든 것은 ■ 안에 존재하기 때문에 직접 ■에 관여하는 방법은 몇 없어요. 그중에서 가장 간편하게 사용할 수 있는 방법이 대화죠.

주연이 책을 손바닥 위에서 빙글빙글 돌리며 계속 말

* 아마 추측하시겠지만, 〈Time Warp〉의 가사다.

했다. 유는 책을 뚫어져라 바라봤지만, 책에는 아무런 변화도 없었다. 유는 슬슬 주연이 미친 게 아닐까 생각했다. 〈록키 호러 픽쳐 쇼〉를 좋아한다고 해서 한밤의 괴물을 대면하고 싶은 건 아니었다.

— 같은 시간이 반복되면 그게 시간 여행이죠. 즉, ▲이 ■의 같은 부분을 두 번 읽게 만들면 돼요.

— 알아들을 수 있게 설명해 줘요. 도대체 어느 나라 말을 섞어 쓰는 거예요?

— 제 설명 기억하죠?

주연은 테이블 위에 펼쳐 291페이지를 보여주었다. 거기에는 주연이 말할 때는 알아들을 수 없었던 세 문자의 뜻이 쓰여 있었다.

책의 기묘한 무늬에서 푸른빛이 뿜어져 나오기 시작했다. 그리고 그 무늬가 칼집이라도 되는 것처럼 책이 복잡한 모양으로 펼쳐지더니 그 안에서 조각상 같은 것이 등장했다. 작은 나무처럼 생긴 조각상에는 철로 된 반지가 걸려 있었다. 유는 무의식적으로 반지를 집어 들었다. 반지에는 음각으로 문자가 적혀 있었다. 투 유. 그건 정완이 1년 전에 잃어버린 반지였다.

— 이게… 무슨…

만약 정완이 이런 장치를 해놨다면, 그때 보여줬을 것이다. 함께 머리를 싸매고 이걸 어떻게 작동시키나 고민했을 때는 분명 둘 다 이 물건에 관해 아무것도 몰랐다. 주연은 한숨을 푹 내쉬며 표지에 NELL이라고 쓰인 종이 뭉치를 내밀었다.

— 유, 기분 나빠하지 말고 들어요. 이 세계의 주인공은 당신 전 남자친구예요.

주연은 NELL이라는 책의 제목을 본 유가 슬며시 웃는 걸 보았다. 하긴 자기래도 레드 제플린이나 너바나가 아니라 2000년대 밴드의 노래가 제목으로 걸린 책을 보여주며 이 책이 세계 그 자체라고 말하는 사람을 봤다면, 웃음을 터뜨렸을 것이다. 게다가 유는 아직 〈기억을 걷는 시간〉 컬러링 열풍을 경험하지도 못했으니 더더욱.

주연의 이야기를 요약하면 다음과 같다.

세계는 NELL이라는 제목의 책이고, 정완은 그 책의 주인공이다. 이 책은 정완과 유가 헤어지는 날부터 이야기를 시작해, 정완이 우연한 기회에 자동 타자기를 입수하면서 본격적인 궤도에 오른다. 자동 타자기는 이름 그대로 랜덤 알고리즘에 따라 멋대로 글을 쓸 뿐인 물건이다. 그런데 기묘한 우연이라고 해야 할지, 혹은 운명대로 이루어진 일이니 필연이라고 해야 할지, 자동 타자기가 쓰는 글이 현실과 완전히 일치했다. 이 사실을 깨달은 정완은 이를 이용해 미래를 미리 알 수 있을지도 모른다고 생각했다. 하지만 그건 불가능했다. 자동 타자기가 써내는 글은 현실 시간을 따라잡을 때까지는 폭발적인 속도로 전개되었으나, 현실을 따라잡은 시점부터는 그보다 더 빠르게 전개되지 않았다. 폭발적으로 사건들을 서술하면서 소설 같은 모습을 보이던 NELL은 록 음악에 관한 이런저런 넋두리를 늘어놓다가 사건을 하나씩 써내놓는 에세이 같은 모습으로 변모했다. 즉, 정완은 미래를 볼 수는 없고 다만 끊임없이 최신화되는 현재까지의 기록을 가지게 된 것이다.

— 그럼 아무 의미도 없는 것 아닌가요?

유가 물었으나 주연은 고개를 저었다.

— 아뇨, 중요한 건 정완이 현실이 어떻게 기술되는지를 알았다는 것이죠.

책은 현실의 모든 것을 쓰지 않는다. 또한, 간단히 기록할 수 있는 사실은 간단히 기록된다. 가령 일기를 썼다면, 그 내용까지는 기록이 되지 않고 '일기를 썼다'는 단출한 문장으로 책에 남는다. 이것이 NELL이 타임머신으로 작동

할 수 있는 첫 번째 요인이다. 두 번째 요인은 NELL의 작동 방식에 있다. 현실과 똑같은 소설이라면 이미 일어난 현실을 그대로 베끼는 것일 수도 있고, 적히는 일들이 현실로 일어나는 것일 수도 있고, 우연의 일치가 무한히 반복되는 것일 수도 있다. 정완은 실험했다. 그가 일기 중독자라는 사실이 도움이 되었다. 책에는 그가 일기를 썼다는 기록이 수없이 남아 있었다. 그는 일기의 내용을 사실과 다르게 이야기했다. 그냥 마음에 들지 않는 것에 관한 사소한 거짓말. 얼마 전 지불한 범칙금이 사실은 행정 착오일 뿐이어서 다행이라고 정완은 말했다. 그의 말은 소설에 기록되었다. 그리고 다음 날 그가 경찰서에 전화를 걸었을 때, 그는 과거가 바뀌었다는 사실을 알 수 있었다. 그의 통장 잔고 역시 범칙금만큼 불어나 있었다.

세계를 조작할 힘이 자신에게 있다는 걸 알게 되자, 정완은 점차 세상을 자기 입맛에 맞게 바꾸어 갔다. 주연이 유에게 넘긴 종이 뭉치는 그 책의 사본이었다. 그는 자기 딴에는 세상을 좋은 곳으로 바꾸고 있다고 믿은 모양이지만, 주연의 말에 따르면 정완이 멋대로 바꾼 세상은 모든 게 제멋대로인 괴상한 세상일 뿐이었다.

— 저는 미래에서 온 레지스탕스예요. 정완을 막으려고

왔어요.

주연이 말했다. 유는 조용히 손 위의 반지를 바라보았다. 그녀의 왼손 약지에는 하얗고 가는 반지의 흔적이 있었다.

유는 NELL을 읽었다.

제게 미닫이문과 여닫이문은 꽤 다른 느낌입니다. 미닫이문은 언제든지 열고 들어갈 수 있을 것 같은데, 여닫이문은 한번 닫혀버리면 영원히 열 수 없을 것만 같달까요. 그래서 저는 그녀와 헤어지던 날, 백제 전사*의 문을 노려보며 그 앞에 그녀가 기다리고 있을지도 모른다고 상상했습니다. 그녀가 절대 안으로 들어오지 않는다는 걸 알면서도 말이에요. 잠긴 문은 열쇠가 없는 사람은 열 수 없다는 단순한 사실을 잊은 것이지요.

제가 그 괴이한 동상을 좋아하는 건 그래서인지도 모르겠습니다. 귀퉁이가 깨진 알처럼 생긴 그 동상에는 사람 한 명이 간신히 들어갈 만한 틈새가 있습니다. 한번은 밤

---

* 청계천 상가에 있는 오래된 상점이다.

을 틈타 안으로 들어가 봤는데, 안쪽도 감상을 전제로 하고 만든 것인지 의외로 성실한 만듦새를 갖췄더군요. J자 모양으로 휘어진 길을 따라 걸으면 마치 다른 세계로 갈 수 있을 것 같은 느낌을 주지만, 그 끝에는 허무하게도 거울처럼 투명한 벽이 있을 뿐이었습니다.

그 동상은 제가 이별한 후 얼마 지나지 않아 철거되었습니다. 어쩌면 모종의 수호신 같은 것이었는지도 모르겠네요.

동상이라는 글자에 동그라미가 쳐져 있었고, 옆에 작은 메모가 달려 있었다. 동상을 통해 과거로 갈 수 있을지도? 메모는 주연이 적어놓은 것 같았다. 유는 주연이 서울에 온 날을 상상했다. 『설국』의 첫 문장처럼, 긴 터널을 빠져나오자, 서울이었을 것이다. 주연은 높은 건물들을 눈이 휘둥그레져 올려다보았을 것이다. 정말로 이어져 있을 줄은 몰랐겠지. 이 방법으로 과거로 갈 수 있을 줄 알았더라면 혼자 오지 않고 모두와 함께 왔을 것이다. 주연은 알의 깨진 틈새로 다시 들어가 보았을 것이다. 그녀는 작가가 본 것과 똑같은 투명한 벽을 마주했을 것이다. 그래서 지금 혼자인 거겠지.

주연은 알 앞에 주저앉아 생각했을 것이다. 주변에 청계 상가라든지 청계 전사 같은 이름이 보이는 걸 보면 이곳 이 청계천인 것은 맞는 듯했다. 그런데 이름이 청계천이면 시내여야 하는 게 아닌가? 주변에 있는 건 높은 건물과 그 에 대비되는 따개비처럼 붙어 있는 가게들, 그리고 아스팔 트 도로와 그 위를 질주하는 자동차뿐이었을 것이다. 미래 에서 왔다면 상상하기 어려운 광경이었겠지.

주연은 유가 종이 뭉치를 천천히 읽는 걸 초조하게 바라 보았다. 이 글늘이 유의 마음을 얼마나 돌려놓을 수 있을 까. 주연은 가지고 있던 복사본 중에서도 유에게 특히 어 필할 수 있을 법한 것만을 골라 가져왔다. 너무 구구절절 하지 않으면서도 적당히 사연이 곁들여져 있는 것들로. 그 게 얼마나 유의 록 스피릿을 자극할지는 이제 주연의 몫 이 아니었다. 다만 주연은 한 가지 사실을 말하지 않았다. 지금 유와 주연이 만나고 있다는 사실을 정완이 알게 되 면 과거를 바꾸고 말고 할 것도 없이 끝장날 수도 있다는 것을. 그리고 그 시간이 그리 많이 남지 않았을지도 모른다 는 것을. 하지만 이미 상황은 스테이지 밖으로 몸을 던진 록 스타나 다름없다. 팬들이 받아주지 않으면 죽는 거다.

— 이야기를 들려줄 수 있어요?

유가 문득 입을 열었다. 주연은 깜짝 놀라 반사적으로 예, 하고 대답했다.

— 책에 쓰인 내용이 아니라 주연 씨의 이야기를 듣고 싶어요.

주연은 속으로 쾌재를 불렀지만 내색하지 않았다. 록 스타는 팬 앞에서는 멋진 모습만 보여야 하는 법이다.

주연은 이상한 마을에서 왔다. 그곳에는 강 대신 옷이 흐르고, 식수를 얻기 위해서는 1시간 거리의 우물까지 가야만 한다. 마을 사람들은 목초가 아니라 남아도는 옷가지를 먹여 가축을 기른다. 노래는 가수에게서 직접 듣거나 앵무새들이 노래를 익혀 따라 부르는 걸 들어야만 한다. 그마저도 오직 록 음악뿐이지만. 마을에는 더운 여름에 환타를 마시기 위해서라면 무슨 일이든 할 수 있는 이들이 산다. 사람들은 건망증에 시달린다. 어느 날 갑자기 무언가가 사라지거나 생겨날 수 있는 것이 주연이 온 마을이다. 그래서 자동차는 있는데 주차장이 없기도 하고, 인터넷은 있는데 접속할 수 있는 기기는 구할 수 없기도 하다. 하지만 무엇보다도 이상한 건, 그 마을이 2040년 대한민국에 있는 마을이라는 점이다.

2040년 대한민국에 있는 그 마을에는 독서회가 있다. 주연은 그 독서회 소속으로 정완의 독재를 타도하는 레지스탕스 활동을 하고 있다. 물론 독서회가 처음부터 레지스탕스였던 것은 아니다. 시작은 정말로 책을 읽는 모임이었다. 골동품을 좋아하는 정완은 어지간해서는 고전 서적과 록 음악을 없애지 않았으므로 고전은 가장 확실한 놀거리였기 때문이다. 『설국』이나 『파운데이션』 같은 고전을 위주로 읽던 독서회가 레지스탕스가 된 건 한 회원의 일탈 때문이었다. 2040년 세계의 확고부동한 베스트셀러이자 스테디셀러는 1년에 한 권씩 출판되는 NELL이었다. 다른 책이 베스트셀러가 되면 그 책은 세상에서 사라져 버렸기에, 당연한 결과였다. 독서회는 베스트셀러는 읽지 않는다는 원칙 아래에 그 책을 무시하고 있었다. 그러나 어느 날 한 회원이 잔뜩 흥분해서는 NELL의 1권과 최신권을 들고 달려왔다. 시력이 안 좋아 언제나 큼지막한 안경을 쓰는 남자였다.

— 혁명! 혁명이야!

그 말을 들었을 때만 해도 독서회 회원들은 그가 앵무새를 열 마리씩 기르더니 드디어 미쳐버렸나 보다 하고 수군거렸다. 펑크의 파워 코드와 헤비메탈의 현란한 고음 변주를 동시에 들으며 살면 그럴 수밖에. 그러나 안경은 꿋꿋했다.

— 정완을 없애버릴 방법을 찾았다고!

— 왜, 그의 거처라도 찾았나?

다른 남자가 빈정거렸다. 모두 웃음을 터뜨렸다. 그들 모두 눈이 달린 사람이라 멀리 보이는 요새 같은 아파트에 정완이 살고 있으며, 그곳에 침입할 방법은 없다는 걸 알고 있었기 때문이었다.

— 그게 아니야! 다들 정완이 어떻게 세계를 마음대로 주무르는지는 알고 있지? 책에 명시되지 않은 건 뭐든 일기 내용대로 바꿔버릴 수 있는 특권 덕분이잖아!

— 그래, 그건 다 알지. 그래서 세상이 10년 동안 정리 안 한 차고처럼 엉망진창인 거잖나. 문제는 우리가 여기서 무슨 말을 하든 그게 책에 기록될 일이 없다는 거고.

— 그렇지! 책에는 정완이 일기를 썼다는 문장은 남아도 우리에 관한 언급은 전혀 없으니까.

독서회 사람들의 얼굴에는 슬슬 짜증스러운 표정이 어렸다. 주연이 끼어들어야 하나 고민하던 그때, 안경은 황급히 말을 이었다.

— 그런데 딱 한 번 있어! 다른 사람이 일기를 썼다고

언급되는 내용이!

독서회 모두의 눈빛이 일변했다. 누군가는 어찌나 놀랐는
지 들고 있던 환타를 떨어뜨릴 정도였다. 안경이 낭독했다.

그날도 유는 일기를 썼을 것이다. 그녀도 나처럼 매일
일기를 쓰는 사람이니까. 그녀의 일기에는 뭐라고 적혀 있
을까. 나는 영원히 알 수 없겠지.

그날부로 독서회는 유를 찾는 모임으로 바뀌었다. 일부
는 그동안 눈길도 주지 않았던 NELL을 정독했고, 다른 이
들은 유를 찾아 탐문을 떠났다. 그러나 유를 찾는 일은 얼
마 가지 못해 끝났다. 아무도 유의 근황을 알지 못했기 때
문이다. 그녀는 말 그대로 오래된 환타의 탄산처럼 사라져
버린 것이다. 그러던 중 누군가 NELL에서 이런 구절을 발
견함으로써 유 수색은 완전히 막을 내렸다.

오늘은 일기를 쓰지 않을 것이다. 너무 오래 외면했고,
그래서 알아차리는 게 너무 늦었다. 하지만 괜찮다. 세상
은 그녀의 끝이 어땠는지 기억하지 못하니까. 나조차도.

그녀는 죽었고, 행방이 묘연한 것은 정완이 그렇게 되기를 원했기 때문이라는 허무한 결말이었다. 어쩌면 정완은 그것으로 끝나기를 바랐을지도 모르지만, 독서회는 여태 허투루 책을 읽어온 것이 아니다. 그들은 아래 구절을 발견했다.

유와 헤어진 지 사흘이 지난 날이었다. 그날엔 오랜만에 비가 내렸다. 유가 책을 열었다. 그녀는 아무것도 모를 텐데 도대체 어떻게 한 걸까? 뭐 아무렴 어때. 내가 아는 건 다만 반지를 보고도 그녀가 내게 연락하지 않았다는 것뿐이다. 그래, 우리는 헤어졌지. 완전히 끝장나 버렸지.

— 열리지 않는 게 당연한 책이라면… 혹시 이거요?
가만히 듣고 있던 주연은 주머니에서 복잡한 무늬가 새겨진 쇠로 만든 책을 꺼냈다. 그러고 보면 그 책을 들고 시간 여행을 시도했을 때, 만약 책이 열린다면 정완의 측근이 될 수 있다는 소문이 언젠가 돌기도 했었다. 방법은 알수 없지만, 누군가 과거로 돌아가 책을 열어준 것이다. 주연을 포함한 몇몇 독서회 사람들은 과거 서울에 있었던 건물이나 구조물을 찾아다녔고, 나머지 대부분은 옛 물건에 원래부터 글이 '쓰여 있던 것으로' 하는 방법을 고민했다. 독서회였던 만큼 후자가 현실성 있는 방안으로 평가받았으나, 과거로 돌아온 건 누구보다 열심히 깨진 달걀을 찾아다니던 주연이었다. 달걀의 깨진 틈으로 들어가 눈을 감았다가 뜨자, 허무할 정도로 쉽게 20세기 말엽의 서울로 날아와 버렸다. 분명 다른 요인들이 있었을 테지만 주연으로서는 그 이유를 알 수 없었다. 아마 다중 우주라든지 뭐 그런 거겠지.

주연의 이야기를 가만히 듣던 유가 밀했다.

— 그러니까, 내가 일기의 내용을 바꿔 말하는 것으로 정완을 막을 수 있다?

주연이 고개를 끄덕였다. 결의에 찬 듯, 하지만 한편으로는 머뭇거리는 것 같기도 한 그런 표정이었다. 반면 유는 이해가 안 된다는 듯 고개를 갸웃거렸다.

— 그런데 책에는 내 일기가 한 편밖에 없다면서요? 웬만큼 바꿔서는 정완이 다 복구시켜 버릴 수 있는 거 아니에요?

— 그 한 번의 일기로 정완이 자동 타자기를 손에 넣지 못하게 해야 해요.

— 음…. 그 정도는 어렵지 않을 것 같은데요.

— 문제는 그 일기의 내용이 납득 가능해야 한다는 거예요. 말했죠, 세계는 책이라고. 신이 책을 중간에 덮어버리면 세계는 멸망해요.

유는 앵무새 열 마리가 귀에 대고 제각각 다른 곡을 노래하는 것 같은 표정을 지었다. 아마 그게 무슨 제멋대로인 세계냐는 생각을 하고 있을 것이다. 이건 제멋대로인 미래를 겪어본 사람이라야만 이해할 수 있는 감각이다. 아무 논리도 없이, 내 삶은 아무것도 아니라는 듯 세계가 폭력적으로 뒤틀리고 바뀌는 걸 겪다 보면 신에 관해서는 아무런 기대도 할 수 없게 된다. 말 그대로 'God is deader than dead*'다.

유가 물었다.

— 어떤 게 납득 가능한 건데요?

— 40권 넘게 정완이 주인공인 책이에요. 신은 정완의 사랑과 모험, 정치 암투 따위를 벌써 몇만 페이지도 넘게 읽고 있다는 거죠. 개연성은 망가지더라도 적어도 정완이

* 3세대 인더스트리얼 록 밴드, 마릴린 맨슨의 노래 가사다. 2000년대 초반 한국 기준, 게임 혹은 그 이상으로 유해한 록 밴드로 평가받는다.

그럴듯한 엔딩을 맞이해야 세계가 멸망하지 않을 거예요. 그러려면…

주연은 마른침을 삼키고 말을 이었다. 유에게서 눈을 돌리고 싶었지만, 그래서는 안 된다. 둘러대고 있다는 인상을 줄지도 모르니까.

— 유, 당신이 정완과 헤어지지 않는 것으로 일기의 내용을 바꾸는 수밖에 없어요.

유가 나지막한 목소리로 말했다.

— 내가 정완이랑 함께해야 세계가 멸망하지 않는다는 건가요? 전 남자친구랑?

유의 머릿속이 인쇄기처럼 맹렬히 돌아갔다. 정완과 연애를 하고, 어쩌면 결혼도 해야 하는 삶의 모습이 복간된 신문 기사처럼 그려졌다. 주연이 헛기침 소리를 냈다.

— 조금 오해가 있는 것 같네요. 통상적인 의미에서의 시간 여행은 불가능해요. 단지 과거를 바꿀 수 있을 뿐이죠.

— 그 말이 그 말 아닌가요? 주연은 미래에서 왔다면서요.

— 제 경우는 달라요. 특수한 일이 한 번 일어난 것뿐이죠. 어쩌면 뭐 다중 우주 같은 걸 수도 있고요. 저는 엑스트라니까요. 하지만 유는 달라요. 책에 등장한 적이 있으니 텍스트에 개입할 수 있어요. 책이 열린 게 그 증거고요.

유는 잘 모르겠다는 듯 고개를 갸웃거렸다. 주연은 구체적으로 설명을 이었다. 앞서 설명했듯 책이 열리는 원리는 시간 여행을 하는 것이다. 시간 여행이 일어나기 위해서는 NELL에 대사가 기록되어야 한다. 즉, 지금 유와 주연이 대화를 나누고 있는 이 장면은 NELL에 옮겨 적히고 있다는 뜻이다. 그렇다는 건 유 역시 정완이 하는 것처럼 일기를 이용해 과거를 바꿀 수 있다는 뜻이다. 그런 식으로 과거가 바뀔 때, 세계의 시간은 그대로 흐른다. 다만 신이 인식하는 세계가 변할 뿐이다. 아까 쇠로 된 책을 열었을 때, 시간 여행이 일어났음에도 그들에게 그 시간은 한 번뿐이었던 것처럼.

— 그러니까, 과거를 바꾼다고 해도 유가 정완과의 일을 몽땅 다시 경험해야 하는 건 아니에요.

유는 이제야 이해한 듯 고개를 끄덕였다. 그러나 그건 승낙의 의미는 아니었다.

— 그래봤자 정완이 다시 과거를 바꾸면 끝 아니에요?

그렇다. 그건 독서회에서도 가장 많이 논의된 지점이었다. 막상 유를 찾는다고 해도 정완이 다시 과거를 바꾸는 걸 막지 못하면 아무런 의미가 없다. 더 흥미로운 인물을 창조해 주인공으로 만드는 방법, 정완의 몸속에 시한폭탄을 심어 죽은 것으로 처리하자는 방법 등 이런저런 방법이 논의되었지만, 어느 것 하나 확실한 대책은 되지 못했다. 다른 인물을 창조하는 건 애초에 가능한지부터가 의문이었고, 시한폭탄은 개연성을 확보하는 문제가 컸다. 돌고 돌던 논의가 마무리된 건 타임 패러독스의 재발견 덕분이었다.

타임 패러독스는 할아버지와 손자의 역설로 잘 알려진 개념이다. 만약 손자가 과거로 돌아가 자신의 할아버지를 죽인다면, 손자의 어머니 혹은 아버지는 태어나지 못했을 것이므로 손자 역시 태어날 수 없다. 즉, 인과율에 모순이 발생한다. 이런 인과율의 모순이 발생하면 패러독스 루프라는 것이 만들어진다. 할아버지와 손자의 예시로 따지자면 그 과정은 다음과 같다.

손자가 할아버지를 죽인다. → 손자가 태어나지 않는다 → 손자가 없으므로 할아버지는 산다 → 손자가 태어난다.

이런 루프가 만들어지면 손자와 할아버지의 시간은 더 이상 흐르지 못하고 무한히 순환하게 된다. 마치 시간이라는 손가락에 낀 반지처럼.

주연의 설명을 들은 유는 잠시 고민하는가 싶더니 다시 질문을 던졌다. 그럼 주인공이 사라졌으니 책도 더 이상

읽히지 않을 것이고, 그것도 곧 세계가 멸망한다는 뜻이 아니냐고. 주연은 고개를 저으며 말했다. 주인공인 정완과 패러독스 루프에 갇힌다는 건 아마도 책으로 반지를 만드는 일일 거라고.

— 왜냐하면 NELL이 우주의 시작부터 시작하는 소설은 아니니까요. NELL이 더 이상 현재를 쓰지 못하게 되면, 세계는 풀려날 거예요. 어쩌면 이런 일은 우리가 기억하지 못할 뿐 과거에도 수없이 있어서, 세계는 반지를 많이 낀 손가락 같은 모양일지도 모르겠네요.

한참 침묵을 지키던 유가 입을 열었다.

— 왜 하필 환타였어요?

유의 뜬금없는 질문에 주연은 울상이 되었다.

— 슬픈 사연이 있어요.

정완은 마음에 안 드는 탄산음료를 하나씩 없앴는데, 환타만이 그의 관심에서 아주 벗어나 있었기에 살아남았다고 주연은 말했다. 그래서 탄산을 좋아하는 미래 사람들은 환타 말고는 마실 게 없다고.

유는 기억했다. 정완은 탄산을 마시지 못했다. 그는 술자리에서도 맥주를 못 먹어서 항상 소주만 홀짝거리는 사람이었다. 덕분에 단련이 된 건지 술은 셌지만. 정완이 여름마다 탄산을 먹고 트림을 하는 사람들에게 짜증을 내던 게 생각났다. 탄산음료 때문에 지구가 더 더워지고, 그러니까 자꾸 더 탄산을 먹어서 점점 더 더워지고… 탄산음료를 있는 힘껏 흔드는 것처럼 사태가 안 좋아질 뿐이라고 정완은 한탄하곤 했다. 한때는 그렇게 열불을 내는 정완이 펑크 록 가수 같아서 귀엽다고 생각했던 적도 있었다.

— 맥주가 왜 귀해졌는지는 안 봐도 뻔하네.

주연은 맥주 캔을 탕탕 두드리며 동의했다.

— 진짜 웃기는 인간이야. 이상한 게 한둘이 아니에요.

주연은 입이 터진 건지 술에 취한 건지 불평을 늘어놓기 시작했다. 미래에는 워크맨이 없다. 그럼 LP로 듣는 거냐고 유가 경악하자 주연은 고개를 저었다. LP 기술은 완전히 소실되어 복구하지도 못한다고. 미래에 음악을 들으려면 그 음악을 완벽히 부를 수 있도록 훈련된 앵무새를 사야 한다. 노래를 여럿 익힐 수 있는 앵무새는 고급 앵무새로 꽤 비싸다.

— 이게 말이 되냐고요. 그나마도 우리는 마을이니까 앵무새를 여럿 사서 마을에 풀어놓고 나눠 쓰기라도 하지, 큰 도시에서는 사람 하나하나가 어깨에 앵무새를 얹고 다

닌대요. 어후, 상상만 해도 시끄러워.

— 잠깐만, 그러면 TV도 없어? 컴퓨터는?

주연은 그게 뭐냐는 표정으로 유를 쳐다보았다. 유는 그제야 미래에 무슨 웃기는 일이 일어나고 있는지 실감했다. 아나키의 독재였다.

〈Anarchy in the UK〉는 영국의 펑크 록 밴드 섹스 피스톨스의 첫 번째이자 유일한 앨범의 타이틀 곡이다. 대충 말하자면 1970년대 영국의 모든 게 싫다, 잘못됐다고 소리 지르는 노래인데 이 곡은 몇 안 되는 유와 정완의 공통 취향이었다. 하지만 둘이 이 노래를 좋아하는 이유는 정반대였다. 유는 노래가 생각 없이 통쾌해서 좋아했지만, 정완은 소거법적으로 이 노래를 즐겼다. 그는 싫어하는 건 하지도 듣지 않는 사람이었고 그의 취향의 소거법에서 살아남은 노래 중 하나가 바로 그 곡이었다. 정완이 소소한 한 명의 골동품 마니아일 때는 아무 상관 없는 일이었지만, 그의 취향으로 세상을 걸러진다고 생각하면 그건 완전히 다른 이야기다.

편협하기 짝이 없는 취향의 완성. 유는 뭐랄까, 미래에 사는 이들에게 미안하면서도 한편으로는 익숙한 통쾌함을 느꼈다. 별로 취향이 맞는 구석이 없으면서도 유는 정완의 반사회성을 사랑했다. 그의 생각을 좋아한 게 아니라 그의 생각이 향하는 방향을 좋아했고, 그의 말투가 좋은 게 아니라 그의 말투가 뻗치는 날카로움이 찌르는 대상을 함께 싫어했다.

유는 어쩌면 정완이 지금 자동 타자기를 보고 있을지도 모른다고 생각했다. 모든 선택을 유에게 맡긴 채, 기다리고 있는지도 모른다고. 우리가 헤어진 이유가 뭐였더라. 유는 수십 가지의 이유를 떠올릴 수 있었다. 그러나 그의 날카로움에 기뻐했던 순간들이 있었음을 부정할 수는 없었다. 유가 인턴을 하다가 정규직 전환에 실패했을 때, 정완은 유 대신 신문사 앞에 좌판을 깔고 1인 시위를 했다. 매번 경비원과 실랑이를 벌이면서도 꿋꿋하게 두 달을 버텼었지 아마. 물론 그걸로 유가 채용된 건 아니었지만, 사실 그가 그렇게 막무가내였기 때문에 유는 그를 말리느라 제대로 슬퍼할 틈도 없었다. 정완은 늘 그런 식이었다. 취하면 유를 떨어뜨린 회사를, 그녀에게 모질게 구는 상사를, 쥐꼬리만 한 월급을 욕했다. 너무 큰 목소리 때문에 그를 만류할 때면 그는 조곤조곤 속삭이곤 했다.

— 내가 아니면 누가 너를 이해하겠어?

유가 피식 웃으며 그렇게 말했을 때, 주연은 여섯 번째 맥주 캔을 다 비우고 멍청하게 안을 들여다보고 있었다.

— 뭐라고요?

— 어떻게 하면 되냐고요.

주연은 눈을 감았다. 유는 한 손에 일기장을 들고, 말했다. 차분한 목소리였다.

그날 나는 정완과 헤어지지 않았다. 환한 낮, 고개를 푹 숙이고 터덜터덜 걷는 그를 나는 뒤돌아 바라보았다. 그건 내 진심이 아니었어. 그렇게 말해야만 하는데 목소리가 나오지 않았다. 우리가 싸웠을 때면 언제나 그랬듯, 그는 청계천으로 가겠지. 낡은 물건을 사면 사랑의 아픔도 당장 낡아버릴 것처럼. 나는 멀리서 그의 뒤를 따라 걸었다. 내게도 정리할 시간이 필요했다. 적당히 얼버무리고 싶지는 않았다. 우리는 스무 걸음 떨어져 걸었다. 정완은 뒤돌아보지 않았다. 그의 어깨가 작게 떨리는 게 보였다. 뒤돌아보는 순간 모든 게 편집실을 떠난 기사처럼 기정사실이 되어버릴 것만 같아 송부 버튼을 누르지 못하는 내 모습 같았다. 그는 백제 전사의 유리 미닫이문을 열고 안으로 들어갔다. 나는 그저 밖에서 기다렸다. 아직은 따뜻한 가을바람이 은행 냄새를 실어 날랐다. 30분 정도 지났을까, 정완이 문을 열고 나왔다. 그는 두 손으로 조악하게 생긴 타자기가 들고 있었다.

— 손에 그거 들고 있으면 못 안아주는데.

내가 머쓱하게 말하자 그는 가게로 돌아와 타자기를 환불하고 돌아왔다. 내가 물었다.

— 안에 들어가서 한참 있던데, 왜 이렇게 오래 걸렸어?

— 언제부터 여기 있었던 거야? 그냥 소설을 조금 썼어. 우리가 헤어지는 줄 알고, 뒷이야기를 상상해서.

— 싱겁기는. 아저씨가 용케 가만뒀네.

— 악성 재고래. 나 아니면 영원히 팔 일 없을 거라는데? 환불하러 다시 들어가니까 그런 법이 어디 있냐고 우는소리 하시더라.

우리는 더 싱거운 이야기를 나누며, 집으로 돌아갔다. 생각해 보면 그래. 좋은 날들도 있었지. 정완은 솔직히 밥맛인 자식이고 나는 아마 주연에 관해서는 까맣게 잊을 테니 우린 결국 헤어질 것이다. 그러면 그는 다시 자동 타자기를 살 것이고, 똑같은 미래가 반복될지도 모른다. 아무렴 어때. 이미 무대 너머로 뛰어내렸는데.□*

* 다음은 하나의 견해다.

◐ : 세계

■ : 테스트

▲ : 신

□ : 끝

작가의 말

소설의 무대 뒤에서는 다음과 같은 일이 일어났다.

「페가수스의 차례」는 AI 그림 모델이 발전하는 속도가 심상치 않은 걸 보고 쓴 소설이다. 그런데 작품집을 엮을 시점이 되고 보니 업계에서 정말로 소설과 같은 일이 일어나고 있어서 놀랐다. 기술 발전 자체를 막을 수는 없으니 결국 우리가 어떻게 규칙의 지형도를 짜는지가 문제가 될 것이다. 비록 3D 프린터로 뽑은 조악한 날개로 날아야 할지라도, 하늘에 빈 곳이 남은 세계가 되기를 희망해 본다.

「루나」는 내 등단작이다. 우주에 다양한 상상력을 씌우는 일은 언제나 중요하다고 생각한다. 미국과 소련의 우주는 탐험의 우주다. 중국의 우주는 옛이야기의 우주다. 스페이스 오페라의 우주도 있고, 칼 세이건식 코스모스 우주나 이탈로 칼비노의 우화적 우주도 있다. 아직 생활의 우주는 없는 것 같았고 그래서 「루나」를 쓰게 되었다. 주인공을 야쿠르트 아주머니로 할지 해녀로 할지를 마지막까지 고민했는데, 이 소설의 중요한 주제 중 하나가 그리움으로 좁혀지며 해녀로 결정되었다.

「유전자 가위 시대의 부모 되기」는 훌륭한 한국 컬트 뮤지컬 영화인 〈삼거리 극장〉에서 영감을 받아 썼다. 유전공학과 음식, 모녀 관계 등에 관한 여러 착상을 부드럽게 플레이팅하기 위해 노력했는데 이 소설만큼은 유독 남아 있는 이야기가 많이 있다고 느낀다. 어쩌면 부모 자식 관계를 다뤘기 때문인지도 모르겠다. 그 관계에서는 언제나 안 보이는 이야기가 더 중요하니까.

「마음에 날개 따윈 없어서」의 첫 문장을 쓸 때까지만 해도 나는 미치광이 살인 자동차에 관해 쓸 생각이었다. 붉은 헤드라이트를 켜고 인간을 따라다니는 한 자동차의 불길하고 오싹한 이미지가 아직도 머릿속에 생생하게 남아 있다. 그런데 정신을 차리고 보니 전혀 다른 따뜻한 작품이 나왔다. 소설을 쓰다 보면 가끔은 이런 농담 같은 일도 일어난다. 이런 유쾌한 반전이 작가의 작은 즐거움이 아닐까 싶다.

「인플레이션 우주론」은 윌라 오디오북에서 청탁이 왔기에 최대한 '입말'이 살아 있는 글을 써보자는 계획에서 시작했다. 원래 이 소설은 별을 가지고 부동산 투기를 하는 초은하급 금융체계에 관한 구상을 바탕으로, 우주에서는 이자를 어떻게 처리할지에 관한 문제를 다루는 엄청난 스케일의 글이었다. 본작에서도 드러나다시피 우주에서는 하나의 '공통 시간'을 설정할 수 없고, 거리와 중력에 따른 시차가 엄청나다. 그에 따라 생기는 여러 문제를 휘뚜루마뚜루 조정해 나간 우주 금융의 역사를⋯ 전부 쓰기에는 설명만으로도 단편 하나 분량을 아득히 넘길 것 같아 생략했다. 그 모든 이야기를 언젠가는 쓰게 될 날이 올 것이라 믿는다.

「알파카 월드」는 꽤 오래된 애착 작품이다. 사실 세상은 얼렁뚱땅 이루어져 있는데, 어쩌면 정교한 함정 같은 게 없기에 우리 삶이 더 고단한 게 아닐까 하는 생각을 한다.

「그 낮은 별과 유물들」은 언젠가 경주에 놀러 갔다가 친해진 사람이 들려준 이야기에서 착안했다. 세상 모든 것이 쉽게 사라지는 듯 보이지만, 사실은 끈덕지게 천연덕스럽게 우리 곁에 남아 있다. 우리는 그런 것들을 유물이라고 부른다.

「NELL의 갑작스러운 발매중단을 둘러싼 전말」은 내가 봐도 좀 컬트적인 소설이다. 시간 여행은 해소하지 못한 자신의 욕망이나 후회 등을 다루는 서사적 방식으로 채택되곤 한다. 그런 점을 뒤틀어 타인의 욕망을 축으로 시간 여행을 하는 소설을 써보고 싶었다. 전형적인 시간 여행 방식은 싫었기에 텍스트에 관한 문제까지 끌어들이며 꽤 복잡한 소설이 되었다. 그래서 이왕 이렇게 된 거 확실히 이상한 소설로 만들자는 일념으로 온갖 B급 감성을 마구마구 넣어 즐겁게 썼다.

무대 인사를 드리며 글을 마칩니다.

수상 이후 물심양면으로 지원해 준 허블 출판사와 소연 편집자님, 해설로 멋진 마침표를 찍어주신 심완선 평론가님. 덕분에 책이 무사히 나왔습니다. 한 권의 책은 작가의 글로만 완성되는 것이 아니기에, 여러분 모두 이 책의 숨은 저자라고 생각합니다. 감사합니다.

항상 아낌없는 응원과 조언을 보내주시는 이갑수 소설가님과 서점 로티 식구들, 그리고 한국과학문학상 동기들도 고마워요. 여러분들이 있기에 무뎌지지도 게을러지지도 않을 수 있었습니다.

언제나 든든한 첫 독자가 되어주는 가족들과 친구들에게 감사를 전합니다. 여러분들이 제 글의 유년기를 묵묵히 지켜봐 주었기에 이만큼이나 멀리 왔답니다.

마지막으로 여기까지 읽어주신 독자님들께 감사드립니다. 이 책이 여러분들의 발을 조금이라도 간질였기를 마음 깊이 바랍니다.

2023년 봄
서윤빈

미래 없는 미래에서 헤엄치기

심완선(SF문학평론가)

1. 미래가 보이지 않는 미래

『파도가 닿는 미래』에 담긴 미래의 세상은, 미래가 잘 보이지 않는다는 점이 인상적이다. 서윤빈은 다방면으로 미래를 거꾸러뜨린다. 일반적으로 과거는 이미 경험된 것이지만 미래는 아직 불확정적인 것이다. 사람들은 과거를 나름의 방식으로 소유하지만 미래는 꿈으로만 품는다. 꿈에는 두 가지 의미가 있다. 현실이 되지 못한 것, 그리고 소망할 만한 것. 서윤빈의 소설에서 미래는 꿈으로 받아들일 것이 아니다. 과학기술의 찬란한 발전은 인간을 실업 혹은 고용불안의 상태로 떠민다. 본래 살던 자리에서 내쫓긴 인물들은 자신이 다음엔 어디로 갈지 가늠하지 못한다. 하루아침에 일터에서 해고당하거나, 전쟁이 일어나거나, 맥주가 사라지는 세상이 도래했기 때문이다. 이들의 앞날은 가깝고 자명한 모습일 때만, 현재와 거의 다름없는 형태로 존재할 때만 간신히 포착된다. 그 너머는 한 치 앞을 분간하기 어려운 암흑이다. 작중 인물들은 유의미한 미래를 관측하는 데 자꾸 실패한다. 예측 가능성이 100% 아니면 0%로 수렴한다면, 예측값은 이미 현실이거나 완전히 빈칸일 수밖에 없다. 「인플레이션 우주론」에서 '이재용'은 "숫자는 모르겠고, 앞만 보고 가는 거예요"(195쪽)라고 말하지만, 블랙홀까지 나아간 사람들은 앞에 무엇이 있는지 보지 못한다. 바깥이 캄캄하다면 창문이 빛을 반사하여 우리 자신의 모습을 비추기 때문이다.

더군다나 소설은 독자의 현재, 지금-여기에서 그다지 멀지 않은 세상을 이야기한다. 친숙한 요소들 덕분에 22세기의 모습은 우리가 모르는 미래보다는, 이미 경험하는 중인 현재에 가깝다. 30년째 방영 중인 TV 프로그램 〈아침마당〉은 다음 세기에도 건재하다. 한국의 인디 밴드 'NELL'과, 컬트하게 사랑받았던 〈록키 호러 픽쳐 쇼〉가 청계천의 전자상가와 함께 등장한다. 셋 다 세월의 흔적이 묻은 이름이다. 이재용은 삼성전자 부회장으로서 2022년에 실제로 위와 같은 발언을 했다. 향후 5년간 450조 원을 투자금으로 쏟아붓겠다는 취지였다. 소설의 '뉴파이어족'은 우리 현실의 '파이어족'과 긴밀하게 연결된다. 파이어족은 빚을 내서라도 젊을 때 바짝 투자해서 일찌감치 은퇴하는 인생을 설계한다. 뉴파이어족은 우주여행에 시간을 보내고 나면 100년 후에 도달하여 부를 거머쥐리라 기대한다. 양쪽 다 전통적인 방식으로 살기를 거부한다는 점, 미래에 기대어 현재를 탈출하고 싶어 한다는 점이 유사하다. 경기가 하락하며 경제적 위험에 처한다는 점도.

다만 우리가 당면한 문제를 다룬다고 하여, 작중 묘사를 곧이곧대로 현재에 대한 비유나 진단으로 읽는 건 촌스러운 일이다. SF의 작법은 재현보다는 외삽이다. SF는 우리가 겪어본 적 없지만 어쩌면 가능할지도 모르는 세계를 만들기 위해 현실을 외삽한다. 흔히 SF를 미래의 문학이라고 하는 이유는 작품의 배경이 시간적으로 미래여서가 아니다. 현실의 요소들이 현실과는 다른 규범의 영역에서는 어떻게 나타나는지, 그다음에는 무슨 일이 일어나는지를 구현하기 때문에 SF는 미래적이다. 칠교놀이처럼 조각으로 다양한 모양을 만들다 보면 미처 생각해 보지 못한 이미지가 드러난다. 소설에서는 우리와 유사하지만 조금씩 다르게 나아가는 세상을 통해, 우리가 있을 자리를 찾는 방법을 말한다.

2. 자리 잃은 표류자들

작중의 '미래 없음' 미래에서 두드러지는 요소는 '일자리 없음'이다. 서윤빈의 주인공은 직업을 잃거나 잃을 위기에 처한다. 결혼하면서 일이 단절되거나(「유전자 가위 시대의 부모 되기」), 학부모의 항의로 해고되기도 하지만(「그 낮은 별과 유물들」), 대부분은 세상의 흐름에 휩쓸려 자리를 잃는다. 기술 발전은 해일처럼 거대하고 무감하게 인간의 일자리를 삭제한다. 자율주행 AI는 운전기사만이 아니라 자동차보험 등 관련 직종 종사자까지 실직자로 만든다. AI가 인간의 영역이라 여겨지던 분야로 진출하고, 예술가는 물론 의사처럼 전문직 자격증을 갖춘 이들마저 불안정한 길로 내몰린다. 자신이 공들여 연마한 능력의 가격과 가치가 보잘것없어지는 공포가 엄습한다. 먹고살기가 막막해진 사람들은 본래의 길에서 이탈한다. 「페가수스의 차례」에서 AI에 밀린 '나'는 미술학원에서 나와 페가수스 연구원으로 취업한다. 채용 컨설턴트였던 '도가시 아저씨'는 인공지능 구인구직 서비스가 활성화되면서 연구소에 흘러든다. 「마음에 날개 따윈 없어서」의 '한소임'은 "자격증에 자격증을 접붙여 가며 대멸종에서 살아남"는다(121쪽).

지그문트 바우만의 '액체' 개념을 빌리면, 미래의 세상은 현실만큼 액체 상태다. 과거의 계급, 제도, 사회처럼 견고한 사슬은 녹아 사라졌다. 빈자리에는 무한한 가능성의 파도가 들이친다. 유동하는 시대에 태어난 표류자는 어디로든 떠내려갈 수 있다. 계약직으로, 아르바이트로, 임시고용으로, 혹은 생판 모르는 영역으로 흘러간다. AI 기술이 사람들을 그토록 손쉽게 밀어낸 이유는 고정불변의 구조들이 액화되었기 때문이기도 하다. 평생직장, 타고난 자리, 정해진 길은 없다. 페가수스 신사의 후계자로 내정되었던 '노인'은 신사가 헐리면서 얼떨결에 연구소 직원이 되었다. 은행은 안전하지 않으며, 가상 화폐의 등장으로 자산이 공중분해될 수도 있다(「인플레이션 우주론」). 미래의 가능성에 투자했던 젊은이들은 속절없이 파산한다.

이들의 표류는 비자발적이다. 자원이 없으면 선택의 폭이 아무리 넓더라도 선택의 여지가 없다. 바다가 죽은 공간이 되자 제주 해녀들은 "애당초 먹고살 길이 막막했기에" "별다른 선택지가 없"이 우주로 향한다(66쪽). '나'는 페가수스 연구원이라는 일자리를 골랐지만, 스스로 찾은 것이 아니라 AI가 제공한 길이었고, 애초에 미술을 그만두지 않아도 되었다면 그곳에 계속 머물렀을 것이다. 뉴파이어족은 "이대로 지구에 살아봤자 해답이 없다고 생각"(174쪽)하기 때문에 떠난다. 우주로 향할 여력이 없는 이들은 그조차 선택하지 못한다. 실질적으로 직업을 선택할 자유는 경제적 여건에 따라 차등 분배된다. 어디로 향할지(혹은 머무를지) 모르는 처지라면 미래는 보이지 않는다. 주어진 자리를 전전하는 현재만이 남는다.

그런데 직업 변동은 삶에 총체적인 영향을 끼친다. 일자리를 빼앗길 때 사람들은 자신이 누구인지를 잃는다. 미술을 그만둔 '나'는 "신체 일부처럼 가지고 다니던 스케치북과 연필이 아니라 볼펜과 이면지"(34쪽)를 들고 다니는 사람으로 변한다. 직업은 그가 누구인지를 간명하게 드러낸다. 무엇을 잘하는지, 어떻게 시간을 보내는지, 사회·경제적 지위가 어떤지, 어떤 사람들과 어울리는지, 성격·성향·가치관이 어떤지 유추할 정보를 포괄한다. 지속적인 일자리는 생계로서는 물론 정체성으로서도 중요하다. 그런 점에서 흥미롭게도 「그 낮은 별과 유물들」의 '나'는 직업을 묻는 질문을 과거의 행동, 곧 '나'의 사람됨을 묻는 질문으로 알아듣는다. '나'는 말을 액면 그대로 이해하는 데 친숙하다. "전에는 뭘 하셨는데요?"라는 질문에 '나'는 어린이집 교사였다고 답하는 대신 "아무 짓도 안 했습니다"라고 말한다(244쪽).

어린이집에서 '나'는 아무 짓도 하지 않았지만 아동학대 혐의로, 적어도 학부모의 지나친 항의로 해고당한다. '나'는 실직과 동시에 자신이 결백한 사람이라고 설명할 방법을 잃는다. 이 해고는 '나'의 정체성을 부인하고 자존감을 훼손하기에 모욕적이다. 자신이 어떤 사람인지 부인당한 '나'는 자꾸만 과거를 증명하는 문제와 '원 메시지' 생각에 사로잡힌다. 페가수스 연구원이 되는 '나'도 미술학원에서 모욕을 겪는다. '원장'은 '나'에게 가르치는 일을 그만두라며 대신 AI 그림을 리터칭하는 일을 제안한다. '나'는 "돈 때문이든 자존심 때문이든 받아들이지 않"는다(24쪽). 하지만 AI의 껍데기가 아니라 그림을 그리는 '나'라는 정체성을 지켜줄 자리는 없다. '나'의 미래는 끊긴다. 그러던 그가 과거와 미래의 연속선상에서 자신을 인식하게 되는 때는 새로운 직업에 적응한 다음이다.

결국 자신에게 맞는 일자리를 찾아 떠도는 인물의 모습은 그의 정체성 변화와 사회 전반의 변화 양쪽을 효과적으로 드러낸다. 우주에서 포스필라이트를 캐는 해녀, 자율주행 AI와 관리자 모드로 대화하는 조사원은 지금은 없는 새로운 양상이다. 낯설지만 그럴싸하고, SF로서 읽기에 즐겁다. 그리고 달라진 세상이 드러나기 때문에 그럼에도 유지되는 본질적인 요소들이 눈에 띈다. 인물들은 불안정과 불합리가 넘실거리는 세상에서, 새로운 일자리에 맞춰 자신을 변모시켜야 한다는 어려움을 겪는다. 적자생존 각자도생이라고 하지만 타인과의 연결은 인물이 자신의 자리를 긍정하도록 돕는다. 페가수스 연구소의 '나'에게 직장 동료들이 쥐여주던 철분제로 느껴지던 피의 냄새는 노을이 선사하는 피의 색과 연결된다. 기계처럼 말하게 된 '한소임'에게 '모나미'가 보낸 시구 같은 연락은 그를 촉촉하게 만든다.

3. 파도가 닿는 미래

'파도가 닿는 미래'는 「인플레이션 우주론」에 등장하는 책의 제목이다. 기이하게도 그 책은 훗날을 미리 옮겨 적은 것처럼 '모예 실비'가 겪은 일을 고스란히 담고 있다. 작중의 미래는 이 책을 통해 이미 경험한 것, 소유할 수 있는 것으로 변한다. 더욱이 2142년의 미래 사람들은 '예측 논리 시스템'으로 "자기가 경험할 일을 모두 알고" 행동하며, "자기의 예상 범위 안에서 현실이 작동한다는 데 더 만족"한다(193쪽). 그리고 '홀로 플라스크'로 타인의 인격을 복제해 저장한다. 사람들은 자신을 숨길 수 없다. 세상은 투명하며 그들의 시선은 모든 곳에 닿는다. 기술이 충분히 발전한 미래에는, 불투명한 미래가 없다.

그리고 '파도가 닿는 미래'의 소유자는 「NELL의 갑작스러운 발매 중단을 둘러싼 전말」의 '주연'을 연상시킨다. "수십 가지 색의 천을 아무렇게나 박음질한 것 같은 옷을 입은 동양인 여자"(194쪽)는 "수십 가지 색의 천을 누더기처럼 기운 원피스를 입은"(261쪽) 한국 여자와 동일인일 것만 같다. 더욱이 '주연'은 시간 여행자다. 세계를 기술하는 책인 'NELL'에는 과거는 물론 미래까지 적혀 있으므로, 책을 이용하면 시간대를 이동할 수 있다. 「NELL의 갑작스러운 발매 중단을 둘러싼 전말」에서도 미래는 책이라는 물성을 지닌 기록으로 구현된다. 그리고 일기를 쓰며 자신을 기록하는 인물은 특별한 위치를 지닌다. '종완'과 '유'는 자신의 기록을 통해 'NELL'의 기록에 접속한다. 일기 내용을 바꾸면 'NELL'의 내용도 바뀐다. 다시 말해, 세계가 수정된다. 미래는 마치 역사처럼 매만져지는 위치로 격하된다.

이렇게 미래인과 종완은 각각 예측 가능성과 통제 가능성을 확보한다. 그들은 가능성의 파도를 능히 다스린다. 소설은 그들의 반대편에 풍랑을 불러 대조를 극대화한다. 종완은 자신의 취향을 십분 발휘하여 미래를 손본다. 2040년, 주연이 사는 마을에는 종완이 싫어하는 맥주가 없다. 음악 은 록 음악뿐이다. 무언가가 획획 생기거나 사라지기 때문 에 "자동차는 있는데 주차장이 없기도 하고, 인터넷은 있는 데 접속할 수 있는 기기는"(275쪽) 없다. 주연이 경험하는 미 래는 열악한 데다 지독하게 불합리하다. 마을 사람들은 건 망증에 시달린다. 종완이 미래를 통제하는 만큼 그들의 살 아야 할 세상은 한층 액화되고 또 악화한다. 결과는 제로섬 이다.

마찬가지로 2142년을 향하는 뉴파이어족은 앞날을 예측 하는 데 완전히 실패한다. 미래는 예상 범위 밖에서 전혀 바 라지 않았던 모습으로 예정된다. 그들은 파산할 것이다. '온 누리 3호'의 함장과 부함장은 "긴급 메시지"를 보고 다른 이 들보다 먼저 절망적인 앞날을 확인한다. 하지만 그들은 "오 직 미래를 위해서만 날아가고 있"었으며(178쪽), "어차피 연 료가 없어서 되돌아갈 수도 없"다(199쪽). 남은 자산을 마저 태워 계속 가야 한다. 그들의 앞에는 블랙홀이 있을 터이지 만, 다른 가능성은 보이지 않는다. "비상용 미등 때문에 그 들의 눈에 보이는 건 오직 모니터 앞에 있는 자신들의 모습 뿐이다."(199쪽)

두 소설은 미지로서의 미래에 거부감을 드러낸다. 기술을 보유한 측은 미래를 샅샅이 파악하므로 자신이 싫어하는 일을 피하거나 삭제할 수 있다. 반대쪽은 무력하게 휘둘리며 최악을 감수한다. 이들은 표류자가 품는 환상과 악몽을 반영한다. 우리는 미래가 나은 방향으로 '진보'하리라고 여기던 시대와 멀어졌다. 좋은 소식은 기대되지 않는다. "미래의 과도함을 완화해서 덜 무섭고 덜 역겹지만, 조금은 더 사용자 친화적이게 만드는 우리의 총체적 능력에 대한 신뢰"*는 사라졌다. 불신에 빠진 이들은 회의론으로 자신을 무장한다. 「그 낮은 별과 유물들」에서 말하듯, "직접 보지 않은 건 아무것도 확신할 수 없다"(242쪽). 맹목적으로 미래에 판돈을 걸었던 뉴파이어족과는 정반대로, 이들은 끊임없이 증거를 요구한다.

반면 '나'는 의심하거나 증거를 요구하지 않는다. 대신 세상이 단순해지길 바란다. 한 입으로 두말하지 않는 '원 메시지'를 바란다. 말의 의도는 의미 그대로, 물건은 이름 그대로여야 한다. 원 메시지는 단단하고 분명하며 기대를 배신하지 않는다. 불안정하거나 불합리하거나 요동치지 않는다. 세

---

* 지그문트 바우만의 『레트로토피아』 2장 참조

상을 원 메시지로 이해하는 '나'는 만사를 있는 그대로 보곤 한다. 심지어 있었던 것을 그대로 본다. '나'의 시야에는 공룡이 돌아다닌다. 공룡이 멸종했다는 사실은 덜 중요하다. '나'에게 과거와 현재는 하나로 겹쳐 존재한다. 과거의 연장으로 현재를 볼 때 석유는 "썩은 유기물"이며 담배는 "죽여 말린 잎"이다(245쪽). 별빛은 과거에서 왔지만 현재에 보인다. '나'의 눈에 들어오는 세상은 그가 살아본 시간 바깥에서 오래도록 존재해 온 것이다. 그렇다면 원 메시지의 세상에서는 미래도 낯모르는 미지가 아닐지 모른다.

4. 자리를 내어주는

"스테이지 밖으로 몸을 던진 록 스타"는 그다음에 자신이 어떻게 될지 모른다. "팬들이 받아주지 않으면 죽는 거다."(274쪽) 팬들이 받아준다면 밖으로 뛰어내려도 죽지 않는다. 무사히 즐겁게 크라우드 서핑을 경험할 수 있다. 그러려면 사람이 많아야 한다. 많은 사람이 기꺼이 자리를 만들어 주어야 한다. 손이 한데 모이고 무게가 나뉘어야 한다. 그런 점에서 「페가수스의 차례」와 「알파카 월드」는 대조적이다. 전자의 '나'는 사람들과 틈에서 자리를 찾는다. 하지만 후자의 '연'은 홀로 길을 잃는다.

'연'은 알파카 공식을 믿는다. '코마' 박사나 '알파카 포럼'의 정보는 수많은 엉터리 이론 중 하나처럼 보이지만, 흔히 믿지 않을 만한 정보이기에 연의 믿음은 굳건해진다. "세상이 시키는 대로만 살아서는 절대 가난에서 벗어날 수 없"고 "핵심과 원리를 파악해 지름길로 가야만 비로소 세상을 이길 수 있"(209쪽)기 때문이다. 남들을 따라가서는 안 된다. 적극적으로 흩어져야 자리를 쟁취한다. 알파카야말로 연이 가난한 처지를 한 번에 바꿀 비밀 손 패다. 그러니 남들이 믿지 않을수록 좋다. 소화불량도, 침묵도, 가난도, 연이 혼자 "강한 의지"로 어떻게든 해결할 문제다.

실물로 본 알파카는 과연 신성하다. 태아 자세로 나타난 알파카는 태양 경배 자세를 취한다. "노을을 역광으로 받는 알파카는 트럭보다도 높이서 연을 내려다본다." 알파카는 연에게 다가와 발을 뻗는다. "그 발은 이윽고 손의 형상으로 바뀐다."(214쪽) 첫 만남 때부터 알파카의 발을 손으로 착각했던 연은 마지막에 호텔에서 길을 잃고 헤매다 사람처럼 두 발로 선 알파카를 본다. 창문조차 없는 기이한 공간에서, 거울에 비친 자신의 눈동자 속에, 사람처럼 두 발로 선 알파카가 보인다. 스핑크스가 오이디푸스에게 냈던 문제와 같다. 두 발로 선 존재의 답은 사람이다.

스핑크스는 연에게 답을 묻지만, 연은 문제를 모른다. 해결책은 알지만 그것이 무엇에 들어맞는 해결책인지 모른다. 연은 돈을 벌고자 하지만 돈을 벌어서 무엇을 할지, 왜 돈을 벌어야 하는지 모른다. 연에게는 목적이 없다. 연이 무슨 일을 하며 돈을 벌었는지도 분명치 않다. 연은 그저 알파카를 사기 위해 미친 듯이 일했을 뿐이다. 연을 붙들어 줄 사람도 없다. 연은 아무 데도 제대로 가지 못하고 방황한다.

반면 「페가수스의 차례」의 '나'는 길을 안다. '나'는 회사 사람들과 교류하며 공통의 경험을 발견한다. 도가시 아저씨는 말한다. "어차피 우리도 다 페가수스야."(26쪽) 이들이 품은 고충은 합산될 만한 성질을 지닌다. 페가수스의 삶은 공동의 의제다. 한쪽 날개가 없는 페가수스 '호리'의 날갯짓은 연구소 직원들이 공감하고 지지할 만한 도전이다.

특히 노인은 '나'에게 많은 자리를 내어준다. 페가수스가 다쳐도 자신이 대신 책임을 지겠다고 나선다. '나'는 책임을 지고 연구소를 떠나는 노인에게 그림과 철분제를 쥐여준다. 각각 '나'가 그림을 그리던 시절에서 나온 것, 페가수스 연구원에 와서 얻은 것이다. 과거와 현재는 노인을 떠나보내

며 이어진다. 미술학원 바깥으로 뛰어내린 '나'는 페가수스
와 산책하며 하루를 마감하는 사람이 되었다. 덕분에 '나'는
"내가 무엇을 잊고 있는지 궁금"(39쪽)해서 아버지에게 먼저
전화를 건다. 혹은 고무망치로 담장을 두드려 종소리를 내
기도 한다. 신사와 함께 종도 헐렸겠지만, 고무망치로도 "잘
만든 종처럼 부드러운 공명음"이 난다. '나'는 아무 대가 없
는 환대를 받았다. 그가 돌아가려고 생각하는 "집"은 떠나온
본가가 아니라, 자신을 맞아준 사람들에게서 물려받은 공간
일 것이다. 직업 변동은 한때 모욕이었지만, '나'에게 미래는
더 이상 잔인하지 않다.

　오지랖을 부리자면, '나'로 미루어 보아 '루나'도 안전하
게 뛰어내릴 것이다. 「루나」에서 루나는 '삼무호'에 남느냐,
'지구'로 떠나느냐는 기로에 선다. '삼무호'의 해녀들은 2인
1조로 물질하는 것이 원칙이다. 공동생활을 하므로 내밀한
공간이나 시간이 없다. 루나를 비롯한 아이들은 할망들이
함께 키웠다. 루나가 배운 삶의 규칙은 단순하다. 삼무호에
서만 자란 루나는 자연스레 해녀가 되었고, 물질로 먹고살
며, 곧 중급 해녀 시험을 볼 것이다. 변동은 없다. 이곳은 표
류자의 유토피아에 가깝다.

　그리고 유토피아 문학의 전통에 따라, 불확실성의 파도는

이방인과 함께 온다. 루나가 구한 '켈빈'은 지구에서 살아가는 길을 제시한다. 루나는 지구에서의 미래를 그려볼 수 없어 혼란스럽다. 더군다나 지구에는 정해진 길이 없다. 지구는 "사는 방식이 너무 다양해져서 이제는 아무도 뭐가 맞고 틀린지 모르고 알고 싶어 하지도 않는"(72쪽), 다양성과 가능성이 과잉된 곳이다. 루나가 마지막까지 결단하지 못하는 이유를 짐작할 만하다. 켈빈은 "지구에 가면 네가 찾는 게 있을 거"라며 루나를 초대하지만, 그곳은 유토피아의 바깥이다. 루나는 "스스로 뭘 원하는지 확신이 서지 않기 때문"(77쪽)에 응하지 못한다.

　이는 올바른 자리를 찾는 문제다. 루나와 함께 조를 이루었던 '이오'는 우주로 떠나 사라졌다. 늘 30미터, 300미터 밖으로 가고 싶다고 말하던 쪽은 루나인데, 정작 루나는 할망들을 따라 돌아오는 길을 택한다. 이는 어쩌면 루나가 이오와 달리 자신의 "명줄이 삼무호에 칭칭 감길 때까지"(74쪽) 춤을 추었기 때문이다. 할망들은 반복해서 말한다. "나아가는 것보다 중요한 건 돌아오는 것이다."(46쪽) 자신이 있을 자리를 얻은 사람은 어디로 돌아가야 하는지 안다. 그리고 다행히, 우리는 종종 조건 없는 환대를 받고 새로운 자리를 찾는 데 성공한다. 루나는 한 번의 환대와 한 번의 상실을 겪었고, 자신의 자리를 고심하는 중이다.

　무대 밖으로 뛰어내리는 일과 파도에 떠밀리는 일은 모두 이동을 수반한다. 자신이 어디로 가게 될지 모른다. 한껏 버티고 휩쓸리는 동안은 미래가 잘 보이지 않는다. 그리고 '주연'이 록 스타의 심정으로 뛰어내렸을 때 '유'는 그를 받아 세상을 구하는 일기를 썼다. "똑같은 미래가 반복될지도 모른다. 아무렴 어때. 이미 무대 너머로 뛰어내렸는데."(290쪽) 『파도가 닿는 미래』에는 뛰어내린 사람을 받아주는 사람들이 나온다. 명줄을 잡아주듯, 악수를 권하듯, 요리를 준비하듯, 조금씩 내어주는 사람들이다. 손을 뻗을 줄 아는 사람들이 겹치고 더해지면 크라우드 서핑이 일어난다. 뛰어내린 사람이 알맞은 자리를 찾도록 지지해 줄, 안전한 파도다.

파도가 닿는 미래

ⓒ 서윤빈, 2023. Printed in Seoul, Korea

초판 1쇄 펴낸날 2023년 5월 30일
초판 2쇄 펴낸날 2023년 7월 7일

지은이	서윤빈
펴낸이	한성봉
편집	김학제·신소윤·권지연·전소연·문정민
콘텐츠제작	안상준
디자인	권선우·최세정
마케팅	박신용·오주형·강은혜·박민지·이예지
경영지원	국지연·강지선
펴낸곳	히블
등록	2017년 4월 24일 제2017-000050호
주소	서울시 중구 퇴계로30길 15-8 [필동1가 26] 2층
페이스북	www.facebook.com/dongasiabooks
트위터	twitter.com/in_hubble
인스타그램	www.instagram.com/dongasiabook
블로그	blog.naver.com/dongasiabook
홈페이지	hubble.page
전자우편	dongasiabook@naver.com
전화	02) 757-9724, 5
팩스	02) 757-9726

ISBN 979-11-93078-02-0

※ 허블은 동아시아 출판사의 SF 브랜드입니다.
※ 잘못된 책은 구입하신 서점에서 바꾸어 드립니다.

만든 사람들

책임편집	전소연
크로스교열	안상준
디자인	권선우
일러스트	최인호
본문조판	최세정